群星

成电中短篇科幻小说集

QUNXING CHENGDIAN ZHONG-DUAN PIAN
KEHUAN XIAOSHUOJI

主 编◎何 敏

电子科技大学出版社
University of Electronic Science and Technology of China Press

·成都·

图书在版编目(CIP)数据

群星：成电中短篇科幻小说集 / 何敏主编.
成都：成都电子科大出版社，2025.3. -- ISBN 978-7
-5770-1041-0

Ⅰ．I247.7
中国国家版本馆 CIP 数据核字第 2024FC6298 号

群星：成电中短篇科幻小说集
何　敏　主编

策划编辑　谢晓辉
责任编辑　谢晓辉
责任校对　刘　凡
责任印制　段晓静

出版发行　电子科技大学出版社
　　　　　成都市一环路东一段 159 号电子信息产业大厦九楼　邮编 610051
主　　页　www.uestcp.com.cn
服务电话　028 - 83203399
邮购电话　028 - 83201495

印　　刷　成都市东辰印艺科技有限公司
成品尺寸　170mm×240mm
印　　张　15.25
字　　数　360 千字
版　　次　2025 年 3 月第 1 版
印　　次　2025 年 3 月第 1 次印刷
书　　号　ISBN 978 - 7 - 5770 - 1041 - 0
定　　价　88.00 元

版权所有，侵权必究

序 一

唤起好奇　激起潜能

大多数孩子在童年时期，或多或少都有被科幻小说和电影吸引的经历。只是我们20世纪60年代初出生的这一代人，除了收音机反复播放的"高大全"式小说，坝坝电影来回放映的样板戏，飞机大炮的越南电影，不称霸的备战备荒，上山下乡、人定胜天的志气，以及从大人们那里听来的哪吒闹海、女娲补天和嫦娥奔月等一鳞半爪的神话，还有晚饭后月黑风高之际，在教工食堂门口席地而坐，听转业军人的食堂大叔讲述号称亲身经历、令人毛骨悚然的鬼怪故事。以至半夜起床小解，都要一边高喊"鬼来了"壮胆，一路狂奔至筒子楼公共茅坑，完全无视长辈们被吵醒后的咒骂……科幻几乎就是空白，或曰沙漠也不为过。我至今还记得青年时期，叶永烈老师的科幻作品风靡全国的景象。后来我才知道英国科幻作家威尔斯、法国科幻作家凡尔纳、美国科幻作家阿西莫夫等科幻大师的名字，不过那时我已过了对科幻着迷的年龄。虽然《大西洋底来的人》《星球大战》等科幻影视大片仍然能够吸引我，但那种内在的激动已渐逝而去，余音袅袅。

所以，我既没能成为一个科学家，也没能成为一个发明家，只成了一个"色迷半吊子工程师"（Semi-Qualified Engineers，SQEs），是为终身遗憾。大学选专业时，我想学建筑，父亲因为专业的偏好，想让我学无线电或计算机。僵持不下时，我想出了他和我都不了解、有想象空间的自动化，某种程度上也带点科幻的成分。于是，我的大学专业就这样妥协而成。事后来看，"姜还是老的辣"，我差不多错过了信息时代，也几乎跟不上智能时代。不过，从本科阶段的控制工程，到硕士阶段的系统工程，再到博士阶段的管理工程，继而博士后阶段的金融工程，再趋近于工作后期的工程教育，似乎有一条无形的线，牵引着我探奇的幻想，去浮光掠影地了解世界的万千气象，领略人类智力的奇幻创造。去年，成都承办第81届世界科幻大会，我作为成都市科协主席，也参与其中。看见全世界那些"幻迷"如痴如醉的神情和极具创意的作品，我的遗憾又增添了一缕遥远童年的回声。我太太因比我小几岁，倒是在她青少年时期经历了科幻的春天，由此成为一个终身的科幻爱好者（诚如她所言，我们看的电视都不在一个频道），并在她退休后的"第二春"中，把科幻的种子融入她玄幻的厨艺。不知是遗传的原因还是传承的后果，我家小曾也把那科幻的种子，撒播于蚂蚁宫房的幻想天地和俗世人物的八卦传播。

因此，让我来为科幻小说集写序实在惶恐。但我毕竟是一个工程教育工作者，我清楚地知道科幻对于理工科学生的意义。科幻是培养想象力的重要媒介，能够为科幻的魅力和实践鼓噪呐喊，是我的幸运和责任，也可弥补我青少年时期的缺憾。我要非常感谢刘惠教授在老师们的启发下，倾心组织的"人类文明经典赏析"课程组，在这门为通识核心开窗之课的基础上，成立写作中心，开设科幻创作班，创办科幻文化节，携手《科幻世界》举办科幻写作训练营，在最富于想象力、创造力和语言张力的科幻领域，培养学生的创意写作能力。特别是何敏老师，在课程组和外国语学院的支持下，在繁重的教学科研之余，牺牲了业余时间，以一己之力和育人激情，扛起了指导学生科幻写作的重任，并亲笔创作以示范学生。我为学校有这样的老师而感动和自豪，岂有不尽一份微薄之力之理？

而且，以我自己的阅读偏好，还藏了一点私心。我喜欢的作家之一弗拉基米尔·纳波科夫，以蝴蝶般幻彩的语言、精妙绝伦的奇幻文体、击中心灵的无限乡愁著称于世。他童年时期痴迷于威尔斯的科幻小说，熟读史蒂文森的《金银岛》，这都可以在他成年后的作品中找到隐秘的痕迹。另一位我喜欢的作家，融典籍和哲理于一炉的幻想小说大家、开创了魔幻现实主义先河的豪尔赫·路易斯·博尔赫斯，少年时期也着迷于科幻、侦探和幻想故事，这些养分滋养了他风格形成之后的作品。两位大师晚年都定居于风光迤逦的瑞士，并在那里与世长辞，也许是那里的景色才能与他们的灵感和心境相配吧。中国古典文学的最高经典《红楼梦》，也是以幻想的神话开篇的。所有的文明，都是以现实和憧憬升华的幻想起步的，人类之所以繁衍进化，离不开幻想。因此，幻想，是人类文明的肇始；科幻，是科技发展的播种机和牵引力。人类科技发展的进程，就是将科幻变为现实的历程。

科学家、发明家与工程师共同创造未来世界。然而，未来世界从来不是一蹴而就的，它需要对未来的想象和憧憬。想象激发创新，想象和创意，正是今天工程教育中应着力熏陶和培养的素养。通过现实世界中的真实问题和未来世界中的可能场景，捕捉学生兴趣，将知识从学科壁垒中释放，对已知事物和已有经验进行拆分、重组和再造，从而唤起好奇、激发潜能，形成卓越工程创新人才成长的内驱力。每一种从无到有的重大发现和创造，都要借助想象力在头脑中构思和迭代，再诉诸实践的验证和成型。新质生产力的"新"，是科技创新、文化创新，也是创新思维、创新精神、创新方法与创新成果。

科幻是科技与想象碰撞的火花，是科技创新呈现的载体。科幻小说中的世界架构惊奇而迷人，通过科学的发现、技术的发明和工程的创造，人类构建了不可能之世界。这种想象力和创造力也正是我们科技工作者需要的创新力。倡导和繁荣科幻创作，有助于培养学生创造性思维的能力，让学生看到更广阔的空间，尝试探索各种新的可能性。这是一种科技与人文素养的融通培养，让学生对现有技术和工程进行超越性想象，以未来场景的模式，去感知、认知、想象、体验自己创造的未来世界。

  过去数年，科幻创意写作之花在成电生根、发芽、开花，在师生们的不懈努力下，有了这本《群星：成电中短篇科幻小说集》。祝贺老师和同学们！也希望将来成电师生的科幻作品，既富幻想味儿，更具科技范儿。事不求易，事不避难，强国有我，让想象引领成电学生走向广阔的未来世界！

曾　勇

2025 年 2 月

序 二

让青春伴着科幻飞扬

在电子科技大学与《科幻世界》杂志社连续两届共同主办写作营之后,一部由写作营同学创作的作品集问世了。这是一件非常可喜可贺的成果,在此要特别祝贺所有入选作品的同学们,也要特别祝贺和感谢为写作营和本书出版辛苦付出的何敏、王子竹等老师!

学校始终是中国科幻最重要的土壤之一。大学生科幻迷是中国科幻作家的最主要来源之一。我所服务的《科幻世界》杂志社数十年来一直注重从大学生中发现和培养科幻作家。在当今这个时代,我们非常注重从大学生中发现和支持未来的科幻产业从业者,而写作对于他们来说是从爱好者走向从业者的重要经历。多年来,我们一直支持各类高校科幻协会的征文活动,并长期举办"科幻进校园"活动。然而,由于很多征文和进校园活动系统性不够,很难精准高效地帮助科幻写作爱好者快速提升写作能力,所以举办专门的写作训练营一直是我们的愿望。2022 年,在听说电子科技大学要举办时间跨度长达一个月的科幻写作营之后,我当即提出深度参与课程、深入与老师同学交流,争取将这个写作营长期办下去,成为大学生科幻作家的摇篮。这个提议很快得到了电子科技大学大学生文化素质教育中心刘惠主任和各位领导的认可,双方一拍即合。

首届科幻写作训练营是在 2022 年 8 月底开营的。当时我和何敏老师虽然抱有极大的信心能够把写作营办好,但对于能取得什么样的成果,其实看得比较淡。我们更多的是希望借助科幻这样的文学形式,能够让这些热爱幻想、热爱科幻、热爱文学的同学们有一个近距离接触专业作家和编辑、得到专业写作指引的机会,通过一次完整的、有见解的创作,不但能锻炼自己的写作能力,更能掌握基础写作技巧,树立专业写作意识,了解写作辅助资源,进而真正开始有目标、有自觉、能进步的写作历程。没想到这个想法得到了电子科技大学多位领导和老师的大力支持,很多作家、专家也热情参与,同学们在开营期间的专注、认真更让我们感觉到这件事的意义非凡。于是在 2023 年 8 月,在电子科技大学教育发展基金会和校友总会的资助下,在电子科技大学外国语学院、大学生文化素质教育中心的支持下，我们再次举办科幻小说创意写作营，这本作品集，便是这两次写作营中产生的部分优秀作品。

　　科幻作品受到空前的关注和认可，并成为文化产业的重要类型，有着广阔的未来。基于科技人文知识、想象力和逻辑演绎能力三大支柱的科幻思维也成为广为接受的面向未来的重要思维方式。仰望星空，脚踏实地。科幻是我们的思维方式，能够让我们的未来充满无限可能；科幻也是我们的生活方式，能够让我们当下沉浸在想象力的惊奇之中。写作则是最容易开启也可能最难坚持、最容易取得成果也可能最难取得成就的一件事，但这本作品集告诉我们所有人，写作最重要的是过程，兴趣的真正快乐也是过程。即便未来不从事写作，对科幻的热爱和对写作的训练也将让你在现实层面和精神层面都有所得。

　　祝福每一位热爱科幻并曾经用笔写下梦想的同学，都保持这颗青春飞扬的心，享受无尽想象带来的无尽愉悦。

《科幻世界》杂志社副总编

拉　兹

2025 年 3 月

目录 CONTENTS

第一篇
时间空间交叠

导读：时空
　　——谜语叙事　　　　　　　　　　　002
姬旦的战争与和平
　　——假如世界是一个实验　／何　敏　004
死亡者游戏
　　——虚实相间的生命尽头　／张钊荣　026
雪　天
　　——当记忆不再可信　　　／朱一杰　036

第二篇
无尽宇宙探索

导读：星空不言　下自成蹊　　　　　　046
月　光
　　——神灵与救赎　　　　　／武俊杰　048
曦　和
　　——外星人莅临　　　　　／齐传杰　055

登月

　　——一人死亡，另一人获得启示　　/魏志鹏　068

异星奇旅

　　——索拉里斯238号的奇幻旅程　　/梅文娟　075

第三篇

新兴未来技术革新

导读：冰与火焰　　　　　　　　　　　　　　086

锁

　　——赖以生存的根基被污染　　　　/齐传杰　089

死亡超弦

　　——本不存在的荣耀　　　　　　　/邹博淳　105

决策树

　　——摧毁卫星　　　　　　　　　　/陈禹彤　117

第四篇

想象奇异世界

导读：想象、虚构与现实　　　　　　　　　　126

怪物事务所

　　——胡思乱想　　　　　　　　　　/陈锦彤　128

7187逃离

　　——追寻《完美人生法案》以外的旷野

　　　　　　　　　　　　　　　　　　/孙宇新　132

梦境漫游指南

　　——看清你脑海中的图像　　　　　/丁致远　144

最后的说唱拳手

　　——人类历史上最后一位拳击手　　/陈博睿　151

第五篇

汝可为我镜像

导读：认识你自己 /180
一万朵玫瑰
　　——为了塑料玫瑰 /顾博文 182
亚当醒来时
　　——自由意识源于波 /杜良广 198
诗　人
　　——元宇宙漫游体验 /梅雨晨 204
脑
　　——世界终止于一声猫叫 /杨君侠 215

后记

夜空里最闪亮的星 /何　敏 227

第一篇
时间空间交叠

花开堪折直须折,莫待无花空折枝。

——佚名

现实不过是幻象,尽管这幻象挥之不去。

——爱因斯坦

子在川上曰:"逝者如斯夫。"

——《论语》

世界上最快而又最慢,最长而又最短,最平凡而又最珍贵,最易被忽视而又最令人后悔的就是时间。

——高尔基

导读:时空——谜语叙事

姬旦的战争与和平——假如世界是一个实验/何敏

死亡者游戏——虚实相间的生命尽头/张钊荣

雪天——当记忆不再可信/朱一杰

导读：时空——谜语叙事

何 敏

我们生活的世界中，有两个巨大的谜，那就是时间和空间。可以说，每个时间的褶皱中都有过故事，每个空间的角落都盛开过生命。所有故事的内核，正是时空中人物的起承转合。时间是存在的基本方式，是无法改变的序列。空间则是时间的参照物，是存在的重要元素。时间和空间统一在故事中，故事连接时空，穿越时空，构成一个个映照生命的节点。

故事如无数默然矗立的镜子形成的迷宫，我们站在入口，努力张望，试图了解自身在茫茫宇宙中的定位、际遇。抬眼望去，所见皆为幻影，所识皆为虚空。

某种意义上，科幻小说正是时空迷宫中最扑朔迷离的镜面。在无限时空面前，所有书写无非两种：一种向前，一种向后。回到过去，是否能改变历史进程；走到未来，是否也注定只能袖手旁观？时间的一维和不可逆是否因果律里冷酷的链条？生命的短暂和丰富是否体现出人生无常和历史的沧桑？没有人能洞晓时间的秘密，所以，我们热爱时间，钟情时间，向往时间，为永恒所困，围绕不同时空，写下一个又一个故事。

本选篇聚焦时空，从时空切入，让人物在有限生命中经历广阔的历史，短暂人生与苍茫时间形成奇特的张力，体现出对宿命、伦理和时空本质的思考。风起于青萍之末，浪成于微澜之间。《姬旦的战争与和平》中，无数次重启的故事暗藏了无数故事节点，从哪个隐秘的节点开始故事树发生了分叉；《死亡者游戏》中，阿灵成为生而赴死的勇士，一遍又一遍地死去，又在一次次重生中刷新历史进程；《雪天》是一个悲伤的故事，主人公早已死去多时，无数个透明薄膜球重塑了他的记忆。

在时空之中，行动是我们和世界建立联系的方式。在虚构的故事中，一个微小的行为对历史进程是否会产生影响？不同时空中人物的命运会否不同？在洞晓时间的秘密后，逝去的历史可否得到重建？今日的偶然是否会如蝴蝶翅膀，重塑故事？在宇宙的宏大背景下，在自由意志和宿命论的对抗里，时间最终归于何处？河水静静流淌，我们将永远无法踏进同一条河流。时间如流水一往无前，即使无所为，时间不会停止，过去不会消失，此刻正在脚下。河流的尽头有海的召唤，未来并非虚构，它会不停靠近，再靠近，海始终在那里。一轮明月，浩瀚沧海，海面雾气弥漫，鱼儿温柔。无限是时间的灵魂，时间如水一样蒸腾，它变成云，再化作雨，浮游在漫无边际的海面、山川、平原。这是一场永恒的旅程，关于时间、阳光、河流、出发、到达、生命、死亡，及星空的伟大与庄严。

捕捉时间，捕捉记忆片段和故事，将其凝固、书写和阅读，感受生命世界的复杂性和永恒意义。

坚实地前行吧，行动永远是最大的善！

姬旦的战争与和平
——假如世界是一个实验

何 敏

我是一名考古学家。我所从事的考古行业在24世纪初已快和古文字学一起，成为少有人问津的门类。在23世纪，一名叫杜转的文人根据诗人天马行空的想象力重建了龟纹文字体系，以此读出了当时在西南出土的古碑文。据他解释，石碑表明我国历史始于公元前5000年。这的确是考古学上的重大发现，你知道，从前我们常常说的三皇五帝、《山海经》更多属于上古神话，缺乏直接证据。自从有了杜转校读的文献，我们可以确切无误地给出伏羲氏、姬轩辕的生平，论证赢鱼、旋龟、谨曾经存在，这对于考古学、历史学、语言文字等学科而言，具有里程碑式的意义。

那批名为风兮的石碑一度在全国掀起考古热潮。各地不时出土出稀奇古怪的文物，一块瓦片、一根竹棍、一根兽骨……诸如此类，呼唤考古学家到此一游，以做鉴定。然而，好花不常开，很快人们就意识到古老文物与现实的鸿沟。今天的人们沉浸于脑机接口的虚拟躺平生活，没人再对古纸堆产生兴趣。考古学声望日渐衰落。到了公元2310年的今天，全国只剩下寥寥无几的工作人员。整个考古学好似一片白茫茫大地，只有我和一个白胡子老头坚守阵地。现在的国家考古司里，老鼠、蟑螂在头盖骨、木片、铁丝中四处爬行，安安心心地把这里当成自己的窝。

物以稀为贵，我不转行的原因是国家为了保留考古学学科，给我发双倍工资，挽留我继续与死人骨头和老鼠、蟑螂打交道。我是个懒人，喜欢坐在屋里读几本闲书，不时去元宇宙找人下下围棋，自得其乐。坦白说，如果离开考古司，我还真不知道自己可以做什么活呢。考古司此举当然是我求之不得的好事。只是懒惰的男人在家里难免直不起腰杆，老婆常常指责我一身霉烂气味。刚开始时我还犟嘴，后来有一次，四川省端县农民在建造房屋时挖出一堆黑乎乎的羊皮纸，上面写满了各种奇形怪状的文字。伸手一触,羊皮纸就化作齑粉,据估它早于青铜器出现。这引起了政府的重视。于是,我名正言顺地下乡蹲点,离开了灰尘弥漫的考古司和总指着我的脊背恨我挣不到大钱的老婆,到一个山清水秀的地方住上一段时间。

端县位于四川东部,湖南西部,是个在地图上都找不到的小县城。我必须用放大镜仔细地看,才能看到如蚂蚁般大小的"端"字。端县城外有一条臭水沟,这批羊皮纸就是在沟边挖掘出来的。我来端县待了几天,把这堆已经沧桑如老树皮,不知是山羊还是绵羊的皮看了又看。一天晚上,我对着一张黄褐色的皮发呆,竭力想推断出上面如蝌蚪般爬行的文字究竟有何意义,这是一篇祭文吗?还是一首爱情长诗?我想了又想,一片茫然。我开始怀念杜转,他多么了不起,能够阅读一系列穿越时空的文字,我望尘莫及。

我正在昏暗的灯前苦苦冥思,端县文化局一名官员来访。他叫徐孔,主管县历史文化传承研究。我们亲切地交谈,徐孔说那条臭水沟边以前就出土过刻有文字的龟甲和兽骨,后来在民间佚失。他见我有些愁眉不展,就起身出门,再进来时他小心翼翼捧着一个球状物体。他说:"这是与端县历史有关的一种独有装置,据说里面记录了一些民间传说,也许会对你研读羊皮纸上的文字有益。"我如获至宝,却做出漫不经心的模样向他称谢。等他一走,我就迫不及待地研究起这个东西。

这是一个圆形球体,我说不清楚它的结构和物质组成。一眼望去,它简洁、朴素,散发着一种浑然天成的美感。我摸了摸它的表面,如同外婆心爱的那串碧玉手链,有一丝丝的凉意。我有些好奇,于是捧着它,左看右看,轻轻地摇动。一不小心,球体开始在书桌上滚动,我赶紧一把抓住它,看到它变得透明、发光。球的表面出现一圈圈波纹状的涟漪,不断向四周扩展,变成放大的三维全息影像。银色的光线从内而外延伸,正对我的那一面,出现两个字:姬旦。我定睛一看,我看到天空、大地、白昼和黑夜,看到时空中盛开的木棉花和坚硬的岩石,看到巨大的山洞、草做的房屋、身着粗陋古衫的人群,听到风吹过原野的声音。我仿佛穿越远古的河流、群山,走进一个古老的故事。于是,我俯瞰众生的悲欢离合,看着看着,已不知庄周梦蝶,蝶梦庄周。

姬国和旦国只隔着一条小河,是一衣带水的邻邦。它们同属于一个名为荒的帝国。两个国家很小,常年睦邻友好,百姓与官员之间常常互相走动。姬国人煮好饭,时常隔着河请旦国人过来同享,旦国人若射杀了猛虎,也会给姬国的亲朋好友端一杯羹。姬旦两国人互相通婚，一家人很可能父亲是旦国的都尉，女婿是旦国的司宾，小舅子和大侄子则在姬国谋取功名。姬国处在较有利的地势，水草肥美，狩猎、农耕的收成都远高于旦国，国力更强盛。每年姬国人民会射杀上千头猛兽，在年底跳起欢快的"哈踢"舞庆祝丰年，而旦国人只能射杀两百只，庆功的火势远远小于姬国。

人往高处走，水往低处流，旦国的女孩愿意嫁去姬国，碗里可以多两块肉，身体可以长得丰盈。旦国的少年纷纷前去姬国参加科举。虽然姬国的科举主要针对本国国民，如果邻国的优秀青年愿意过来为姬国效劳，统治者肯定喜闻乐见。你想想，一个人从出生到成年，要吃多少块熊肉，喝多少碗井水。姬国一文不花，就能得到上好的劳动力资源，完全是无本万利。旦国国力弱，只能自认晦气。好在那时候人们都喜欢生孩子，从统治者到平民，人人都认为家里孩子越多越好，因此，走一个，还有五至六个，并不妨碍本国日常的生产休养。

现在，我的眼前出现了姬国的公子辛。辛是姬国王子。说是王子，住的也不过几间泥塑大草房。当然，相对于住在山洞、树洞里的平民而言，仍然是高不可攀的豪门。辛属于翩翩少年，骑术箭术俱佳。他还是一个风雅而富有情趣的人，爱读书、爱思考、爱艺术、爱美，是个不折不扣的知识分子。辛最近迷恋上旦国一个名叫水仙的王女。那女子会吹口哨，口哨声可让百灵鸟铩羽，辛喜爱她娇俏的笑容，吹口哨时噘起嘴的情态。他想了两天，打算给她写一封情书，约她傍晚在河边见面，暗号就是三声口哨。

辛在草房里正想得甜蜜，有宫人前来呈报：国王驾到！辛抬头一看，父亲正皱着眉头急匆匆地大步踏进屋，以致把门槛上的木头都踢掉一块。他知道肯定有事，急忙迎上前去，垂手说："父亲，您来了！"父亲摆了摆手，让他站在一旁，然后在屋里徘徊，转了几个圈。辛狐疑地看着父亲。

姬王又踱了两圈，停下脚步说："吾儿，我听到线报，说旦国在不远处的凤山上发现了一大片草原，那里土壤肥美，有很多天然肥壮的野牛、野羊生长，也有山鸡、凤凰，甚至可能会有潜藏的金银矿产，实在是不可多得的资源。这个事情很稀奇，我们熟悉旦国的地理，怎么会不知道这片草原的存在？"

辛听了姬王的话，伸手理了理腰间的佩带，然后探询地看着父亲说："父亲，您的意思是？"

姬王点点头："你知道，这几年，大风年年从北方吹来，我们的沙地逐年增多，土地已比较贫瘠，牧场也在减少，需要新的生产增长点。旦国新发现的土地实在不可多得。我现在需要关于那片土地的准确情报。你组织一个小分队潜入旦国，一定要把那片土地的大小、出产、动植物等地理、资源分布情况都弄清楚。"

辛领下姬王布置的任务，在草房里转了三圈，试图思考出一个有可操作性的计划。然而惯于风雅的他确实不擅长计谋，只好求教于宫人。有宫人甲说："公子不必烦恼，我们不知道那附近有没有兵力把守，保险起见，公子可以到民间招募青壮年组成皇家卫队，好好训练一下，让他们化装成旦国的人潜入那片土地就可以了。"辛点头称是。

一个星期过去，辛的皇家卫队已具有相当规模。这支卫队是从姬国精壮农民里招募而来的。辛发给他们漂亮麻布做的制服，穿上它走在乡里，人人都投以羡慕的眼神。少女们更以无比爱慕的目光看着那些卫队队员们。卫队队员成为姬国最受欢迎的时尚人物，走到哪里都引来一片欢呼。辛对外称卫队是为了保护国王而组建，所有队员闲时都必须务农，只在农闲时才集合训练，这也是为国家荣誉考虑。为了保密，辛即使对卫队都不透露他的计划，只督促他们勤练武术，以报效祖国。

半个月后，姬王在一个傍晚视察完卫队的操练，满意地点点头，对身旁的辛说："可以了。"

那个傍晚，辛派宫人甲带领卫队潜入旦国境内。队员们对旦国的路径非常熟悉，他们摇摇晃晃地哼着号子，大摇大摆地走在路上，没有引起任何怀疑。最后，他们抵达了那片名为风的土地。远远地看见栅栏围住一片耀眼的绿。那是一片地势平缓的山丘，隐隐约约可见牛马在里面奔跑，或悠闲地站立，咀嚼青草。它们的皮肤都有一种自然的光泽。丘陵岩石闪闪发光，呈现出丰富的色彩，浅灰色、浅粉色、亮粉色、黄色、红色。巨石之间，一道神秘的金光在闪耀。

所有的队员都看呆了，虽然他们也经常狩猎，可是，这还是他们第一次目睹如此肥美的牛马。想到牲畜鲜嫩的肉，有些队员禁不住开始流口水。

他们正试图向栅栏继续靠近，突然传来一个声音："谁？你们是谁？来干什么的？"一个旦国人向他们走来，看样子是土地管理员。

宫人甲使了个眼色，可怜的土地管理员还没看清楚来人是谁，就被一刀放倒，挂在了栅栏上。宫人甲说："他们很快会发现这人的尸体，我们快走，向主上禀报这是我国从来没有过的良好牧场和农田。"

辛听了宫人甲的禀报，挠了挠头，一时间有些困惑。居然出了人命！他原想只是悄悄地看一眼，满足一下父亲的好奇心，也趁机证明自己的能力，免得老让人说自己是公子哥儿，啥事也不会做。这事旦国迟早会发觉是自己所为，大家都是邻居，多不好看。想着头痛，还是得赶快禀报父亲大人，听候发落。

姬王听后脸上露出了笑意："好，好，这下就好了，我们有粮食了。这两年干旱，各方面情况都不好，庄稼种不出来，山上的猎物也大量减少。有些别有用心的人对我不满意，在树皮报纸上大肆批评我。我们若把那块地拿过来，就会给国民生产带来新气象。"

辛大吃一惊："父亲，我们和旦国一向关系很好，这不违反了友邦原则？其他国家会怎么看？"

姬王摸了摸胡子："儿子，你读了太多书，现在是实践的时候了。国与国之间，没有真正友谊。唯有自己的利益，才是永恒的利益。"

"父亲，那不是要和旦国闹翻脸了吗？会不会打仗？"

"你记住，战争是使经济增长的好办法，它也会转移国民的注意力。近年来我国人民一直抱怨吃得不好，土地也不够用。现在，我们就去抢那块地过来，如果能打仗的话就更好了。"

父子计谋已定，决定扩招皇家卫队人马。皇家卫队是本国时尚先锋，很容易就招到了大批喜欢漂亮麻布制服的青年人入伍。辛让宫人甲全权负责卫队的训练。很快就教会这些青年猎人或者农民舞枪使棒。一时间整个训练场灰尘滚滚，人人汗流浃背，奋勇练习本领保卫国王。在训练间隙，姬国的少女则跳起欢快的"哈踢"舞，慰劳辛苦的卫队将士。

宫人甲在另一个黄昏再次率队渡河。他带着大部队，浩浩荡荡地踏进旦国的土地。在旦国人惊恐不解的目光中，姬国的军队轻易地驱逐了守卫那片肥美土地的百把个农民，给它重新围上栅栏，规定由姬国派专人看护，专人打猎种植，开掘矿产。他们进一步勘探，发现那片发出光亮的岩石正是一个巨大的金矿。石山延绵不断，是整个荒帝国从来没有出现过的宝藏。

旦国人愤怒了，他们早就想到姬人会觊觎风山的财富，因此派去本国最精锐的武士前去把守。然而实力悬殊，在姬国军队面前毫无抵抗之力。姬国人公开入侵抢劫，他们必须做出反应。旦国国王立即召开旦国元老会议。长胡子的元老一慷慨陈词："我们必须抗议，发出最严正的抗议！我们要找荒帝来作主。"元老二驳斥道："你只会抗议，抗议有什么用？敌人这么强大，人比我们多，土地也比我们多得多。荒帝事不关己，只要姬国给他上供，他一定袖手旁观。我们只能自己解决问题！好不容易我们找到一块好土地，本想悄悄发展壮大，这就被他们抢去了。"顿时整个会议分成两派意见：主战派和主和派。主战派坚决声称要以血还血，以牙还牙，即使敌人远远比自己强大，也一定要证明自己不是懦弱可欺的软骨头。主和派则力主要以和为贵，在面对分明比自己强大的敌人时，不能以卵击石，这无异于自杀行为。主和派以为要向对方抗议，同时广泛征得周边邻国的同情，造成对姬国的舆论压力，迫使他退出被占土地。会议最后，元老们发生了激烈争吵，有的元老甚至爬上桌子，捋起袖子，宣布誓要与恶邻奋战到底。

旦国元老的争执惊动了国王。国王在他居住的草屋里接见众元老，听他们陈述意见。听罢，他眉头紧蹙，长久不语。元老们屏声静气地跪在草席上，屋里连一根针掉到地上的声音都清晰可辨。

国王长长地叹了一口气："众爱卿，这真是让我左右为难的事呐！为何我们总要处在这两难的尴尬处境中，没得选择。战吧，死路一条；不战，这口气实在咽不下去啊！"

元老一说："陛下，如果我们强势反击，恐招来灭国之祸！不如暂时忍受侮辱，默默寻求发展壮大，再一击制胜。"

元老二说："陛下，如果我们忍气吞声，恐怕民有不满，质疑您的统治能力，会造成国家动乱。"

元老三说："陛下，恃强凌弱是人类社会产生以来就有的恶疾。可是，旦国人即使知道前面等待着的是悲剧的命运，也不会恐惧这命运。"

旦国高层达成了共识。一部分人到民间煽动民众对姬的仇恨心理，征召兵马，为可能到来的战争做准备。另一部分人则到周边国家去觐见别的诸侯国王以及荒帝禺，陈述被侵略的事实，要求正义的声援和支持，从舆论上压倒对方。元老一作为使者到姬国递交抗议书，要求姬国对抢占旦国土地的行为做出解释，并召回旦国驻姬国大使。他渡河来到姬国，见到姬王的宫人，要求安排与姬王的会见。宫人头目装模作样地审查了他的所有例行文件，告诉他姬王应邻国湘王的邀请打猎去了，让他改日再来，抗议书可以替他保管存放，留给姬王。元老一只能忍声吞气地回到旦国，给自己的同胞讲述了在姬国所受耻辱，这激起了旦国人更大的愤怒。与此同时，出使周边各诸侯国的使节也纷纷回归，他们叹着气。那些诸侯国基本都抱着事不关己，高高挂起的态度，害怕姬国的国力，绝不会从实际上帮助旦国拿回自己的土地。他们发表声明，谴责姬国的霸道行径，同时又给姬王飞鸽传书，恭喜他新获百亩良田。

一连数天，旦国城里乡间都有信使骑驴飞奔来去。平时除了农忙季节，大部分时间闲坐在河边钓鱼、扔石头水花的旦国人行动了起来，他们聚集开会，在会议上历数姬国的罪状：强占旦国的肥美土地，让旦国人民吃不饱穿不暖。姬国男人总是娶走本国最美的女人，让很多男人一辈子打光棍。旦国身体最健壮、学问最丰富、最富有的人总是到姬国定居，大大削弱本国的经济、文化实力。姬国的鹅总是游到旦国来，啃吃旦国的嫩草。演讲者说到痛处，禁不住声泪俱下。有青年手持苍鹰羽毛跳上讲台高呼：把姬国人赶出去！人们投以热烈的掌声和尖叫声。

一支别动队悄悄组建起来。与姬国穿闪亮衣服的皇家卫队不同，别动队队员只统一在头上戴了黄色风铃草编织的花环作为标志。然而这不妨碍他们拿着锄头铲子用仇恨的目光盯着稻草人练习进攻的热情。仇恨爆发出惊人的能量，平时吵架的邻里现在互敬互爱，平时和睦的跨国家庭则分为截然不同的两派：要么亲姬，要么倒姬。旦国大公主水仙因为口哨声出众，担任别动队队长，她谱写了一曲《亲爱的旦国》，用口哨声激励旦国人奋勇抗敌。大公主甚至宣布，谁能够成功驱逐侵略者，诛杀姬王，她将嫁给这位勇士！

旦国别动队在一个月黑风高的夜晚潜入姬国境内，一路上没有人发现他们的行动，连狗都没有吠一声。别动队的目标是姬王的草屋，以及皇家卫队居住的大山洞。骄傲的姬王没有想到，弱小的旦国人胆敢选择最直接的方式来斩杀自己。别动队成功接近了目标，世界漆黑一片，所有屋里取暖的火都已快燃尽。这样的夜晚泛出浓重的杀戮气，忽然之间，姬国火光遍地。刹那间，整个姬国淹没在火海中。火堆"噼里啪啦"声、人的哭喊声、狗吠声，横梁、树木正倒下来，火光里，整个姬国笼罩在一片浓黑的烟雾中。惨叫声此起彼伏，衣冠不整的皇家卫队队员如火人般纷纷从山洞里冲出来，又倒在守候在外的别动队员锄头铲子之下。这是个悲惨的夜晚，姬国后来将这一天命名为国殇日，这一天所有的姬国人必须着黑服、禁歌声、禁玩笑、禁婚娶，以纪念无数的死者。据统计，姬国最精壮的卫队队员都倒在了这个夜晚。姬王也未能幸免。

第二天一早，整个荒帝国震惊了。各诸侯国君纷纷飞鸽传书或遣人来慰问在昨夜袭击中不幸遇难的姬国人。荒帝国上下一片声讨之声，"斯事骇人听闻"，荒帝派人携带两百斤小麦来表示慰问。所有角落都在议论这桩恐怖的袭击，猜测公子辛会采取怎样的报复手段。人们看见公子辛陷入巨大的悲哀与愤怒之中，他在父亲已被烧成焦炭般的遗体前静坐了一天一夜，刻骨铭心地理解了自己的身份。第二天，一身白衣的他出现在姬国文武百官和各国吊唁使节面前，接受他们的哀悼，为父亲主持国丧。随后，公子辛继承王位，成为姬国国君。在埋葬父亲前，他割破手指说："父亲，我要报仇！"鲜血滴到了尸体发黑的脸上。

整个姬国贴满标语：以血还血，以牙还牙；缚得凶徒！姬国的大街小巷里，人们面容哀戚，父母怀念儿子、侄子、邻居家的好少年，少女想起那英俊帅气的男孩。这些人现在都已和国君一样，化为焦炭。人们来不及思考杀戮为何迅即发生，所有的意识已为愤怒填满。这是姬国的耻辱和泪水。与此同时，人们开始感到一种由衷的恐惧感：生命如露水，朝不保夕。这让他们对平安满足的生活产生了怀疑。他们坐在屋里，瑟瑟发抖，害怕下一个夜晚的来临。

旦国别动队动作太快了，来去如风，以至于姬国没有直接证据确认攻击者就是对岸的旦国，虽然他们有百分之百的理由相信就是旦国所为。公子辛丢开所有的诗词歌赋，坐在草屋里苦苦思索该如何复仇，怎样才是正确的复仇姿势，怎样从证据链到道义到武装实力都做足准备，而不至于给其他邻国授以口实，趁机浑水摸鱼，以为旦国出兵为名引发一场帝国大战，从而夺取自己的土地。公子辛觉得自己快要崩溃了。

"儿子，你读了太多书，现在是实践的时候了。"老姬王的声音在虚空中响起。

"父亲，我相信，如果是您，您一定会用最快的速度解决问题。"辛对着黑暗自言自语。

宫人甲进来了。他悄然立在姬王辛一侧，垂首无声。

姬王辛抬起头，询问似的看了他一眼。

宫人甲清了清嗓子："咳咳，陛下，有件事情需要禀报您！我们已有证据，证明这突袭事件是旦国做的。"

姬王辛一下站了起来，抓住宫人甲的肩膀："你说什么？什么证据？"

宫人甲："事发当晚，有人听到吹口哨的声音。那调子就是旦的国歌，叫什么《亲爱的旦国》。事情肯定是他们做的。听说旦国大公主吹得很好的口哨，吹到凌厉之处，有金石爆破之声。"他停住，咽下一口口水，"今天，大公主举行婚礼，嫁给旦国别动队队长猣。"

故事的最后一幕场景在两国交界的河边，河水奔流不息，永远向前。姬王辛在一场庄严的祭祀典礼上，发布了长达万言的《伐旦》，他痛陈旦国的恐怖行为，要还姬国和人民一个安稳的生活，让他们从此不再受到暴力或谋杀的威胁，人们安居乐业，打猎种植。每个人都将是安全的，"众生将获安全平康。夫仪物之常，生民之幸者也。而义正公理，亦必偕其左右"。

姬王辛念完讨伐檄文，率领他的卫队准备涉水过河，踏上征讨旦国的征程。卫队由姬国热血沸腾的青年人组成，共有两千人，是姬国人口的十分之一，是对岸旦国人口的一半。他们装备了大刀长矛，是那个时代最先进的武器。

那是姬国历史上的重要时刻。碧空如洗，姬王走在岸上，检阅他的卫队。卫队员甲胄威武，金甲生光，冠盖整齐，羽翼飞扬，脸上露出对即将到来的战争既兴奋又憧憬的表情。他们或小声讨论，或静悄悄而立，眼睛闪闪发光。姬王向他们挥手，卫队发出震耳欲聋的"吾王万岁！"的声音。姬王辛振臂高呼："诸位，今日为国而战，明日必有功劳！"卫队山呼海啸般以回应，很多卫队员捋起袖子，露出手臂上黑墨书写的"报仇"，一时间群情激昂，每一个见证了这场面的人都热血沸腾。

姬王辛手一指，皇家卫队已杀声震天，排成整齐的方队，冲向对岸。突然，一阵箭雨飞来，冲在最前面的人顿时倒下，公子辛手一指，第二批人又冲了上去，很快登上了彼岸，与守在对岸的持锄头铲子的旦国人混战。因为人数上占优势，很快旦国人如落叶一样纷纷倒下，河里、岸上布满了尸体，有些尸体顺水而下流向远方。

姬王辛登上旦国的岸边，极目四望，这曾经是他非常熟悉的土地。从前，他曾经想象在傍晚过河，与一名名叫水仙的会吹口哨的女孩约会，他喜欢她噘着嘴吹口哨的模样。如今，物是人非，今天他只能踏着无数人的尸体过河。很多至关重要的转折点，来临时都悄然无声。他必须回应这神秘的召唤。他已踏平这块土地，履行了复仇的誓言。整个旦国变成一片燃烧的废墟，不时可闻妇女孩子尖锐的哭喊。杀红了眼的姬兵正哈哈大笑，把刀伸向每一个平民。他们的眼睛发红，有种病态的亢奋。人和兽的转变如此猝不及防，这还是他所熟悉的人民吗？一切混乱不堪，唯有他，看清了自己的命运。

姬王辛静静地站在河岸上，看着火光与血气冲天的旦国国土。他回头问宫人甲："你们看见旦国大公主吗？活的死的？都看见过没？"宫人甲说："回陛下，刚才过河的时候，有一个女孩吹着口哨让这帮旦国的贱民来阻挡我们，后来让我国的勇士一刀砍下了半边脑袋，顺水漂走了。"他看了看公子辛，补充了一句："恭喜陛下，我们现在征服了旦国，已成为最大的诸侯国了。荒帝已来书，祝贺你铲除了危害整个荒邦的危险分子，并授予你和平勋章。"

故事到这里就该结束了。我看着球体，神思恍惚。这块土地最终得到了统一与和平，虽然有些无名的爱情悄无声息地死亡，然后挂在夜晚的树枝上。然而当事人已经死的死，老去的老去，都不再记得，单单记着这点小插曲又有什么用呢？

球体与我默然对视，它庄严肃穆，没有任何瑕疵或者缺陷。那些水流声、打杀声都已远去，所有的光影都已消失，球的颜色已变成灰蓝，公子辛在剧终时的眼神还留在我脑海里。那双棕色的眼睛会想起什么？他是否有遗憾和悔恨，他是否有过其他人生的可能？我用手指碰了碰球面，此刻，它光滑、均匀、流畅，如同海上遥远的日出，或是夜空中永远触摸不到的梦境。

我想了解球体，徐孔说它是与端县历史有关的装置，难道它是一种文物的数字化建模重现方式？这个故事从哪里来？是否是端县史上的真实故事？重现历史场景需要海量点云数据，而原始文物和空间又在哪里？我国历史上并没有荒帝国的存在，故事更大可能是虚构的。我细细地触摸球体，试图体会它的纹理、构造、质地，感知它的内核。它似有一种奇妙的能量，包含着某种异世界的信息。它在试图告诉我什么？它又能告诉我什么？这些事物总是如此有趣，远远胜过了科技发展与现实混杂颠倒的人生。

我回想拿到球体之初，它曾经在书桌上滚动，而后出现了影像。我轻轻摇了摇球体，它没有回应。我加大了力量，球体隐约开始闪光，变得半透明。没错，这回方法对了，出现了一层蓝色的球形面板，上面有一些围棋棋子造型的触摸按钮和手势识别标识。果然有控制屏！可以看到，环境、历史和人是菜单上的重要选项，每一项参数也都有可修改的变量。我看着菜单，有些犹豫，想了想，最后，抱着试试的心态，拨动了"辛"的情感指数条……

蓝色的平面开始扩展，变大的球体影像独自飘浮在光亮中，球面变得纵深，出现了两个字：姬旦。一部全息电影正在上演。

我第二次置身于这个故事。

还是那条小河在世界中心流淌，还是一衣带水两个小国。我再一次看到公子辛清秀的脸庞，他喜欢邻国女孩水仙的娇俏，想给她写一封情书，约她傍晚在河边见面，暗号就是三声口哨。他这么想，没有反复考虑，就这么做了。很快，山羊信使带来了回信。远古的女孩没有那么多含蓄和娇羞，竹片上只有一句话：

下午六点，河边等我。

那天下午下了大雨，起初，雷声轰轰、乌云密布，而后大雨倾盆而下。公子辛开始焦虑，这个约会是否会被推迟？他站在草屋屋檐下，看着檐下的雨柱。而运气站在了他这边，到了傍晚，云开雾散、雨水停落，广阔的绿野在他面前展开，阳光重新出现在大地。被雨清洗过的世界一片透明，植物在阳光折射下闪闪发光。万物生机盎然，空气中都是泥土和绿草的清香。

公子辛来到河边，他端坐在河边岩滩上，手抚琴弦，仰天而歌，有种强烈的写诗的渴望。他好看的样子让黑脸琵鹭驻足水面，时时张望。每一个路过的少女都停下脚步，心烦意乱，不知道该不该上前去搭讪。这时，旦国大公主从一片黄色花丛姗姗而来，她穿着用初春的竹叶汁染成的绿麻布裙，长发飘逸、亭亭玉立、顾盼生辉。公子辛看着她走过来，顿时呆住。公主对他微笑，而后嘴唇微微翘起，按照约定，吹了三声口哨。呼气间，悦耳的哨声响起来，那是一种天籁般的魔力之音。远处树林里，鸟儿开始和应，有鸟儿开始高飞，"布谷，布谷"，河滩上，白鹭低低地掠过水面。

那是一个定情的场景。公子辛与水仙互换最心爱的纱巾，相许终生。夜晚，暮色沉沉，他终于心满意足地回到自己的草屋，满心欢喜，想着要去给父王禀报，请他同意自己向邻国提亲。自己和公主也算门当户对，无论从家庭门第、国家利益角度出发，想必父亲都会赞成。

他在草房里正想得甜蜜，皱着眉头的姬王急匆匆地出现在三维平面里，踢掉了门槛上的木头。他说："父亲，您来了。"姬王在屋里徘徊转圈，告诉他邻国发现了一块狩猎和自然资源都十分丰沛之地，让他去探寻情报。

辛低头，想了一会。他可能想到了什么，抬头看着父亲，有些迟疑：

"父亲，儿臣有话想讲。"

"你说。"

"为何要这样做？我们和旦一向交好。"

"不必多问。"姬王摆了摆手，"国与国之间，没有永远的朋友。"

"我们可以和旦国商量，共同勘探那块土地。"

"儿啊，你将是一国之主，要为一国人民负责。"姬王叹了口气。"我国连年大旱，庄稼歉收，猎物也远不如往年丰饶，导致国力衰退。已经有国人对我们不满，在树皮报纸上大肆批评我的施政纲领。为了国民，我们需要开采新的资源。"

"如果我们组织小分队潜入旦国勘探他的资源，一旦他们发现了，会对我们的外交关系造成伤害，后续可能有麻烦。"

"混乱会带来机遇。制造他们的混乱，趁机下手，为我国谋利。"

"父亲，这可能会引发战争！"

姬王摸了摸胡子："我们已经和平太久了，打仗不是坏事，顺时而为即可。儿子，就由你带队去旦国，你已经成人，需要建立属于你的功业。"

场景变换，辛亲自带领小分队潜入旦国境内，抵达了那片名为风的土地。夜色中，他们小心翼翼走近栅栏，对草场肥美的状况惊叹不已。这时，突然传来一个声音："谁？你们是谁？来干什么的？"

土地管理员向他们走过来。

辛愣住了，他猝不及防，心开始狂跳，感觉自己是个小偷，有种被当场抓获的犯罪感和恐惧感。宫人甲见状不对，冲到栅栏前拔刀，想立刻杀人灭口。辛本能按住他的刀，刀锋冰冷。辛说："等一等。"

土地管理员看见对面有几个陌生男人，身着体面的亚麻衣服、腰挂佩刀。他们不可能是旦国人，旦国穷，很少有人能穿这么好的麻布。他立刻将手伸向唇边，用尽全身力气吹出一连串口哨。哨声清脆尖锐，宛如夜枭，呼啸着划过原野，不远处的天空立刻出现一群秃鹫，"呱呱"地叫着向辛和同伴们扑过来。

"不好！"宫人甲叫道，"被发现了，他们有准备。"辛说："撤！"一群人立刻回转身来，准备撤退。对面已经出现了几十个人。在有节奏的口哨声中，一阵长箭划破空气，"嗖嗖"地飞来，"嘭嘭"，辛身旁有人发出尖叫，有队员已经中箭。辛的大脑一阵麻木，怎么事情会这样？愤怒的呼喊声、恐惧的尖叫声、穿破耳膜的口哨声、震天的鼓声，他的喉咙有一种难以解释的干渴感。他机械地转身，拼命奔跑，想以最快的速度撤回本国。突然，一个尖锐的东西刺中他的后颈，一种酸胀的痛楚充盈了整个身体，他骤然停住脚步。他闻到一种腥味，摸了摸脖子，满手温暖、湿乎乎的液体。他不可思议地看着自己沾满鲜血的手，开始头晕目眩，晃了晃，轻飘飘地扑倒在地。"公子中箭啦！"他听见有人在尖叫，有人试图拉起他，他感觉自己软绵绵地，丝毫没有任何力气。拉起他的人又放下他。他看见面前出现一些脚，耀眼的光线倾泻下来，然后他的视线开始变暗，眼前有很多黑点。有人在用脚踢他，背上有更深的刺痛感，有人在用锄头敲打他，他感到口渴和焦躁，仍然能听到"呼呼"的风声，脚步奔跑的声音，人惨叫的声音，声音慢慢变得微弱，直至消失。

公子辛死了。

情况是这样的，两个月前，就像从天而降，一块富有宝藏的土地突然出现在旦地。旦王欣喜若狂，秘密找来百年乌龟，在龟甲上钻坑占卜。祭司看着裂纹，说:"吉,非使他人知晓也。"旦王深以为然,他深知匹夫无罪怀璧其罪,对强大的邻国多有忌惮,于是做好布置。他派出自己的贴身卫队,在四周围安装栅栏,日夜看守。

这一次,从来没有实战经验的辛因一念之仁,未能先发制人,倒在了旦国的土地上。

姬王陷入了巨大的悲痛中。他最初并没有想到派辛去实地勘探,旦国贫瘠弱小,他从来没有把旦国放在心上。在与辛商议勘探计划时,辛反复对计划提出疑问,他突然觉得应该让儿子去体验现实环境,顺便为将来可能的霸业做准备。这本来是一位国君的成长之路,也是登基之路,不然,手下诸多悍将,将来如何会臣服一位没有功名的君主。没想到辛一去不回,在那个傍晚,倒在没有名分的战场上。姬王静坐了一天一夜,他彻夜不眠、痛彻心扉。第二天,出现在文武百官面前的他一夜白发,满脸沧桑。满朝官员静寂无声,等待他的指令。

姬王颤抖着开口了,声音沙哑:"传孤的话,告知所有子民,辛无辜在旦国被刺,这是对我们巨大的侮辱!"他环视四周,而后看着眼前的虚空:"复仇吧!以血洗血!"

姬王在一周后,以雷霆之势率兵渡河,占领了旦国。那天,初升的太阳如烈火,映照在嗜杀的石斧上。硝烟弥漫,老树倒塌,旦国人如落叶一样纷纷倒下。姬王静静地站在河岸上,看着火光与血气冲天的大地。宫人甲过来禀报:"恭喜陛下,我们现在征服了旦国,已成为最大的诸侯国了。荒帝来书,祝贺你铲除了危害整个荒邦的危险分子,并授予你和平勋章。"

故事再次结束了。我揉了揉眼睛,感觉一阵茫然。我在短时间内,见证了两个错综复杂的故事。故事有相同的场景、人物,相同的开端,却走向不同的结束。风起于青萍之末,浪成于微澜之间。我开始回想故事节点,从哪个隐秘的节点开始故事树发生了分叉?如同河流从哪一处旋涡开始分流?这个分叉是否对故事终点有着深远的意义?故事终点究竟是同,还是不同呢?如果以个体而言,它们是不同的。公子辛在一个故事里成为雄踞一方的霸主,在另一个故事里早早夭亡。而故事的结局并没有太大差距,牵一发并没有动全身,毕竟两个故事中的旦国都灭亡了,公子辛即使在故事的尽头没有死去,在无所不在、包罗万象的时间长河里,他也注定必将消亡。

巨额的财富出现是一个变量,它可以打断无数正在进行中的常规之事。比如:一次爱情、一个生命的自然生长历程、一个国家的发展变换。所有的一切都在刹那间凝固、静止，画上句号，然而并不圆满。一次偶然可以影响整个世界。即使你生活在边远如旦国的地方，自给自足不欲与外界发生纠纷，最终还是会化作一片焦土。

设置这两个故事，究竟想要证明什么呢？

完美的球体如宇宙，默然无声。

"历史的进程从来没有改变过。"一个声音响起，我抬起头，不知何时，徐孔又回来了。"宇宙是一部电影，一帧一帧被播放出来。"

我顿时从迷糊中清醒过来。"逐一按顺序播放，万物皆有定数。你的意思是姬必然会贪婪，且必然会灭亡。"

"一个小国的盛衰荣辱，本来就有其规律。万物皆有因果链条和定数。"

"你在探讨决定论，认为所有发生之事，都在因果关系里，都由其前导事件所决定。"

徐孔耸耸肩，"不是吗？你认为呢？"

"这个球看上去质量很好。如果我把它扔在地上，它可能会破碎，也可能不会破碎。在我掷出这个球，且球并未落地前它可能进入薛定谔的猫的状态，只要球不落地，发出响声，或碎成渣子，或安然无恙，没人能证明它会不会破碎。"

"这个球体是由超晶体做的，由无数个微观纳米结构组成，你把它扔在地上，它应该是摔不坏的。"

"因为超晶体的硬度和耐磨损性能，所以球体不容易摔坏。因此，在时间链条上，前因推导出了后果。"

徐孔笑而不语。

我困惑地说："人呢？人在这过程中，没有选择的可能吗？"

"你说呢？"

"辛早一天送出那封信，到底是偶然还是必然？如果他没有早一天送出那封信，他可能没有和水仙有那么多情感牵连，他也许就不会在姬王下命令时提出自己的想法，也就不会被派往旦国，他就不会死。"

"你觉得呢？你看到哪些可能属于人的可能性呢？"

"他为什么会早一天送出那封信呢？"

"希腊神话第一位神的名字叫 Chaos，意为混沌。盘古开天，辟开的也是混沌。所有神话与传说的源头都指向一种不确定性，人类社会这样的复杂系统，始终处于秩序和混沌之间的混沌边缘。

"所以是一种偶然?"

徐孔耸耸肩,"我也不清楚。混沌是一种不稳定的状态,不稳定性和概率本来就是理性的一部分。"

"在这个故事里,辛不一定会提前送出那封信,事实上,辛可以选择早一天,或者晚一天送出那封信,某种程度上,这是一种他可以选择做或者不做的主观性。既然出现了初始误差,结果应该不一样啊。"

"不然,早一天送出那封信,更像是量子模型中的人在荷尔蒙更膨胀的情况下的概率性必然。"

"这个场景还可以重现吗?"

"当然可以,只要你愿意,你可以无限量地改变实验参数,重新回到起点,看辛的人生是否会有不同。"

"你这个东西有意思,是新型脑机接口实验仪?"

徐孔咧了咧嘴:"哪来的脑机接口,这是一个社会演化观察器,是一个年轻人做的。他以远古时期的社会形态为蓝本,用算法构建了一个世界。在这个世界里,有完全相同的初始环境,和完全相同的自然法则。比如:两个原始的小国家,一个国力强盛,一个相对弱小衰微。他预设了一些参数、规范和变量,采用循环神经网络模型,做模拟仿真的行为实验,制造生活现场,用它来看社会的发展变化。球体自身有它的演化属性,会自我完善和修正。我们生活的世界里,无论是政治、经济、文化,社会自有它的演变规律。"

"有意思,这个年轻人是谁?怎么没听说过这个仪器?"

"他是个哲学博士。在科技高度发展的今天,他设计了这个观察器,符合哲学、社会学与技术深度融合的要求,想用它来获得学位。"

"一个实验?有意思。"我说。

"是的,它可以模拟动态进化过程,玩家可以调整参数,改变里面的事件。每次世界重造之时,事件会不会一模一样地发生?有哪些变化?这些变化会不会影响社会的发展方向?当然,它可能也有预测功能,只是我们都知道未来我们会有很多危机,就懒得预测了,免得心烦。"

"设计的原则主要基于自然法则吗?人在不在条件里?"

"人当然要存在于环境里。人是舞台上的参演者,是重要参数。必然性不在人的掌控之中,偶然又总是变化无常。这个演出才变得更有意思起来。"

"人的意义就是和虚无做对抗,我想再试试,我能不能调整人的参数?我能不能继续加大辛的主观意志，换一个叙事者，比如宫人甲。"

"实验有自己的多重生命，你随便调整。"

"他拿到学位了吗？"我好奇地问。徐孔咧了咧嘴，没有回答。我对球一番操作后，球体上再次出现了"姬旦"，故事第三次开始了。

这一次，我们看到宫人甲出现在三维屏幕上。宫人甲的设定是一个聪明健壮的年轻人。他出身平民家庭，从小被送进王宫。最初，他在厨房里帮佣打杂。小小孩子天生机灵，会看眼色，把自己收拾得干干净净，被挑选成为公子辛的陪伴。他的职责是伴随辛读书、打猎、习武，保证他的安全。那天，辛出门与女孩约会，回来时满脸欢喜。宫人甲发现，辛平常佩戴在腰间的紫色纱巾变成了黄色，隐约可见上面纱了一朵鲜艳的花朵。"公子辛这回认真了。"他的话外音响起，"上次丞相的女儿想要这条纱巾，只得了几个坚果。"

那天，还发生了一件重要的事。姬王来到辛的草屋，提到邻居旦国出现了一个资源丰沛的草原，想让公子辛探寻那片土地的情报。这本来是件好事，没想到公子辛提出想和旦国合作，共同勘探。看来公子辛真的喜欢旦国大公主，以至于想和旦国结亲，一起开发，互利共赢。他努力劝说父王同意自己的主张："我们有两种可能：武力强取，或者合作开发。如果动用武力，我们大概率会赢，但会丧失民心，也会因好战招致邻国忌惮。如果合作开发，获得的资源会少一些，但两国人民都不会因此流无谓的血。"

"他从小缺少一点狠劲，虽然王上一直让我带他多去打猎。"宫人甲想，"如果是我，会毫不犹豫动兵。森林里，生存下来的都是先发制人更强壮的老虎。"

辛一再坚持，希望用和平的方式达到目的。他是姬王最爱的儿子，父亲最后同意首先去确认那块土地的具体情况，探探它的实际价值，再做决定。姬王离开后，辛开始在草屋里转圈。每次遇到疑难问题，或是激烈的心理斗争，他就会在屋里反复转圈。他徒劳地转圈，完全不知道人生的艰辛无常必然会发生。宫人甲侍立在旁，一声不吭。他知道公子会问自己的意见，已经在盘算该如何回答。

"你在旦有没有亲戚？"辛停下脚步，若有所思。宫人甲顿了顿，没想到公子会问这个问题。"有一个舅舅，三年前去旦卖草鞋，在那边娶了媳妇，一直没有回来。""你明天出发，去探望舅舅，回来的时候绕道草场。你一路随机应变，不要泄露计划。"公子说。宫人甲一宿没睡，第二天，天蒙蒙亮之时，晨辉尚和布满阴翳的密林一样昏暗，所有人还在睡梦之中，他已经站在河边，准备渡河。他背着行囊，穿着母亲新做的布鞋，一路疾走。他走进开满山茶花的春天长廊，经过只穿树皮的原始人的村落，到达气候宜人的宜北。他给舅舅带来新织的蜡染麻布。舅舅一家热情地款待他，把从前熊住的山洞打扫得干干净净，铺上新晒的干草。夜晚，他们燃起篝火，在火上烤豆子、狮子肉。柴火烧得"噼啪"作响，火焰熊熊，每个人的脸都映得通红。他们围着火堆跳舞，唱迎客的歌。"哟嗬"，歌声穿破天际，回荡在旷野，有一种来自远古的神秘激情。宫人甲快活极了，他和舅舅大口喝酒，雄黄酒芬芳馥郁，他想："真好喝，比上周的秫米酒好喝多了。"

他在宜北待了一天，陪舅舅聊遥远家乡的变化。独眼的奶奶已于去年去世，家族最为勇猛的小叔去年在打狼时伤了腿，现在不再打猎，在家做木工。最小的妹妹嫁给另一位宫中侍卫，即将临盆。他请舅舅考虑回国生活，毕竟，家乡的木工、石头工艺都先进得多，容易过上好生活。聊完很多亲人间的话，他睡了一个好觉，而后告别舅舅，开启了旦国旅行。他一路看着旦国雄伟的山脉，苍茫的草地，壮丽的原野让他眼花缭乱，他叹息姬的自然环境的确逐年恶化，的确比不上这里的绿草茵茵。终于，他在傍晚抵达了风山。他一眼就认出了那一定是传说中的土地，一大片栅栏围住青葱草地，可见牛马悠闲而立，岩石闪闪发光。"是的，王上说得不错，这是一块罕见的宝藏之地。"他对自己说。

宫人甲默默地看着这片土地，突然传来一个声音："谁？你是谁？来干什么的？"

一个灰胡子、灰眼睛的人向他走来，看样子是土地管理员。

宫人甲迅速在脑中做出判断，自己势单力孤，不动声色为好。他对土地管理员友好地说："大哥，我来走亲戚。我刚从宜北过来，到处走走。这里好漂亮！我从来没见过这么漂亮的地方！"他真诚地笑了，"比姬国漂亮多了！"

土地管理员拍拍他的肩膀，"这当然是好地方。你赶紧走吧，别站这了，没对外开放。"

"啥时能开放啊？"宫人甲问，"我回去带我儿子来骑马，这马可太俊了。"

土地管理员挥挥手，"快走，开放的时候，你就知道了。"

宫人甲立刻渡河回国，向王上与公子汇报在风山之所见。那里牛羊成群，山岭金光闪耀，无论是畜牧资源，或是自然矿产，都是天赐之地。如此巨额财富出现在风山，旦国的强盛指日可待。

"很快，我们与旦国力对比会发生变化。"姬王得出结论，"我们必须先下手为强，拿下那里，不能等到旦的强盛。"

"父亲，富贵显荣，成理万物，万物各得其所。如果我们强行抢夺，师出无名，名不副实，岂不有违天命？"公子辛说。

姬王摸了摸胡子："儿子，你读了太多书，现在是实践的时候了。何为天命？唯有自己的利益，才是永恒的天命。"

辛："父亲……"

姬王转身离去，退场。宫人甲低头，在心里叹了口气，听到公子辛走出草屋的脚步声。

到此，这故事开始与第一条故事线汇合。宫人甲于一个黄昏带领卫队队员渡河，强占风山。荒邦其他诸侯视手旁观。旦国别动队的反击，姬王再次死在黑暗的袭击里。公子辛的复仇。所有的故事都如复制人出现，一模一样地再现了第一个故事。唯一的变量在旦国大公主，吹口哨女孩在大军渡河上岸时自杀身亡，尸体顺水飘零。

我怅然若失。从宫人甲的视点出发，我看到同一个虚构故事。隔着幻觉的时空，我能触摸到公子辛的困惑与不甘。行动改变命运，辛的行动一直为环境所限，理性思考最终让位于行动。所有的故事中，辛的意志均受姬王的意志压制，王子的基因让他别无选择。辛很难坚持意愿，每一次，他只能选择服从。当然，不做与不能坚持也是一种主观性。

"有没有可能让姬王同意辛的建议，选择合作共赢？"我问徐孔。

"这个选择不符合人性，人天生恃强凌弱，这是人类历史的实际进程。但你可以试试，看看进程线中有没有这个可能。"徐孔说。

"我很想看看异化的进程和不一样的人。"我说。"能修改程序吗？"我问徐孔。

"怎么修改？"

"强行让姬王下线。"

徐孔咧嘴笑了，"姬王突然遭受不幸，这个可能性是有的，虽然微乎其微。"他开始调整、计算观察器的概率参数，最后得出一个数据：0.012。他抬头看我，"姬王有百分之一点二的可能性突然遭受不幸。"

"量子力学认为世界本质是概率的，既然有概率存在，就应该存在随机性和偶然性。"

在这个百分之一点二可能性的故事里，宫人甲出发，去邻国勘探，发现天量宝藏。姬王决定强夺宝藏，那天夜晚，他兴奋不已，饮了很多麦子酒，迷迷糊糊地上厕所，一头扎进了粪坑里，当场死亡。辛悲痛不已，举国哀悼。

国葬期后，辛向旦国国王提亲，请求迎娶水仙为王后，并提出合作开发凤山。旦王同意了，两个国家的人民连跳了三天"哈踢"舞，举行了盛大的婚礼。姬与旦开始就风山开发进行合作，姬国提供先进的工具，各种精美好用的石器源源不断地运往旦国，共同开采资源。姬国人勤奋，善于琢磨，制造工具的技术不断进步，开始有青铜器的出现。两个国家的人民生活水平都有了明显提高，更多的人走出树洞、山洞，住进草屋，后来出现了贵族居住的木屋。辛的四个孩子就出生在木屋里。

时间慢慢过去了，旦国人民不需要努力进取，永远有源源不断的资源可以过活，他们变得越发爱打麻将，做麻将的材料已不局限于杉木，出现了精雕打磨的青铜麻将。一部分旦国人享受生活，娶几个老婆，生很多孩子，甚至雇佣姬国人打工干活。一部分旦国人开始读书，思考重大的社会问题，发现社会存在不公，想推翻旦国王的统治，并赶走姬国人，取得矿产自决权。姬国人也看不惯旦人的懒惰，认为他们德不配位，希望姬国能获得更多的财富分配。

一种不满的情绪正在酝酿，双方虽然继续合作，信任开始慢慢地消失。在两国不断的小摩擦之后，终于有一天，一桩看似微不足道的事情改变了整个世界的走向。仍然在那条小河边，某个春天的雨夜，一名姬国人被旦国情敌砍死。这本是一桩民间小事，却点燃了姬国举国的怒火，已步入中年的辛想平息本国国民的情绪，被少壮派质疑统治过于温和，任由邻国发展壮大，不加扼制反噬本土。他的王权被质疑，不得不屈服于国内的政治压力。两国爆发全面战争，多年经济发展，让旦国的经济水平远高于从前，拥有了很多先进的武器。战争的烈度高于前面任何故事线，姬人渡河之时，两国人的鲜血染红了整个河滩和岸边的垂柳，从此终年不褪。故事的最后，水仙自杀，旦国战败，灭亡。

"所以，在这个故事线里，旦还是灭亡了。"我失望地说。

我从球体上移开眼睛，怔怔地看着那张羊皮纸。它的边缘已经破损，有些撕裂，上面写着古老而神秘的文字，一共13个字。文字用某种特殊的颜料书写，如今，已满是斑点和泐痕，只能从中看到部分线条和形状。文字的四周，隐约可辨几只飞鸟。它们有着尖尖的向下弯曲的喙，眼睛突起，长长的冠子和尾翎，羽毛颜色在岁月的侵蚀下已消磨殆尽。也许，羊皮纸与故事有一种神秘的联系。想到这里，我看看球体，再看看羊皮纸。我感到羊皮上的蝌蚪文开始变化，似乎将要显示出意义。

我挠了挠头，沉思片刻，转回观察器，继续不停调整它的参数。徐孔饶有兴味地看着我的尝试。故事细节不断发生变化，辛有否成功地送出信引向他是否会完全服从姬王，辛与父亲的对话引向父亲是否会派他带领小分队去勘探。有意思的是，所有的行动可能性都并非百分之百，有的故事线中，辛成功地送出信，却并没有对父亲的安排提出质疑；有时候，辛来到草场，在被林场管理员质疑之时，选择立刻杀掉对方，掩盖自己的行为。有一次，宫人甲溜进草场，偷了大包金矿，逃之夭夭，再也没有回来。

我试验了12次故事，其中，辛死了4次，姬王死了8次，水仙死了12次。在所有的故事线中，姬国占领了凤山，旦国遭受了灭国。辛和父亲谈论天命，也许旦国灭正是天命的体现，天命是否弱肉强食、丛林法则？姬国灭旦国，是一种对天命的顺应？在这个因果链条里，当下所有的时间，都受过去时间支配；当下所有行为，都受过去行为的决定，旦国的弱小来自旦国人的安于生活，来自旦国人祖先因为不思进取未能占据更好的高山、河流、矿产，因此，当他们真的拥有了宝藏山脉草地时，反而成为灭国的缘由？一切事物都有保持自身不变的惯性，宝藏的出现，是一个巨大的参数改变，最终导致了故事线里弱小国家的灭亡。

"所以，年轻人想观察社会进程，最终却验证了决定论。"我说。

"这应该是他当初没有预料到的，"徐孔说，"函数的初始化是唯一的，它本来应该像一棵树，生长出无穷无尽的可能性，结果他得到的结果居然也是唯一的。"

的确，对这个结果，年轻人可能不会满意。如同此刻的我，毫无来由地被一种虚无感击中。天行健，君子以自强不息。在宿命的世界里，人的行为还有何意义？

"假设一切都是被决定的，人是否不再需要为自己的行为负道德责任。"我怔怔地想，这是个可怕的念头，足以化解从孩提时代建构起的意义世界。

"如果用功能性磁共振成像来扫描大脑，会发现我们在作出决定之前10秒，额级皮层和顶叶皮层已经在编码信息，做出选择，产生决策意识。自由意志不过是幻觉，一种事后现象。但是我们喜欢俄狄浦斯的故事，他自戳双目，自我放逐，这试图为宿命负责任的可怕行为，让人肃然起敬。"

"辛的故事里，有人想负责任吗？"

"没有，别忘了，观察器中的故事是虚拟的，它只负责模拟社会变化，至于情感和道德，那属于人的世界。"

想到世界无穷无尽的可能性和必然性，我顿时精疲力尽。徐孔已经离开，他说晚上请我到端县最热闹的广场吃烧烤，我可以先休息一会儿。我问他为何给我看社会进程观察器，为何观察器里只有一个固定的故事。他耸耸肩，"谁知道呢？可能那位哲学博士跟你一样，想看看人类的道德观和合作性。他喜欢研究古文字，无意中读出了民间龟甲兽骨上的内容，以它为灵感设计了观察器。他大概是失望了，没有再更新过系统，设计其他故事。它和羊皮纸一起留在这里，它不能带给人满足感，有时因为设计思路老化，还会运行不畅，也很少有人对它感兴趣。"

原来如此，这个故事果然与羊皮纸有关。可我还不能理解其内容。古老的符号如蝌蚪游动的迷宫，导向远古的未知世界。我的导师告诉我，文字是一种谜语，谜语本身有其系统和规律，在曲曲折折的隐晦空间里，寻找意义的出口。我必须对它们进行还原，再通过形体对照和推勘，小心考释。他曾让我用字形图版训练学习模型来识别古文字。于是，整个下午，我静下心来，将羊皮一点点扫描成图像，用二级化来对照模糊的线条和断断续续的字迹，提高模型对笔画的还原和提取能力，并利用图形算法将图像进行数据扩充和形体对照。功夫不负有心人，在迭代训练数十轮之后，终于得到训练模型。

我将羊皮上模糊的线条和阴影输入模型中，等待输出结果。

屏幕上显现出一行字：丁丑，辛王卜，卯五牛，伐利。占曰：吉

从前，国之大事，在祀与戎。某个丁丑年，名为辛的君王用五头牛作为牺牲向上天祈祷。他得到"吉"的卜辞，预知自己即将胜利，踏上了征程。

这大概正是公子辛的原型故事。真实存在过的辛王为未来之事询问神灵和祖先，讨伐利国，获得胜利，而后消失在时间的旷野中。羊皮纸记载了这段历史，几千年后，一个年轻的学生读到这段记载，心有所感，制作了一个仪器，想用它看命运之河有没有分流的可能。

我想，为何这个仪器会命名为观察器呢？

故事是生活的本体。在时间之轴上，无论过去、现在和未来，都浓缩在故事里。在所有虚构的公子辛活下来的故事线中，他远离文学艺术，远离一切从前他所热爱的属于审美范畴的事物。他勤勤恳恳地做国王，生了九男九女。到了老年，遁入玄空之门，信奉了鸟教。公子辛的生命轨迹，一直如时间的线条，有确定的方向和尽头。而他最后的转向，是否意味着他以意志选择了自由，对无意

做出终极反抗。他仍然想过一种经过思考的生活，在一个决定论的世界里，在道德和情感上为自己的生命负责，即使那些往事并非完全出自自由意志。

至此，羊皮纸上的辛王与公子辛开始重叠。在所有的光线和影像交错陆离之后，文字意义变得透明、显现。辛所有的人生都是真正的人生，所有辛的经历都是时间线里真实的经历。我看，我被看，才能被存在。只有通过他人的眼睛，才能了解自己。光锥之内一切虽有定数，方寸之中我仍可抬眼望星。辛的故事如此遥远，似乎并不足信。然而这世界上又有什么是真正可信的呢？其实我根本就不是考古学家，也没去过所谓的端县，更没读到过所谓端县历史里的风云变幻。我不过想虚构一个故事，你可以称它为人生，你也可以称它为杜撰或假想。

死亡者游戏
——虚实相间的生命尽头

张钊荣

赶集天还是来了，房间外面一波接一波的脚步声，家里面声音越来越嘈杂。一共来了多少人？阿灵不确定，三十个？四十个？堂屋里客人应当是坐得满满当当的，想必闲聊的话题都滚了好几遍了，阿灵知道今天是实在逃不了了。

阿灵他爸特地拿出了他年轻时候在纺织厂做销售经理时候穿的衣服，把一个星期没刮的胡子从两鬓到下巴刮得一根不剩，原本有很多褶子的衣服被阿灵妈用水打湿之后压了压，看起来和新的一样。

如此收拾之后的他爸好像年轻了十几岁，整个人看起来清爽许多。

阿灵他爸忙里忙外张罗客人。每来一个客人，又是大声招呼又是笑着去接递来的礼物，时不时会有人塞红包给阿灵他爸，说什么一定要交给阿灵，这是他们作为长辈的一点心意。他爸笑盈盈地接过回复说一定一定、多谢多谢之类的。

坐下来的客人聊着这些年来庄稼收成越来越差，以后就读书这么一条有前途出路。

"阿灵家真是厉害，爹妈挣钱厉害，孩子也争气……"时不时有客人抬头四处张望又低下头和旁边的人小声嘀咕些什么，这些都被阿灵他爸看在眼里。阿灵他爸叫住准备送茶的孩他妈，"你再去叫一次，这么多人等着，成什么样子"。阿灵他爸知道这些人在等阿灵，阿灵躲在屋里装死……

窗外卖糖葫芦的小贩叫卖声一声高过一声，恨不得全天下的人都知道他卖的糖葫芦酸中又甜，甜而不腻。然后瞎了似的疯抢他沾着灰尘的糖葫芦，卖完后好拍拍屁股回家。

阿灵咬咬牙最终还是起来了，他妈刚给他下了最后通牒，再不出去就给他报名到县里去给下一届高三的学生做励志演讲。

阿灵刚一站起来就和外面的小贩打了个照面。

"小伙子，来根糖葫芦不？酸甜爽口，味道好得很。"小贩直勾勾地看着阿灵。阿灵吓得退了一步，右腿碰到床沿差点坐下去，连忙摇头摆手，小声说着"不用，不用"。

阿灵还是打开了门，一瞬间堂屋里杂乱的氛围瞬间安静了许多，大家都看着阿灵，阿灵只觉得头皮发麻，耳朵里面嗡嗡嗡的，想重新回房间去。他爸瞅准时机，一把抓住阿灵，把他拖到了众宾客中间。

"感谢各位父老乡亲捧场，来喝我儿阿灵的状元酒，阿灵今年高考640分，考上了……考上了电子技术……哦哦，是电子科技大学。我儿辛苦读书这么多年，我们做父母的也帮不上什么忙，今天得了这么个成绩，就想让各位亲友一起来高兴高兴。"阿灵他爸满脸春光，享受着接踵而来的称赞。有的是夸孩子脑子灵光的，有的说孩子学习努力的。无论哪种说法，阿灵他爸都觉得在夸自己会教育孩子。阿灵就杵在那里，半天憋不出一句话，涨红了脸，最后露了个生硬的笑，说了句"叔叔阿姨，谢谢你们。我……我……"

阿灵他妈实在看不下去就把阿灵拉了过去。

"阿灵，你记得吗，这是你四姨，小时候抱过你呢。"阿灵他妈让阿灵辨认眼前这个似曾相识的中年女人，阿灵只能颤颤巍巍地说一声"四姨好。"紧接着又低下头。

"唉，我家孩子学习我倒是不操心，只是不喜欢说话，我怕他以后的路不好走。"阿灵他妈对四姨叹气道。

"读书人嘛，说话的时间少，以后多锻炼锻炼就好了。"四姨笑着回复。

"这样吧，阿灵，你去给你三叔他们送点茶过去，多认认人。"阿灵妈对阿灵说。

阿灵望了望四周，都是些陌生不熟的亲戚，看着都很眼熟就是叫不出名字。被迫无奈也只能回答："知道了"。

去端茶的路上，阿灵路过院子的后门。转头往后望了望，一溜烟地跑了过去。

他曾是个孩子，现在也是个孩子。岁月变迁，成长赋予了他学识，也封闭了那个拥抱世界的他。

熙熙攘攘，穿越喧闹，独寻求一份清净。

望星崖，阿灵最终还是来到了这里，虽然他也只能来到这里。小的时候每次受欺负之后，他都会来到这里，看看天，看看树，再看看自己。等那股委屈劲过去后，再一个人默默回家。

他没有朋友，或者说，他曾经有过朋友。他和村里的小孩不是一路人，自己被爹妈送到县里读书过后。每次和其他小孩聊天的时候阿灵都极力想插上一句话，每次一开口说出那些课堂上学来的古诗、定理什么的，立马弄得其他小孩都说不出话。然后他们撇开阿灵接着说明天去哪里打鸟，阿灵则又被他妈叫回去写作业。

"如果你与众不同，你就一定会孤独。"

阿灵知道，他和这里的联系仅仅是他属于这里。

倚靠一棵大树，迷迷糊糊地做起了梦，关于他一生单调的梦。

阿灵看到了光的形状，阿灵知道，这是丁达尔效应，物理老师在课堂上说过。

阿灵缓缓向前走，阳光照在阿灵身上，阿灵贪婪地拥抱它。缓步向前，直到一脚落空。

阿灵知道，望星崖下面足足数十米的落差高度。

阿灵还知道，他唯一遗憾的就是没来得及和父母说再见。

阿灵肆意地吼叫，他在生命的最后，他解救了自己，放出了压抑在心底的自己，哪怕只有短短数秒。

有时候，心里会突然冒出一种厌倦的情绪，觉得自己很累，不被世界理解。只想放纵一次，歇斯底里地疯一次。

预想中的碰撞，来得太过漫长，嘶吼的余音在脑海中荡漾。

历经灵魂与肉体的分割，接下来就是时间将阿灵存在过的痕迹一点一滴抹去。当他被世界每一个人所遗忘后，他便真正意义上与这个世界再无联系。

阿灵知道，他死了，他还知道，等待他的绝不是天堂。

他看不见，也听不到任何动静，这里的安静的窒息感让阿灵想到了书本上介绍过的马里亚纳海沟，万米的深渊吞噬了一切星光。

阿灵没有一丝感知，他感受不到眼睛的存在，四肢也毫无意识，耳朵也没有获取到任何信息，他甚至不能确定自己是否正在呼吸。

阿灵知道，他没死，他变成了植物人。

阿灵睡着了，过了不知多久，他隐约感受到血液在体内缓缓流动，他想让它们停下来，但他知道，他不能控制自己的死亡。意识可以操控本能，涉及生死时，强大的本能迫使意识屈服。他只能任由血液缓缓地流荡全身。

胸口不断袭来按压感，耳朵里感知到纷杂的声音，极力想要去听，却也一个字也没听清。

阿灵终于能够感受到身体的存在，一股兴奋感在身体中涌现，透过眼皮，阿灵看到了忽明忽暗的世界。

"肾上腺素一毫克，静脉注射无效果。再次注射……"

阿灵终于听到有人说话，但他听不懂，待到第四组救援开展时，阿灵终于用尽全身力气睁开双眼。

阿灵愣住了，三个身穿重型外骨骼装备的士兵模样的人把自己团团围住。尚未来得及思考，耳边传来严肃的声音。

"鹰巢，鹰巢，猎鹰呼叫，苍鹰受到攻击，方式未知，丧失行动能力。敌方防御工事已激活，疑似发现我方行动，掠食计划无法继续进行，请求下一步指示……"

"鹰巢收到，猎鹰回巢，重复，猎鹰回巢，空中支援力量五分钟后到达B2点。"

"猎鹰明白。"

……

一个士兵将束缚带绑住阿灵，阿灵这才发现自己此时也身穿着外骨骼机甲，这玩意是自己在看科幻电影的时候了解过的，来不及思考发生了什么，紧接着自己的臂部腿部被外骨骼带动，在尚未使用任何力气情况下，阿灵站立起来。

"一组、二组交叉撤退，三组烟幕掩蔽。全体成员开始撤退。"

血红的晚霞在渐渐消退，莫哈维沙漠上十二人撤退的背影深深地映在亨特博士眼中，博士呆滞地望着这一切，他的眼睛充血而浑浊，像死人般停滞不动。

耳边的鸣鸣声淡了，离子体燃烧器在高压下瞬间消失，四门激活状态的电热化学炮渐渐黯淡。

最后一丝电量被榨干，一切都在预料之中。

只是，博士一直不愿意接受，他转身看向了自己实验室里墨迹未干的反物质推进器稿纸，那颗2U节能灯也耐不住能源耗尽的命运，黑暗倾泻在整个研究所，就像研究所在世界上被黑暗笼罩。

博士坐回了他这十年一直伴随着他的位置，木椅还是那么咯吱咯吱地响。

博士脑海里面一片空白，不知过了多久，也许十分钟？一个小时？

他的手颤颤巍巍地伸向抽屉，在昏暗里摸索，他的手接触到一个圆滑的物品，那是他最心爱的学生在博士毕业时的反物质猜想物理模型。

他想起了那个异国孩子，曾从数十米高空摔落导致手脚丧失，肺部严重贯穿，毅然活下来，最后凭借毅力在病床上获取粒子物理学博士学位。遗憾的是他最终还是在细菌感染带来的病痛后离世，若是他还在组织，那胜利的可能性……

这个模型是他学生生前最后时间交给他的礼物。

博士哀叹一声，紧紧攥住模型，面对着天花板，就好像被困在了冰冷又无法挣脱的牢笼。把模型轻轻摆放在桌上，博士继续在抽屉里摸索。他碰到一个冰冷的金属物件，内心咯噔一下，一缕忧伤的情愫悄无声息地从心底蔓延开来。

他还是把它取了出来。

Smith Wesson M500 左轮手枪，上世纪初期美妙的工业品，是当时世界上威力最大的批量生产左轮手枪。从口袋中取出一枚 500 S&W Magnum 子弹，这颗刚从地面库中取出的未解封的子弹迎来了它的使命。

划燃一根火柴，火焰微微接触稿纸，如白雪触及熔浆，瞬间化为齑粉。

在烈火中，亨特看到了自己缥缈的一生：从麻省理工学院毕业，首创反物质，而后大批量制造，站上诺奖领奖台，直到十年前……

回忆，只剩下残破不堪的情景，最后的希望已湮灭。

"砰"的一声轻响，反抗军总部地图上又一盏状态灯永久熄灭，有的人抬头看了看，有的人自顾自地继续工作。

阿灵被送到驻扎营地医院后，逐渐恢复行动能力，环顾四周未知的一切，看着那些巨大的星条旗，他只知道这里是美国。

他什么都不知道，不知道时间，甚至不知道自己是谁。茫然地看着一道道光从自己身体不断扫过，阿灵已经恢复了语言能力，但是只能含糊不清地吐出一两个字。

没有人意识到那些支支吾吾的话语是中文，只是猜想苍鹰受到巨大的精神冲击无法控制声带正常发声。经过全身检查后，阿灵被转送到普通病房，除了意识不太清晰外，医务人员没有检查出任何异常。从任何数据来看，这都应该是一个可以单手举着 AKM 在战场上火力覆盖敌军的人。

阿灵坐在床边，刚刚来了一批看望他的军官和那天搀扶自己回到营地的战友，看着他们真情流露，那应该是和自己关系比较好的朋友，说了一堆听不懂的话，阿灵没见过那么多人同时注视着自己，只能时不时点头，护士提醒探望时间到后，众人才稀稀疏疏地离开。

一个界面悄无声息地在床边弹出，阿灵吓了一跳。疑惑地看向界面上显示的内容，"詹姆斯·托克，22岁，……，诊断结果：心脏病导致突发性惊厥与轻度脑震荡。"

面对大量生僻的英文单词，阿灵不知道自己怎么看懂的，他只知道自己高中英语水平虽然不差，但也不能让他看懂这些专业名词。

"等等，高中英语水平，那是什么？"詹姆斯不禁自问道，"我不是在弗吉尼亚州的福克联合军校就读的高中吗？"

"可是我的家明明是在中国啊，不对不对"，没有任何不适，阿灵只是单纯地想不起自己的过去。

随手拿起桌上的全息iPad，詹姆斯熟练地操作着阿灵在农村从来没见过的新鲜玩意，他在备忘录中写下了自己的一生。

模糊，混乱，重复，毫无逻辑的一生。

回忆是件很累的事，就像失眠时怎么躺都不对一样，二十四点的钟声敲响，阿灵疲倦地抬起头，双手撑着床沿，听着AH-128武装直升机螺旋桨渐行渐远地呼啸，此时窗外的灯火通明与自己无关，夜静了，树枝上乌鸦传来遥远的哀鸣。

詹姆斯做了一个很真实的梦，他梦到自己穿越了，从某个偏僻的地方，通过穿越到新的世界，不断学习知识，强大自己，最后打败全宇宙最大的boss。

从胜利的骄傲中醒来，阿灵笑得不亦乐乎，他兴奋地告诉妈妈自己成为英雄的故事，幼稚的声音里充满自豪。

"这么晚了，怎么还不去背课文，别看你现在成绩还过得去，不能掉以轻心……"阿灵他妈不顾阿灵紧紧关上的房门，一个劲地唠叨。

坐在书桌前，看着墙上厚厚的墙纸，下面是自己曾经在墙上写下自己想成为一个科学家的痕迹，妈妈发现后狠狠教育自己过后就被封闭至今。

世界上最深的绝望莫过于无能为力。

詹姆斯醒了，那种感觉很真实，仿佛真真切切发生在自己身上。拿起全息iPad，利用自己特种部队队员的权限，通过FBI强大的信息收集能力，根据回忆，他查到了自己梦中的那个男孩，他叫阿灵。

"阿灵，高度危险，反抗军组织成员，反抗军重点培育对象，2045年高空坠落致身体残疾，后被亨特救助，在二十年后加入反抗组织……"档案后面的大片内容被抹去，以自己的权限是看不到了，但是这些就已经足够。

詹姆斯终于唤回了记忆。

在 2064 年，也便是十年前一切陡然巨变的时候，在第 119 届联合国大会上，由美国总统提出，抵制一切现行的以及未来即将发生的尖端科技研究行为的决议，目前科技水平已能够满足人类绝大多数需求，科学研究耗费巨量社会资源，消耗庞大能源，与其最终成果不对称，在目前世界能源即将消耗殆尽背景下，科学研究不利于人类种族延续。

詹姆斯回想到当时的自己听到总统发言的时候，不禁感叹这个提议的戏剧性，抑或是压制其他国家科技发展的新花招。詹姆斯不理解这种可笑言论从何而来，打开评论区企图讽刺总统的提议，发现评论区竟呈一边倒的形式，全都是对总统决策的夸赞和支持。如此荒谬的结论为何能够得到支持？詹姆斯不敢相信自己的眼睛。

詹姆斯发了一条反抗的评论，回复接踵而至，几乎没有时延。

谩骂、讥讽、恐吓，詹姆斯浏览了数条不堪入目的回复，数量还在不断飙升。

詹姆斯删去了自己的评论。

人类迎来了继文艺复兴后又一个全球性中世纪时期。

似乎，一切不该如此。

部分科学家在法令颁布后选择结束自己生命，致敬崇高的知识。部分科学家则秘密组织了反抗军，当政府军发现异常后，反抗军已初具规模。

接下来便是反抗军游击战。

直到两年前，政府军中新派一批新式武器，据说是从某个反抗军仓库中弄到的，然后政府军势如破竹，短短两年摧毁八成以上反抗军据点。

而自己，上一次执行任务便是去摧毁亨特博士的基地，也便是梦里男孩的老师。

回到备忘录，看着昨天混乱的逻辑，阿灵尝试着把它划为两条线，关于两个人的人生，一切豁然开朗。

一个是阿灵的一生，一个是詹姆斯的一生。

有关阿灵的记忆越来越模糊，昨晚写的内容，今天都难以回忆，反倒是詹姆斯·托克这边的记忆越来越清晰，甚至可以添加众多细节。

昨晚的梦烙在阿灵脑海中，挥之不去。

詹姆斯知道，无论梦中的男孩和自己有何种关系，毋庸置疑他们现在是敌人。梦里小男孩眼中那种渴望打动了他，他是一个军人，服从命令是他的天职。

作为一个独立的个体，他能理解反抗军的行为。

阿灵知道，他是阿灵，只不过现在叫詹姆斯，代号苍鹰。

身边的一切事物都在告诉他，詹姆斯的身份和这一切是如此贴切，他心底有一股劲，若隐若现，却怎么也消除不尽。

他已经完全忘记自己作为阿灵的记忆，看着备忘录上的内容，现在他再也想不起有关阿灵的任何事件。

詹姆斯和阿灵无法妥协，他们对这副身体的定义争论许久。

阿灵想尝试，詹姆斯同意了。

詹姆斯向护士要了些安眠药，两天的量，理由是隔壁床在打鼾，吵得自己睡不着。战友悄悄递给詹姆斯一瓶威士忌，说这玩意现在很难弄到，查得很严，要不是看詹姆斯一个人在医院无聊，他自己都不舍得拿出这个珍藏品。

詹姆斯找了个没人的角落，一口烈酒灌下去，香草、干果以及焦糖混着烟熏和酒精的味道在味蕾上炸开。

就了一把安必恩，把瓶里剩下的大半瓶威士忌一饮而尽，预想中的感受没有到来，詹姆斯甚至有点兴奋。

詹姆斯还在回忆，回忆参军五年以来自己参与摧毁的反抗军基地。看着那些被捕获的反抗军苍凉的眼神。近十年来各国政府，默契而高效率的打压行动。整个世界正在有组织地反对曾经的世界。

他很疑惑，却毫无思绪。预想中的晕眩感，来得太过漫长。

阿灵知道，他又死了，他知道，等待他的仍不是天堂。

寂静再次出现，他又回到那个奇异的空间，阿灵猜想是正确的，詹姆斯表示认可。还是什么也看不到，也听不见任何细微的声音，不一样的是阿灵能感受到，自己恢复得很快，瞬间就已经苏醒。

睁眼时，便看到一群武装到牙齿的军人，中间有个应该是长官的人不断地审视着自己，周围不断有飞行物快速掠过。詹姆斯告诉阿灵，有的是军事用途的突击性战术无人机，飞得比较快的是微型侦察无人机，自己在部队里时用过，而剩下的应该就是单纯的摄影无人机。

阿灵想站起来，可是他动不了，不是没有力气，他发现自己全身都已经被束缚。

"安德留沙，在全球人民面前，你还想反抗吗？"为首的军官问道。

阿灵看了看周围密布着的无人机，不断地发出蓝色射线。

詹姆斯猜到了，这是一场正面向全球 AR 直播的现场，而主角正是自己。

阿灵看了看军官，沉默。

"安德留沙，你违背联合世界法令，联合其他反抗力量组织科技研究，现以反人类罪对你进行逮捕。"军官以不容反抗的口吻对安德留沙下令。

安德留沙告诉詹姆斯和阿灵，反抗军行动失败，位于东西伯利亚腹地的总基地被摧毁。自己是反抗军领袖，毁灭的时间已经到来。

军官接过身旁士兵的手持式激光武器，敌我识别系统，校准辅助系统瞬间开启。安德留沙的大脑留下一个半径五毫米的窟窿，贯穿大脑与脑干。

"反人类罪，死刑，已执行。"军官眼中泛起一丝寒意。看到安德留沙上方的"目标确认死亡"后带队撤退。

安德留沙提出他的想法，詹姆斯表示同意，阿灵顿了顿，也表示接受。

在之后的岁月里，阿灵成了生而赴死的勇士，还未待后人的记忆灌输，阿灵已经死亡，下一次苏醒就已经到来。

死亡充斥着他的一生，人类的历史进程也在一次次重生过后刷新，只是天愈来愈阴沉，看着自己不断死去，痛苦变为麻木。

多希望死亡只是身上的一个按钮，一按即去，不痛不痒。

这是一场关于生死契约的游戏，阿灵在为他们的故事编写结局。

阿灵累了，不知道已经是多少次将刀刃插入自己的心脏，他想休息。

阿灵睡着了，他已经好久没有睡觉了，这一次，他睡得很沉，他又做了一场梦，人类极力发展尖端前沿科技，人类开始向太空进军。探索到无数未知的文明，他们都惊叹于人类技术的先进、科学水平的高度发达，人类被整个宇宙所记忆。而人类为了保证自己的独裁统治地位，通过远远高于其他文明的技术，清洗弱小文明领袖的思维，化为傀儡，远程鼓弄政权，操控舆论，将其他文明的技术水平压到最低。人类的影响范围越来越大，甚至即将容纳半个银河系。

梦醒了，阿灵早可以睁开眼睛，可是他做不到，他知道接下来他要看到的是真真切切的现实，他还没有做好准备。

仪器报警的声音迫使阿灵还是睁开了双眼，从绿色而富氧的液体仓中爬出，阿灵看到了破败不堪的房间，看起来像一个研究院，液体仓旁标注的"冬眠仓"字样告诉阿灵，他睡了很久，久到没有时间的概念。

跟跟跄跄扶着墙壁到户外，透过艳红的雾纱，阿灵看到了一个死去的世界，山脉像黎明晨雾般融解，地上散落着各式各样的武器，令人眼花缭乱的齿轮、真空管,以及无数无法名状的怪东西。

突然间,尘烟四起,碎石卷入半空之中,一艘飞船猛地降了下来,炽热的焚风使它的边缘扭曲,一枚光束在船头凝聚,浅蓝的粒子光柱逐级聚射,带着居高临下的骄傲,瞬息降临。

阿灵还未及呼喊,在千分之一秒的时间里升华。

历经灵魂与肉体的分割,接下来就是时间将人类存在过的痕迹一点一滴抹去。当世界所有的文明被遗忘后,人类便真正地与这个世界无联系。

一个人真正的死亡是世界上没有任何他的记忆,一个文明也是。

公元2350年,人类灭绝。

阿灵醒了,他彻底看清了光的形状,物理老师说过,这是丁达尔效应,说阿灵如果对光学感兴趣的话以后可以做一个物理学家,阿灵很高兴,对老师说以后他要创造一种强大的武器来保护地球。

老师问他武器有多强大,阿灵回答说,就是那种比核弹威力还大的东西。老师笑了笑,"以后你可以尝试一下,目前理论上威力最大的是反物质",老师笑了笑,阿灵听不懂,也很开心地笑了笑。

阿灵顿了顿神,小心翼翼地从望星崖走回家。

距离地球十光年外……

"长官,测试程序抛出异常,一个常量强制类型转换为了变量,可能对结果产生影响。请问是否再次进行实验?"

"不必了,如此庞大的数据总量,一个数据影响不了多少,直接汇报结果。"

"样本测试共计11 258次,成功175次,成功率1.554%,成功率过低,请求撤销对地球文明科技封锁。"

"执行反物质湮灭计划,在一百个地球年后,舰队到达时对地球发起攻击。"

"可是,我们无法保证百年里地球文明的反物质技术取得突破性进展后对我们进行反攻。"

"通过大数据对地球文明进展的分析,我们认为地球文明在百年间掌握该技术的可能性不足1%。副官,你觉得呢?"

"收到。"

阿灵如愿以偿地考取得了麻省理工学院的博士进修资格,他选择的导师是亨特博士。

雪 天
——当记忆不再可信

朱一杰

你是被一条短信的提示音吵醒的。

你揉着眼睛拿起手机，是一条莱恩的留言："往壁炉里添块柴，顺便打开你的门吧，门口有个家伙，手里好像拿着给你的礼物。"

你花了三十秒钟在记忆中翻找莱恩这个人，一无所获。这稍微让你感到惊讶，因为你的联系人里通常只有熟人。你不喜欢随便和人交换联系方式。你竖起耳朵仔细听，虽然室外正吹着很强烈的暴风雪，但是还是可以分辨出微弱的敲门声。没有多想，你掀开被子翻身下床，小跑到门前打开了门。呼啸的大风卷着雪片往屋里灌，门口的人几乎是滚进了屋内。你赶紧顶着大风把门关好，回头发现来人倒在地上没有了动静。你把他扶到了客厅的沙发上，想要去倒一杯热咖啡。旋即你想起自己才刚刚从床上爬起，咖啡机里还是昨夜剩下的咖啡。停下来你才发现屋里变得非常冷，自己只穿着薄薄的睡衣。你披上大衣，搓了搓手，往壁炉里添了两块柴，用微波炉热了两杯牛奶端到茶几上，坐到男人的对面。

这时你又收到一条短信，你打开手机，还是莱恩："你可以收下他的礼物，礼物本身是无害的；但是如果他想和你叙旧，请拒绝，这是危险的。"

你端起牛奶喝了一口，打量着沙发上不省人事的男人，他长着一张完全陌生的脸。你想了很久，还是想不起自己和他有过什么交集。你拿起手机，给叫莱恩的联系人发送了一条回复："我应该认识他吗？你是谁？"

在等待莱恩回复的时候，你注意到他的头像是一张男人的照片，可能是他自己。你点进了他的主页，他的主页除了头像和名称以外没有任何信息，很干净。

几分钟过去，正当你以为他一时间不会回复时，他的回复来了："他和你还不是熟人吗?！这是好消息，请牢记这一点。至于其他的事，时间宽裕时我会向你解释，在那之前只能请你相信我。他很快就会醒，在他意识清醒时你应时刻保持你的注意力在他身上。祝你好运。"

你挠了挠头，完全搞不懂情况。你正想再问些问题，却听到对面的男人发出了小声的呻吟。你抬头一看，对面的男人抬手揉着眼睛，已经悠悠转醒。太多的问题在你脑海中环绕，他是谁？为什么在这样的雪天登门拜访？他和莱恩是什么关系？礼物又是怎么回事？你张开嘴，却不知道从哪里问起，只好先寒暄一句："你还好吧？"

他恢复了一些精神，四下打量了一周，撑着扶手坐正，很自来熟地端起了茶几上的牛奶喝了一大口，前倾身体端详着你，片刻，他咧开嘴露出一个爽朗的笑，说："好得很好得很，哈哈，我的车在道上熄火了，暖气也打不起来，还好你家就在边上，得救了得救了。"被他笑容感染，你从刚才开始一直紧绷的神经慢慢放松下来。

凛冽的寒风被厚实的墙壁阻挡在屋外，壁炉里柴火燃烧发出噼啪的声音，烘得你全身暖洋洋的。屋子里的气氛变得温暖而慵懒，你放松身子倚进沙发里，一时间提不起精神再问更多问题。

他突然拍了拍手，说："差点忘了，我还带了给你的礼物呢，让我找找……"他在衣兜里摸索起来，掏出了一个银灰色的金属罐头。他晃了晃罐头，给我听里头"哗哗"的声音："咖啡豆，肯尼亚产的，懂行的朋友说今年这批特别好。"他把鼻子凑近认真地嗅了嗅，好像真的隔着罐头闻到了里面的味道，他陶醉地闭上眼："阳光的味道——"。你回想起橱柜的咖啡豆，即使你做了妥善的保存，过了一个冬天它们也开始慢慢泛酸。愉快从心底油然而生，你说了声谢谢。他把罐头不轻不重地放在了茶几上。

他又环顾了一下四周，开口问："约书亚还没起床吗？"

也许是因为你太困了，直到他此刻偶然提起，关于约书亚的一切才在你脑海中泛起。约书亚是你的儿子。你回忆了一下，平常这个时候他确实早该起床了。"可能昨天和朋友出去玩累了吧。"

"小孩子都这样。"他点了点头，"算来今年该上高中了，还是老样子吗？"

"唉，是啊。成绩不行、运动也不擅长，整天就喜欢和几个朋友鬼混，要么就待在房间里打游戏。"顺着他的话题，你的精神渐渐集中，记忆也点点浮现。你叹了一口气，抱怨起来。

感到屋子里渐起的寒意，你站起来用拨火钳拨弄了一下壁炉里的柴火，想让它燃烧得更旺。火焰懒懒地扭动着，烤得你的脸有点热。困意袭来，你打了个哈欠。

他的声音从背后传来："你最近真不容易，你和安娜……"他的语气里难得带上了一点犹豫，没有继续说下去。

你手上的动作顿了一下。你觉得你至少有三四个月没有想起过她了。虽然已经认识了许多年，但是关于她的一切印象显得很模糊，像隔了一层纱布。

注意到了你的反应，他却并不打算停下："我们是一起长大的，你们的关系我最清楚。从小到大这么多年的感情，有什么真的过不去呢？我知道你们最近压力很都大，有些过激的反应也是正常的，但你们真该坐下来好好谈谈，就算不为了你们，也该想想孩子。"

更多记忆浮现，你撇了撇嘴。说得轻巧，被安娜指着骂的又不是他，被一惊一乍的安娜折磨得精神衰弱的也不是他。就算小的时候关系再好，在高中毕业后去了大城市几乎失去联系的科伊又怎么有资格对你们指手画脚。

由于内外温度差，房间内的水汽在冰凉的窗户玻璃上凝结成了一层冰霜。你走过去擦掉白霜，透过窗户看着外面。窗外的风雪丝毫没有减小的迹象，地上的积雪已经没过小腿，雪花被呼啸的狂风卷起，你已经看不清二十米以外的东西。

科伊装作没有注意到你的不耐烦，继续开口："她现在是住在她朋友家吧，她一冲动出去了，你也狠心让她继续在外面住下去？算给我个面子，你跟她道个歉，给她个台阶下，你们俩这就翻篇了，以后好好过。"

你被戳到了痒点，隐隐有些心动。安娜摔门而出三四个月，你又何尝没有感到后悔过呢？只是你从小就好面子，不肯低下头认错。现在他来劝你，你正好也乐意顺势而为。

你沉吟了一会，掐好了时间感觉已经足够表达态度，正打算点头答应。这时你兜里的手机震动了一下，你收到了一条短信。

你打开手机，仍然是莱恩的短信："强调一下，如果他有提到任何关于你或者你们过去的事，你都不应该理会。"似乎是怕你不够重视，几乎马上他又补充了一句："那些都没有真实发生过！！！"

壁炉里的火焰汹涌地翻腾着，热浪一阵一阵扑在你的后背，但是你的手心却渗出了一层细密的冷汗。你清楚地记得科伊是你从小就认识的朋友，直到高中毕业各奔前程前你的每段记忆里都有他的身影，但翻看着和莱恩的聊天记录，你也清晰地回忆起直到十分钟之前他还只是突然敲响你家门的陌生人。你记得你和安娜从小就喜欢一起玩，长大后很自然两情相悦，但你也记得自己从小到大的记忆里从来没有出现过安娜的身影，你从来没有喜欢过任何女生……许多彼此矛盾的记忆撕扯着你的理智。你的眼前开始变得恍惚，只有莱恩的最后一句话倔强地挂在你的脑海里：

那些都没有真实发生过！！！

三个刺眼的感叹号像针一样扎得你大脑生疼，什么叫都没有真实发生过？你和安娜吵架砸碎了所有餐具是假的吗？安娜终于忍无可忍在雨夜摔门而出是假的吗？你们三个一起长大是假的吗？你还能记得分别的那天晚上科伊意气风发地和你们大谈他的理想，你还能记得他坐上火车潇洒地挥手告别却没有回头，火车消失在天际后安娜握紧你的手，你感觉他抛弃了你们连带着抛弃了他的整个小镇人生……数不清的平常不会想起的细节偏偏在这个时候全都涌现出来，把你的思绪搅成错乱的碎片。

握着手机的手因为用力而指甲泛白，你深吸一口气，在屏幕上打字："什么意思？会怎么样？"你沉沉地呼气，能感觉到自己的身体在微微颤抖。你抬头从玻璃的反光中瞥了他一眼，他似乎并没有意识到你的异常，还在看着炉火出神，一口一口喝着牛奶，耐心地等待你的答复。

这次莱恩的回复几乎立马来了："抱歉，我正在请示，但还没有被授权告诉你更进一步的信息，不过请你牢记，你和他从来没有见过，关于他的任何回忆都是虚假的——如果你需要，我们可以提供证明。现在告诉我，你和他叙旧了吗？你是否发现自己的记忆出现部分或者全部混乱？请如实回答，这不仅关系到你个人的人身安全。"

你咬着嘴唇，回复："是的，我和科伊聊了聊我的儿子和我的妻子，我记得关于他的许多事情，但也记得我和他并不认识，这是怎么回事？难道安娜和约书亚也都是假的吗？"

这不可能。你对自己说。你清楚地记得昨天晚上约书亚拖着疲惫的身体回到家，只和你打了声招呼就回到自己房间呼呼大睡。但是你的另一部分记忆在尖叫，它说昨天一天你都待在家里，没看到任何人出门也没看到任何人回来——事实上根本不会有任何其他人在家里出现，你从来都过着深居简出的独居生活。

不对，有一件事情是可以确定的。你灵光一闪，跟跄着转过身，越过壁炉和坐在壁炉前的科伊，快步走到走廊前往里看：约书亚的房门踏实地待在记忆里的地方。好像溺水的人突然踩到了地面，你长出了口气，回过头挤出一个微笑，说："我去下洗手间。"没耐心再观察他的反应，你三两步跨到约书亚的房门口，上下打量着，不错，门上刻着约书亚的名字，门把手下换过的锁，门框上给约书亚身高做的标记，全都和你的记忆严丝合缝地对上了。你把手搭在把手上，信心满满地打开门。

你看到门后坚实的墙壁。

你一脚踩在空处，原来地面只是错觉，脚底是深不见底的海沟。

阵阵窒息和眩晕袭来，你这辈子都没有像现在这样想要大声吼叫，你想把门板拆下来劈碎。为什么会这样？你本来已经做好心理准备了，就算安娜和约书亚的记忆是假的，最坏的结果也只是你和臆想出来的妻子和孩子生活了半辈子，你认识一个不错的心理医生，也做好了配合治疗的心理建设，但是现在摆在你面前的完全超出了你的认识。这扇死门恶作剧般横跨立在两份记忆之间，肆意地嘲笑着你妄图理解它的努力。如果你再晚点回过神来，打开这扇门后会不会看到躺在床上睡觉的男孩？你打了个寒颤，没敢再想象下去。

你在门前呆站着，手指因用力握拳而僵硬。忽然你想起了莱恩，这个神秘的人一定知道些什么，莱恩肯定知道些什么。抱着最后的希望，你哆哆嗦嗦地拿出手机，发现自己没注意什么时候收到了莱恩的留言。留言不长："我来处理。"

你捧着手机，盯着莱恩费解的留言，还没来得及多想，大门又响起了敲门声。你心里一阵紧张，抢在他起身之前窜到门口开了门。门外的风雪不知道什么时候已经停了，院子里白皑皑的积雪刺得你眼睛疼。即使刚经历了诡异的事件，面前的人也暂时冲淡了你心底的压抑和迷惘，你惊讶地叫出声来："莱恩？"

莱恩对你露出一个安抚的笑容，侧身在你耳边说："交给我吧。"你握住了他的手，一时间眼眶有点热。遇到这样超乎想象的事情，眼前这位神秘的陌生人显得如此可靠。

坐在沙发里的科伊探出头来张望："谁啊？"

莱恩对你点点头，你顿时心领神会。你把莱恩领到客厅，介绍他们相互认识，你则借口热牛奶脱身去了厨房。屋外的风停了，窗外白茫茫的一片，听不到外界一点声音。你盯着微波炉里转圈的牛奶，心思却全放在身后客厅。客厅里的说笑声隐约传入你的耳朵，抓挠着你的内心。等你端着牛奶回到客厅的时候，莱恩已经和他们聊得熟悉起来。你把牛奶递给莱恩，坐在边上沉默地旁听着。

科伊正讲到兴头上，拍着大腿大笑"对，是布莱尔，驼着个背，你还记不记得，他从来不在外面喝东西，老觉得别人要给他下毒，神经兮兮的，哈哈哈哈哈哈！"你心里一沉，熟悉的事情又发生了，陌生的记忆和不存在的人物随着他的讲述在脑海里生根发芽。你紧张地转头，害怕哪里冒出来这个驼背的布莱尔。

伊丽莎白却红了脸，她还是不太习惯听别人坏话，她不好意思地偏移开视线，摆弄着自己的手指："我……我还是觉得说这些不太好。"你对上了她的乌黑的双眼，心跳一阵加速，抬头装作打量起天花板上的吊灯。

科伊翻了个白眼："说实话而已，上次咱们在沙漠里迷路，布莱尔是不是宁愿渴死都不肯喝罗伯特带的水？"

站在窗边的驼背青年正要开口说话，莱恩叹了一口气，遗憾地说："我还是不敢相信布莱尔就因为这点怪癖永远留在了沙漠里。"

驼背青年张开嘴巴又合上，眼神变得恍惚起来，他慢慢地环顾四周，好像刚从梦里醒来要重新认识周围的世界。你听到很轻微但仿佛近在耳边的声音。

"啵"。

驼背青年消失在窗边，好像从来没有存在过一样。

不知是不是被勾起了伤心的回忆，一时间屋子里没有人再说话，安静到只能听见柴火燃烧的噼啪声。

你瞥了一眼科伊，他的眼神有些低沉。

过了一会，科伊说话了："唉，提那些干吗，都过去了。咱们向前看，向前看。"话锋一转，他语调又变得轻快起来："今天的派对还开不开了，打电话问问罗伯特和理查德到哪了，应该快到了吧。"

莱恩点头，拿出手机压低声音打起了电话。很快，莱恩的神色变得凝重起来，他挂掉电话，站起身，环顾一周，沉重地说："出事了。"

话音刚落，门口传来了敲门声，"笃笃笃"。

莱恩没有理会，反而把声音提高了几度："刚刚得到消息，罗伯特和理查德在开车回来的路上喝了酒，山路过弯的时候翻下了山崖。"在一阵急过一阵的敲门声中，莱恩肃穆地低下头，说："我很难过。"

你们三个面面相觑，不知道该怎么回应这突如其来的噩耗。这时你又听到了耳边泡泡破裂的声音。

"啵"。

虽然夹在吵得人头疼的敲门声中，但你很确定那不是幻觉。几乎同时，急促的敲门声骤然消失了，屋外被厚厚的白雪覆盖没有一点声音，天地间又只剩下了壁炉燃烧发出的噼啪声，仿佛刚刚让人心慌的敲门声只是你的一个幻觉。

长出了一口气，莱恩抬起头来在你们身上打量着，你们的目光相交，你从莱恩的眼神中读出了某种狡黠。

"伊丽莎白。"莱恩缓缓开口。

你看到伊丽莎白身体颤抖了一下，低下了头，脸变得更红了。

莱恩向伊丽莎白深深地鞠了一躬："很抱歉，那个时候如果我们在你身边，你应该不会选择结束自己的生命。"原来如此，随着记忆的恢复，你终于跟上了莱恩的思路：既然虚构的记忆中存在的它们会在现实中出现，那在虚构的记忆中已经死去的它们看来也会在现实中消失。虽然它们能够让你的大脑中出现虚假的记忆，但具体是什么样的记忆它们不能控制，只能通过话语进行一定程度的引导。而它们也并不了解自己的本质，一旦借由人类的外形诞生就无法甄别真假记忆，只剩下一种本能：在和人类的交谈中虚构更多的同类。只要稍加引导，很容易就能让它们认为自己已经死过，从根源上将它们消除。

伊丽莎白如遭重击，口中喃喃着什么，抬起头，你看到她深邃的黑色眼珠中充满了迷茫和绝望，你的心脏漏跳了一拍，鼻子不由得发酸。

"啵"。

伴随着耳边响起弹性的轻响，伊丽莎白消失在了沙发上。

你端起杯子喝了一口，牛奶已经冷掉了。

这样一来，就只剩下了最开始的那一个。你和莱恩对视一眼，都明白了对方眼神里的意思。

你舔了舔嘴唇，率先发起了试探："科伊，你这次来的时候坐的飞机，这个天气多半晚点了吧。"

他很自然地顺着你的话说了下去："可不是吗，晚点了六个小时，我不得不在机场吃了晚饭。不过别说，机场的晚饭其实挺好吃的。"

你感觉壁炉里的火有点小了，寒冷的空气正在带走你面部和身体的温度。你看了看站在边上的莱恩，他顺势开口了："听说你坐的那架航班坠落在太平洋中央，我们都很难过，一个月过去了还没有找到幸存者，恐怕生还的希望有点渺茫。"他心不在焉地看着炉火向科伊告知了他的死亡，好像只是在说一件家常。

科伊猛然抬起头，愕然瞪着莱恩，表情有些狰狞。但很快，他的面部柔和下来，恢复了开朗亲和。他笑了一下，说："这样啊，原来……"

"啵"。

科伊也消失了。客厅里只剩下了你和莱恩，原本吵吵嚷嚷的屋子现在显得有点空旷。你如释重负地瘫在沙发里，感叹自己终于从噩梦中醒来了。

莱恩笑着看着你，你没有多余的心力，只能挤出一个微笑回应。

你听到了呼啸的风声，屋子外又刮起了寒风。莱恩紧了紧衣服，说："真冷啊，又刮风又下雪的。"

"这边老这样，习惯就好。"你没有谈话的兴趣，只是应着。

他走到壁炉面前，伸出手烤着火："壁炉真是好东西啊。"他沉默了一会"上次早晨来你家的，看到你家壁炉熄灭了，我赶紧跑进来，看到你躺在沙发上。我伸手一摸，已经冻硬了……"

仿佛一道闪电直劈在你头上，你感到惊愕莫名。回过神来，你的第一反应是生气，一股怒火在你胸腔中腾起，你恶狠狠地盯着莱恩，揣摩着他的意图。随后你脑海中的迷雾被拨开，点点记忆浮现出来。几种互不相容的记忆开始撕扯，你的眼神中流露出深深的迷惘。内心激烈的挣扎后你得出结论，原来他说的一切都是真的。于是真相大白，你早已死去多时。

意识到这一点后你眼前的景象开始扭曲变形，许多个大小不一的透明薄膜球体层层叠叠覆盖了你的视野，世界透过薄膜球体映在你的眼睛里，每个薄膜折射出来的都是光怪陆离紫红色的不同世界，透过有些薄膜，你看到你打电话挽回安娜，你和她感动地拥抱在一起；有些薄膜里约书亚上了高中之后变得成熟懂事，以优异的成绩申请了大学；有些薄膜里你和朋友们在家里开派对，气氛烘托到位，你和伊丽莎白拥吻在一起；有些薄膜里你每天关注着新闻，为自己处在失事飞机上的朋友科伊流尽了眼泪；透过有些薄膜，你看到莱恩在暴风雪的早晨拜访你，你和他一起喝着啤酒看球赛，为每一次好射门欢呼……

随着翻腾着的泡泡的增多，你的意识逐渐衰弱。在意识彻底消失前，你看到了最后一个泡泡：空荡荡的客厅中，莱恩搓了搓手，往壁炉里添了两块柴。

在意识彻底消失前，你听到耳边最后一个声音：

"啵"。

第二篇
无尽宇宙探索

宇宙是无尽的生命，丰富的动力，但它同时也是严整的秩序，圆满的和谐。

——宗白华

这个宇宙不是我们所生活的唯一的宇宙。

——弗兰克·德雷克

20年前的冬夜，我读完克拉克的《2001：太空漫游》，出门仰望星空，突然感觉周围一切都消失了，脚下大地变成了无限延伸的雪白光滑的几何平面。在这广阔无垠的二维平面上，在壮丽的星空下，就站着我一个人，孤独地面对着人类头脑无法把握的巨大神秘……从此以后，星空在我眼中是另外一个样子了，那感觉像离开了池塘看到了大海。这让我深深领略到科幻小说的力量。

——刘慈欣

导读：星空不言　下自成蹊

月光——神灵与救赎/武俊杰

曦和——外星人莅临/齐传杰

登月——一人死亡，另一人获得启示/魏志鹏

异星奇旅——索拉里斯238号的奇幻旅程/梅文娟

导读：星空不言　下自成蹊

何　敏

"有实而无乎处者，宇也；有长而无乎本剽者，宙也。穷山恶水也。有乎生，有乎死，有乎出，有乎入，入出而无见其形，是为天门。天门者，无有也，万物无乎无有。"*

这是《庄子·庚桑楚》中对"宇宙"的界定。上下四方为宇，古往今来为宙，宇宙指向无限时空。《庄子》的论述充满哲学之美，其界定贴近今日哲学之论述。宇宙，即所有的时间、空间、物质及一切事物的总和。它是物质的整体，是物理学和天文学的研究对象。

宇宙又称为世界。认识世界，改造世界，乃人类生来的愿望。

走，去认识一颗星星。想象你将乘坐飞船，踏上漫漫的地外旅程。你与星辰擦肩而过，星星在黑暗中闪光，它们曾在漫长的时光里膨胀、坍缩。有许多星星湮灭在你抵达之前，也可能诞生在你出发以后。巨大的能量造成时空扭曲，量子场、红巨星、白矮星、黑洞，它们在宇宙中默然，你却知之甚少。

到目前为止，这还是一种想象。从严格意义来说，人类虽然已实现登月计划，但尚未能真正踏上地球以外的其他行星。

所以我们向往群星。我们如此热爱星空，会把人类历史上发过光的名字喻为群星闪耀。

所谓科幻，字面意义而言，即科学与幻想。想象是科幻文学的特性。现代科幻小说脱胎于人类种种奇思妙想的作品，它展现科学、技术与人类生活的关系，其文类特点正是因想象带来的逼真世界。科幻文学的想象特质让作者摆脱地心引力，畅想可能的故事情节，人类对星空的向往则让太空天然成为故事发生的舞台。

---

* 朱棣：《庄子集释》（第4册），北京：中华书局，1982年版，第800页。

无穷无尽的宇宙亟待人类了解与发现。即使是一名数万年前的原始人类在某个无眠的夜晚走出山洞，偶然抬头望星，那瞬间是否心中会有某种悸动：我是谁？我从哪里来？我到哪里去？人类在地球上独霸称雄，我们真的是宇宙中唯一的智慧生命吗？地外是否有智慧生命？如果有，它们是怎样的形态，它们是否了解人类？人类是否可能移居到另一个星球？

当宏大浩瀚的宇宙成为背景，光年成为计量单位，在这样的场景设置之下，人类如蜉蝣，或沧海一粟。人类构想宇宙中的故事也许是构建一种"他者"的虚拟传奇，对浩瀚太空的遐想背后是作者对文明发展的冀愿与隐忧。

本章选篇都涉及太空。无论是人与地外智慧生命的友善交流；或是人类走出地球，走向茫茫宇宙的探险；亦若外星人来访，因其个体私欲而与地球敌对，伤害人类……所有的故事中，作者都将目光投向了广袤的星空。《月光》中的观察者在得知了人类的存在后，于公元前十一世纪降临地球。他记录下一个个种族的发展历史，从萌发到兴盛，直至最后的衰落、湮灭；《曦和》描绘外星人莅临，太阳成为冷星和不断厮杀的银河战争；《登月》中的外星人普朗德人能将重力转换为能源，最终耗尽所有资源，毁灭地球；《异星奇旅》描绘了人类孩子在索拉里斯238号的奇幻旅程。

星空不言，下自成蹊。无边宇宙蕴含着人类的思想、情感、期冀和渴望，它是天地万物，是地球及其之外的绝对存在，是精神世界可以自由驰骋的博大时空；它是人类栖息的空间，是人类存在和发展的永恒秩序。地球之外的时空遥远而不可知，天生具有一种神秘感，超然于我们的生活经验。人类生活总有各种困惑与危机，不断出现人与自然、人与社会的冲突与震荡。太空意味着机遇与挑战，科幻小说用想象带领我们超越种族、国家、星球，超越人类既有的观念与形态，着眼无限星空，去往那些巨大而丰富的未知之地。

月 光
——神灵与救赎

武俊杰

一切起源于月华村，我的出生之地。村子不大，仅有百余户人家，坐落于层层大山之中，极其闭塞。村里人不信释道，却十分崇敬月亮，因此村南角盖了一座月明寺，建成时期已不可考，但打我祖父辈起就已存世。寺很小，大殿只塑了一尊盘坐的月仙，殿后有一间小屋，据说每一任"先知"都需居住于此，不得离开。寺里也无众多僧众，只有一位村中长辈担任住持。每日前来上香祈愿者甚多，还不乏外人跋山涉水前来，据说颇为灵验。我幼年时每周都要随父母前去上香，他们在大殿里祈祷家和业兴。许是上过学，懂些科学的缘故，面对这些神仙我是向来不信的。他们去上香，我则会找上寺里的小伙计月离一起玩耍，她是一名孤儿，自幼被住持带到寺中抚养，和我一般大，也是我最要好的朋友。村里的其他小孩都不愿意和她亲近，说她是什么被选之人，但我不介意，也只有我愿意与她为伴。我们整日形影不离，躲猫猫、爬树、捉知了，那是我童年为数不多的几抹亮色之一。但我们的友谊只持续到了我初三的暑假。那天我一人去后山的一处山洞中冒险，迷了路，等再睁眼，已是卧在家中的床上，耳边传来父母的私语。

"这孩子，昨天跟阿离出去玩今天才回家，肯定又跑寺庙里过夜了。一点不懂事。"

"先别管这啦。村里出大事了，月明寺后庙的老先知死啦！"

"啥！没了先知，这日子咋整！大哥家媳妇还指望找先知讨个吉日生娃呢！"

"听说月仙大人又挑中了寺里的小阿离，要她当小先知哩。"

"她才十三岁啊！还是个没妈没爸的苦孩子。"

"是啊，那么苦的娃！还是贵儿的好朋友，可惜啦。"

"这事，还是别跟贵儿说了。不过，能被仙人选中，也是她的福气啦！再说了，老先知带她进庙不就是为了……"

"哎，不清楚的事别瞎说。""我说的就是！"

当时的我，还不知道成为先知意味着啥。也不记得是怎么从山洞中获救的。

只是自那以后，我再也不曾见过月离，不管是在学校，还是寺里，她仿佛消失了。村里的人们也再不提她的名字，好像这事已然成了禁忌。一场昏迷后，我失去了最好的朋友。

"贵儿，昨晚你奶奶又病倒了。你也不小了，今天跟我去拜访先知吧。"记忆里父亲带我去了月明寺。

这是我第一次踏进了月明寺大殿后的小屋。屋子确实不大，正中摆了香案，插着几根线香，让屋内烟气缭绕，恍若仙境。月离就盘坐在香案前的蒲团上，姿态与大殿的那尊月仙像一般无二，她闭着双眸，似在静思。"先知大人，家母昨晚又病倒了，还望您再想想法子吧。"父亲就这样跪在她身前，声音里带了几分哀求。她终于睁开了眼睛，却是我从未见过的眼神，那实在不像人类的眼睛，空洞、冰冷，不带一丝感情，没有一点神采，让我想起了冰冻的河，满月的光，对，就是月光，那么清冷，也寒透了我的心。这不是我的阿离，我的阿离眼里是有阳光的，眼角永远带笑的。我感到恐惧，一瞬间我感觉这月明寺，这村子已不再是我熟悉的模样。我发疯似的逃离了那间屋子，我不明白，阿离为何会变成那样。从此，我开始想要逃离这个村子。

那年秋天，我考上了隔壁市的重点高中，坐着乡野大巴，离开了那座村子。"阿离，等我学会了知识，一定回村子治好你。"那是支撑我离开家乡，出门求学的唯一勇气……

"哎，又梦见那段回忆了吗？"我挣扎着从座位上站起，眼前是堆成小山的书籍《战争与和平》《红楼梦》《悲惨世界》……这些都是我从大学图书馆里找来的，却没有一本有我想要的答案。它们都只是在质疑请神的真实性，转而用心理学来解释。我却已确信了，请神是真实存在的，否则，有什么能让一个十三岁的孩子在数日里性情大变，从一个稚嫩的孩子变成冷冰冰的、没有感情的傀儡，我甚至亲眼见她预言了我奶奶的死期，精确到了分钟。她一定是被某种未知的存在操纵，而我必须要用科学帮她摆脱这沉重的枷锁，这是我十三岁那年就已在心中许下的承诺，是我的使命。

"贵儿，你也快五年没回家了。过两天是你奶奶的忌日，抽空回来一趟吧。"晚上我接到了父亲的电话。已经有五年了吗？背井离乡的这五年里，我一直在搜寻资料，企图解开村子里的先知之谜，可得到的线索却只有星星点点，科学知识倒是掌握了不少，还加入了一家研究所参与量子领域的研究。我也曾向研究所的前辈咨询超自然现象的解释，但收获寥寥。果然，还是得去实地考察一番才行。但是脑海里一旦浮现出那冰冷的眼眸，我的心便隐隐作痛。带着这样一份复杂的心情，我返乡了。

村子的变化很大，五年的时间里，这里通了公路，盖起了洋楼，大家的生活都有了改善。月明寺还是没变，依旧是只有一尊月仙像，一间后庙。上香的人越来越多，先知的名气也越来越大了，小村子才被人所知，经济逐渐有了起色，这才有了今天这般光景。只是，怕是没有人还记得，当年那个被神灵"眷顾"，年仅十三就被剥夺自由的可怜孤儿。今晚，我要再进那间屋子，我必须弄清楚，阿离身上到底发生了什么。

借着询问姻缘的借口，我终于混了进来，有些可笑，为了见到你，我竟用了这样一个理由。你还是没变，时光似乎没在你身上留下任何痕迹，但我只感到陌生。我站在你身前，你没有睁眼，直到我小声地开口。但我却不敢直视你，深怕你发现我胸前之物。等我表明来意，"日照。"你直接告诉了我一个地名，声音似乎有些波动，当时的我竟未曾察觉。得到答案后，我飞似的离开了。

深夜，我坐在桌前，眼睛死死盯着电脑屏幕，心中不断祈求。终于，微量子摄像头的拍摄结果出来了，是我想要的答案，我看到了缠绕在阿离头上的一缕缕无色无形的丝线，他们在电脑的图层渲染下呈红色，将阿离层层包裹，如同一颗血色的茧。丝线的另一端，透过墙壁，连向大殿的神像。我的身体止不住地颤栗。五年！我五年都未曾想明白的谜题，竟被一个小小的摄像头轻易揭开，这个从研究所偷拿出来的实验品，也许能改变世界！但我无心于此，我现在只想帮阿离撕开那层茧，让她重回我身边，不用再被囚禁、被束缚。一切都是神像搞的鬼，它到底是什么？信仰的产物？还是更高维度的生命？无论如何，我都要将它毁灭！

第二天天还没亮，我便出了门，背包里带了一把折叠的军工铲，前往月明寺。许是还未天明，路上并无行人，只有头顶的圆月，洒下皎洁月光。月仙，我将撕开你的面纱。一路上我满脑子都是过去的回忆，和阿离一起的时光，阳光下，我们在草地上奔跑，互相追逐，恍惚间，她的一颦一笑都触动着我的心。今天，我将重新拥她入怀！

望着眼前的硕大神像，我举起了铲子，重重一击，随后传来碎裂的声音。它比我想象的脆弱，直接没了半边身子，露出里面的黄土。不知是不是幻觉，在飞扬的尘土中，我隐约看到，有一丝红光飘摇而上，飞向了天空。

阿离！我满怀期冀奔向后庙。屋子里的灯亮着，我轻轻推开半掩的门。阿离还是盘坐在蒲团上，我紧张地望向她的眼睛，她也望向我，我好像看到了彩虹藏在她的眼眸里。"好久不见，你感觉怎么样？""好像有什么不一样了，感觉后背变轻了。好久不见，阿春（我的乳名）。"我蓦地有些脸红，五年的时光，我终于找回了你。

我们沿着小路漫步。这件事终于尘埃落定，我仿佛解脱了一般，心中充满从未有过的轻松。

走到一棵大树下时，阿离看着我，向我郑重地伸出右手："谢谢你，阿春。"

"现在道谢还太早了。"

"我知道。不过我觉得必须现在就向你表达谢意。"阿离露出了我从未见过的灿烂微笑，温暖迷人。我也轻轻伸出右手，被她紧紧握住。

这是阔别五年的握手。

阿离的掌心没有什么温度，甚至可以说是冰冷。然后，我看见她慢慢闭上眼睛，就像没有生命的提线木偶一般瘫倒在地，不再有任何动作。过去了好几秒，我才后知后觉地发现自己在尖叫。我摇晃着阿离的身体，但她却紧紧闭着眼睛，依然死死地抓着我的手，却再也没有醒来。

在阿离的葬礼上，我想了很久，那位神明到底是何方神圣。他应该是某种智慧生命，生活在比人类更高级的世界里。时间和空间的限制禁锢了人类的行动感知。但是，高次元的高级智慧生命，想必并不会受这些限制。也许在他们看来，我们所处的世界不过是可以随心所欲掌控的事物罢了。神灵给了人类先知，也许是好奇，也许是观察人类社会，但是他替人类窥视命运，代价便是一个人的生命吗？还有，我真的驱赶了他吗，我手中的铲，能对一个高维生物造成伤害？还是说，他只是结束了观察的任务，回归了自己的世界？他会回来吗？这一切，都与我无关了。但阿离的生命，是被他带走了吗？

后来我再也没有回过村子，听父亲说，神像无故倒塌，先知离世后，月明寺就渐渐荒废了。导师的项目也被军方接手了，但一直没什么消息，应该是怕引起社会恐慌吧。这个世界的大幕已被揭开一角，但大部分人依旧正常生活。可是，天上出现了一个大洞，总会有人发现的。等到真相大白的那天，人类又该何去何从？

确如阿离所言，我在日照找到了我的另一半。月明，日照，确实都是好名字。当时拍摄的影像，我还一直存在电脑里，时常打开追忆，但神像背后的真相似乎已离我越来越远。直到我收到的一封来自家乡的匿名信。

王富贵亲启：

我想你已经知道了我的存在，我就是神像背后的"神灵"。你一定对我的存在感到不解，请容许我讲述一个故事来解释吧。

地球是一个神奇之地，孕育了人类这样的奇特生灵。他们自诞生之初，便有着对天地日月的敬畏、崇拜。但他们不知道，这种信仰的共鸣、汇聚，对宇宙中的（你们所谓的）高维生物来说，无疑是一个不断产生能量脉冲的巨大信源。这种高维生物以探索者自居，探索宇宙之奥秘是他们的天性。在得知了人类的存在后，一位观察者于公元前十一世纪降临地球。他的职责便是记录每个种族的发展历史，从萌发到兴盛，直至最后的衰落、湮灭，人类是他观察的第一千个种族。

观察者最先降临在现在的中国，即当时的西周。在短期的观察后，他惊奇地发现，人类是他发现的第一个可以彼此隐藏思想的种族，这种特性决定了每个人类个体的唯一性，也注定了人类发展的曲折。果然，春秋战国的诸侯国混战，秦末的各王并起，三国的尔虞我诈让他看清，没有外界的干扰之下，人类实现统一机会渺茫。而一个分裂的种族，注定难以在宇宙中立足。但人类的另一个特性又让他着迷，他们拥有极为丰富的情感，那种心灵、意志间的强烈碰撞产生的巨大能量，带给观察者兴奋与快感。让他忘记了，缺少同族的修正下，不该过分沉浸于观察对象的世界中。

人类终于在公元十八世纪迎来蒸汽时代，进入科技发展爆发期。但人类在获得科技的同时，也付出了惨痛的代价，一次又一次的战争，夺走了太多人的生命。观察者不是第一次看到进步的代价，毕竟等价交换是宇宙的永恒真理，但人类是不是付出了太多。看到了那么多生死离别，撕心裂肺，观察者第一次对观测对象感到了同情。

人类的科技发展并不高明，但计算机，作为人类发展到极致的工具，还是吸引了观察者的注意。他很好奇，如果将计算机的计算能力发展到极限，能否计算出宇宙的未来？于是，他运用人类科学家的理论，制造出了地球上第一台量子计算机"月光"。但是，这台最完美的量子计算机也只是勉强摸到那个领域。全力运转下，可以计算出一个人的大致人生轨迹。这台机器，就被他放在月明寺的神像中。

观察者在第一次执行任务前，就牢记着刻在种族基因里的两条法则：首先，只是观察，不可插手所观测世界的任何东西。其次，等价交换是宇宙的永恒真理，不可违背。降临地球前，他一直遵循得很好，但人类第一次让他动摇。他明白，这就是族人所谓的"污染"，观测对象对观察者的意识渗透，没有同伴的修正，他很难自行解决。但地球距离母星太过遥远，在等来同伴的降临前，他已经酿下大错。

那是1940年的夏天，正值抗日战争，月华村成了日军攻占对象，焚村的大火烧了三天三夜。有一对姐弟被父母藏在了废弃的寺里，才幸免于难。但村子已经被日军把守，他们根本逃不出去。在目睹了两人饿了几日后，观察者听到了一句祈祷，"月仙大人，求求你，把我的弟弟救走。"是姐姐对神像的叩首。观察者本不以为意，这样的祈祷他听了太多次。但这次似乎又有所不同，那祈祷声越来越大，越来越大，盖过了一切，持续冲击着观察者的意识。观察者的一部分身体失控了，他第一次打破族规，救下了那对姐弟。当他的意识重新夺回身体的控制权，看到的是已经被转移到村外山洞的姐弟二人，旁边还有幸存的村民。

观察者意识到了污染的严重性，迫于无奈，他停止了观察的职责，将自身封闭，断绝与外界的一切交换。但他还是小看了污染的威力。在姐弟俩宣扬月仙的神迹后，数百的村民选择了相信，这并不奇怪，末日降临时，所有人都会渴望奇迹。但这些信仰的力量直接让观察者的失控部分暴走，再次主导了身体。他接受了信仰，自诩为"人类的救世主"，决定拯救苦难的人类，就先从这些村民开始。

还记得等价交换吗，被探索者誉为宇宙的永恒真理，"救世主"也得遵循。他（对人类而言）救下了那对姐弟，并取走了姐姐的身体为代价。他欲向凡人传授真理，以这具躯壳为代言者，以那"月光"为其内核。这便是你们的先知，人的身体蕴含的能量供养起来的神物，专为人类解惑，为他们窥探命运。还记得你所看到的那些丝线吗？那不是什么奇特之物，只是极其微小的能量供给线罢了。

后来，观察者的同类赶来支援，唤醒了他，也将"救世主"一起带走。但他早已知晓自己逃脱不了被清理的命运，暗中留下了月光，并设置了它的程序，将"先知"一代一代传承了下去。与第一代先知一样的祈愿之人，当他的情感超过一定阈值，程序便会启动。你的朋友，是第五个唤醒程序的人。

该介绍我自己了，你可以将我看作是那位观察者。但客观来说，我不算是，因为我混乱的部分已经消失，不再是一个完整的个体。我们种族将我称为"失感者"，慢慢失去情感的个体。失感者的寿命很短，我们与宇宙缺失了某种联系，我也将很快死去。写下这封信，向你说明一切，算是有始有终了。"

我对信中的内容感到震惊，量子计算机，观察者，救世主，这一切让我头晕目眩。这故事太过不可思议，但我找不到质疑的地方。等等，先知都是祈愿之人，阿离什么时候许过愿望？我意识到我的记忆似乎缺失了一角，到底，是哪里出了问题？阿离被选上的那天，到底发生了什么？

"爸，当初阿离当上先知那天，到底发生过啥？"

"阿离？你还想着她？我想想啊，那天你和她刚回来，就赶上老先知快咽气了。老先知死前，拼命指着阿离啊，吐出一句"她，接替我的位子。"就闭了眼。你不是也在场吗？那天你也奇怪，喊你也没啥反应，回了家倒头就睡，是不是在外面玩了一天，太累啦？"

我和阿离一起回来？我不是一个人跑山洞里去了吗？对了，我当时，咋从山洞跑出来的？我不是迷路了吗？难道，我身边跟着阿离？！

我的记忆轰得一下打开了。

原来当时去山洞探险，并不是我孤单一人，你一直跟在我背后，抓着我的手。迷路被困了一天一夜后，我已是精神恍惚，你急得向月仙祈愿，但好像无济于事。在意识消散的最后一刻，我隐约看见你跪倒在地，头抵着地面，背后泛起诡异的红光，好像一场邪恶的献祭。

原来，是我害了你。什么月仙，什么先知，原来都是借口。我不该争强好胜，非要跑山洞里去，更不该拉着你，我才是罪人。记忆的最后，是一片黑暗，只有一句话在回荡。

"阿春，如果有一天我去了天上，你会想我吗？"

妻子说，那天我哭得像个孩子。

羲 和
——外星人莅临
齐传杰

庇护所的门慢慢打开，呼啸的狂风卷积着雪花像嘶吼的野兽一样倾泻过来。我感觉胸口上好像被人重重打了一拳，眼睛里只能看到白茫茫的一片。

我抹去护目镜上的雪花，抬眼向外面看去，纷纷扰扰的大雪仍然在下着，这场雪已经下了三年，而且还有可能继续下去。外面是真正的死寂，真正的"无"，什么都没有，什么都听不见，远方象征着人类曾经的辉煌的楼宇和象征着自然的伟岸的群山都隐没在纷扬的雾气和弥远的黑暗里。厚厚的云层和积雪覆盖着现在的大地，厚厚的大地则缚压着现在的人群。

我向前迈了一步，腿深深地陷进了积雪。庇护所门前的积雪每天都会清扫，但一夜下来又积累了半米深。庇护所的大门在我身后缓缓关闭，透过门缝，我听见守门人的嘟囔："又一个上来的傻子。那玩意现在还没有一颗星星亮。"

我确实是为了看"那玩意"一眼。我不想错过这次机会，如果未来我们的任务没有成功的话，这将会是最后一次机会。

嘿，有的人愿意满心欢喜地奔向未来，而有的人则必须驻足道别。

当我到达我的目的地——留守者们的营地时，我已经耗尽了全身的精力，在半米深雪地里每踏出一步，就如同撞碎一堵墙一样艰难。这里是所有来自过去的沉溺者和徘徊者最后的栖居地。他们困守这里只为看困笼里的太阳最后一眼，最终还是要回归地底。原本我以为在营地里找到我要去的那间小房子应该非常困难，但它就在那里，我一眼就找到了它。它的房顶就像一条倾覆过来的船，像极了我的过去，像极了我的未来。

"小龙，"母亲摇醒我，"醒一醒，你父亲要出海了。"

我猛然睁开眼睛。我等这一天已经很久了，对父亲来说今天只是他万千出海经历中普普通通的一次，对我来说，这将是我的第一次出海经历。一踏出家门，清爽的晨风扑面而来，那时的风里还有着一丝海水的甜味，而不是腐败的恶臭。父亲比我先出门，这时已经背上缝补好的渔网在等我了。我迈了几步跟上父亲，现在是凌晨两三点，天上没有月亮，对面山上灯塔的光还在有一搭没一搭地晃着，但村子里的灯火已经陆陆续续亮起来了，不断有人从我们两边的房屋里钻出来。在黑暗里，我看不见那些人的五官样貌，只能看见一个模模糊糊的人影，这些人影一直从村庄延展到海边，像汇入大海的溪流。而我和父亲就像溪流里的两滴水被裹挟着前进。

在前进的路上，我看见父亲和每一个钻出房屋加入我们队伍里人打招呼。我不明白，在黑暗里，就算我戴着头灯也难以辨认对方的身份，为什么父亲却能够认得出来？

"熟悉。"父亲说："我熟悉我脚下的土地，我知道我的脚步落在了谁的门前。"

"小龙，你未来也会熟悉你的工作，你的职责，你每天走的那条路。"

"那我会和你一样的，父亲，我也会熟悉这条路的。"我想和父亲一样做个渔民，现在的我热爱大海，热爱波涛，更热爱父亲那个亲吻海洋的职业。

父亲没有说话，只是抬头看了一眼天空。

那个时候我还不明白父亲抬头到底是什么意思，因为天上除了星星什么都没有，现在我才知道，父亲担心的就是只有星星的天空。

渐渐迫近海湾，发动机的轰鸣声像浪潮一样此起彼伏。上了船，父亲开船出海，我就在弦板上帮他整理着渔网。和我们一起出港的船渐渐走远，这时我们才开始真正的孤独地面对大海这个对手。海上没有风，浪却大得惊人。我钻进舱室里，抱着栏杆一动也不敢动，我感觉我好像被丢进了一个大染缸，眼睛里全是五彩斑斓的色块，连哪边是天，哪边是地都分不清楚了。父亲则可以稳稳地站在船头甲板上，任由风雨、海水刮在脸上。他在海上就像山一样沉稳厚重，在地上就像海一样温润宽广。指甲盖那么大的太阳开始升起来了，流苏一样的光芒从父亲背后漏出来，就像一件金色的羽衣。他就是我的王，是整片大海的领主，无论再大的风浪都无法侵袭他一分一毫，风浪就是父亲的冠冕，阳光呀，则会在父亲的衣袍上绘下最美丽的徽章。

我们回到码头上，父亲把周围的几条小船都绑在一起，以防它们被风吹走。我就向岸上一箱一箱地搬鱼。

我听见旁边渔民的谈话。

"货越来越少了。"

"可不是嘛，太阳越来越小。现在一网下去捞上来的还没海面上的死漂子多。"

"能看到的鸟也没多少了，越冬的时候都冻死了吧？"

"嘿，估计要不了多久就捞不上鱼了，到那时候，赚不到票子，咱哥几个就等着修庇护所去吧。"

这时候，父亲牵过我的手带我回家了。一路上，我看着周围陌生的景色，完全不敢相信自己早上走过这一条路。

我问父亲："你不会让我成为渔民的，对吗？"我想起今早上打到的鱼没几条是活的，大部分都是被父亲用网漏捞上来的海面上的死漂子。那些打上来的活鱼会被送去庇护所做成罐头，当作食物储备。那些还没完全烂掉或被海鸟啄烂的则会被母亲腌制起来，卖掉或者当成我们的粮食。

父亲蹲下来，看着我的眼睛。我发现这是我第一次和父亲平视，我以前都是仰望他，像看一片云，一弯月，一颗星。

"小龙，不要担心。"

"你是什么样子的，那就请继续保持你自己的模样，你热爱大海，那就请继续热爱它。我不会去阻拦你。"

我正欲说话，父亲却拦住了我，"但是这天地会，他不想让你出海打鱼，所以有了台风、海浪，当人们认为可以战胜这些的时候，太阳上又有了阴云。你不需要去强迫自己，但要相生相应于自然。"

"这天地间的造化到底都归于天地。这就是天人合一。"

我没听明白父亲的话，母亲说过父亲年轻时读了书，很多很多的书，但他最后还是回到了这个小渔村里，在这里生活了半辈子。父亲的父亲在这里生活了一辈子，父亲的父亲的父亲也在这里生活了一辈子。我觉得我也会在这里当个渔夫，在这里生活一辈子，无论什么天意，无论什么造化。

我扭头看向海湾，就算是小小的太阳也已经驱散了清晨的薄雾，把海面照射得橙黄橙黄的，天空也是赤红的一片，纵眼望过去，天地间有的仅仅只是几抹浮云，再无他物，看上去分外广阔，又分外渺小。那橙黄的海与赤红的天交接处就是太阳所在的地方吧？那里是不是有羲和，有扶桑，有金乌？等我再长大一点，再长大一点，等我可以独自在清晨走完这一段到海边的路，等我可以独自驾船，独自撒网，我可不可以一直驶向那天接之所，去剥开侵蚀太阳的阴云呢？

钻进留守者的营地，我脱下大衣，抖落身上的雪。

康星比我先到一步，已经扎在小孩堆里听着刘奶奶讲故事。

"这还要从我很小很小的时候讲起来了，你问我那个时候多大？年纪大了，记不起来了，反正肯定比你们这些瓜娃子还要小。"

"那个时候电视里天天报道说发现了外星人，说有一艘外星飞船朝地球飞过来了。整得跟怎么了似的，又是集中生产，又是修庇护所，还把所有大炮都对准了天空。结果你们猜怎么着，那个外星飞船根本没理咱们，咻地一下就从太阳边飞走了，啥事都没有发生。"

"就这样又过了几年快活日子，人们又发现事情不对了。太阳里开始冒出阴云了，就始终在太阳对着地球的另一面。那些专家讲那个飞船走的时候往太阳里丢了什么东西，它可以自动把太阳变成一个什么，什么戴森球，我也搞不明白。"

"我小的时候，那个太阳又大又圆。那时候啊，太阳红得就和小孩子的脸蛋一样……"

"就和你脸一样红。"

"胡说，明明你脸比我更红。"

我趁着孩子们打闹的间隙，悄悄坐到康星身边。刘奶奶今年106岁了，是现在庇护所里为数不多的见过完整太阳的人。她爱讲太阳的故事，那些在庇护所里出生，一生都没见过完整的太阳的孩子们也格外爱听太阳的故事。

"那个时候，人们都把太阳叫作太阳公公，把月亮叫作月亮婆婆。"

"提问，为什么一颗星星是我们的爷爷奶奶呢？"

"太阳不是星星，咳咳，太阳……"

我看到刘奶奶答不上来，对啊，为什么呢？为什么要叫做太阳公公呢？明明一点也不像不是吗？

太阳的光辉煌刺眼，似男性般刚烈如火；太阳的热和煦动人，像长辈般慈祥可亲，所以太阳是公公，这是自然的修辞，是想象力的合理外延。但现在的孩子理解不了这些。就算有视频资料，他们也不会知晓"日照香炉生紫烟"是怎样的奇景，"海上明月共潮声"是何等的壮阔，在现在江月年年不再相似，江月年年也不会待人。我想起来父亲教过我顺应天地自然的话，对现在的人们来讲，天地有的只是庇护所的穹顶，对这些孩子来讲，他们永远不会明白什么是春华秋实、四季更替、塞外征鸿、孤雁南飞，这样的天地有必要保留吗？

我摸了摸那个提问题的孩子的头说道："这个叫作拟人的修辞手法，写在你们作文里可以加分哦。等你们长大就知道了。"

周围的孩子嘘声一片。

透过窗户，我发现其他营地的灯都渐渐关闭了——已经到时间了。

孩子们不再嬉闹，在一边唠嗑的家长们也渐渐收声。我们营地的灯光也全部熄灭了，在黑暗与寂静里，我听见了孩子们的哭闹声——对黑暗和寒冷的恐惧跨越四十万年仍然牢牢刻印在每个地球人的心上。

机器扫落屋顶上的雪，头上的隔板慢慢打开。天上的云层已经被驱散，我看见了久违的繁星，每一颗星星都散发着光芒，在没有月亮、太阳的日子里，每一颗星星都放肆地宣誓着自己的存在，即便这些光可能是几百万年前发出的，即便这些光只能宣誓他们曾经存在过。

我和康星顺着官方给的观日指南，从一颗星星锁定另一颗星星，在苍穹之上肆意拓展我们的目光。终于在一片陌生的角落，我们发现了太阳本该在的位置，我睁大眼睛使劲地盯着那里——那里什么都没有。我又偏转脑袋用眼角的余光去辨别那里，希望找到一点太阳还存在的证据——依然什么都没有。

我看向一旁屏幕上的直播，在屏幕中间是一片极致的黑暗，它甚至遮住了背景上的星空，那就是我们的太阳。在那片黑暗的正中心有一小片昏黄的光斑，它正伴随着阴云的扩展慢慢变小，很快就伴随着"3，2，1，0"的倒计时彻底消失不见了。就这么简单地消失不见了。

我们依然盯着天空上最黑的那块角落，依然什么都没有看见。

这将会是这片大地上最安静的一个夜晚，连雪花飘落的声音都消失不见，我没有听见我以为会有的叹息和啜泣，在一片静默里，人们一个接一个离开了留守者的营地。没有吵闹，没有喧嚣，他们来的时候顺从自己的心意，来时适也；走的时候同样遵循着天地的造化，去时顺也，哀乐不能入，此之谓县解。

这就是父亲所说的天人合一吗？

我和康星都没有移动，还是牢牢盯着那一片狭小的角落，尽管人眼辨识不出来，但那里，太阳最后的光线最终还是会传过来，但就算是这样的光线我们也只能再看八分钟了。

黑暗里，我感觉到好像有人在拉我的衣角，我低下头，看见了一个孩子闪着光的眼睛。

"姐姐，可不可以请你们不要去把太阳弄破呢？"

"什么意思？"我一时间没弄明白他想表达什么。

"妈妈和我说，太阳没有消失，太阳还在。它就像是我最爱吃的鸡蛋一样只是被外面的一层鸡蛋壳给包裹起来了。我之前偷偷敲开过一个鸡蛋，它里面的东西流到地上后就什么都没有了。所以姐姐可不可以……"他的声音越来越小。

我蹲下来，看着那个孩子的眼睛，就像之前父亲看着我的眼睛一样。

"你叫什么名字？"

"张暖，日爱，暖。"

"好名字，张暖，我问你，你知道小鸡是从鸡蛋里孵出来的吗？"

"知道。"

"那好，姐姐告诉你，其实太阳是一只小鸡，它只是破壳的时候卡住了，姐姐要做的是帮它从壳里出来。"

"姐姐不会弄破太阳的，姐姐会释放它，姐姐和你保证。"

等我从学校赶回村子的时候，已是半夜，父亲的尸体已经从船上搬下来了。

我看见母亲在屋子中间支起两把椅子，她还把门板拆下来搁在椅子上面，父亲的遗体就放在门板上。在父亲的两肩和头顶边，母亲各点了一个油灯。这叫引魂灯，传说死在海上的人的灵魂会沉到海底，没有亲人点起的这一点光，他们便浮不起来，只能一直沉沦在海底的深渊里。拆掉门板也是防止门板阻止归来之人进屋子里看看亲友，不让他们憋着一口怨气转生。

父亲是在海上被活活冻死的，天气渐渐冷起来后，经常会有环流层的极冷空气因为各种原因从锋面吹到地表。父亲、父亲的船，还有父亲抗击一生的大海和追逐一生的猎物全部都在一瞬间被那股冷空气冻住了。

父亲他到死的时候都保持着对抗风浪的姿势。

我帮着母亲用热水擦拭，浸润着父亲的身体，父亲身上的衣服都和身子冻在一起，根本脱不下来，只能用热水化开冰冻后再为父亲穿上件新衣服。母亲擦拭着父亲的脸颊，宠溺地为他穿上新衣服，整理着他的头发。她对着父亲絮絮叨叨地说着种种琐事，有关生活，有关环境，有关我。他们的爱情都融入生活中的油米茶盐的相顾无言里了吧。

我端视着父亲的脸，突然间发现除了记忆里的那一次，这似乎是我第二次与父亲正视，似乎我在一夜里突然长大了，父亲只能抬头看着我了。我第一次发现父亲的身子是如此的瘦小，他肩上承担的又是如此的厚实。

又是凌晨，母亲带着我去了海湾。她不知道从哪里拖出来一条旧木船，母亲在上面堆满柴火，父亲就躺在柴火上。母亲把承载着父亲的小舟就系在大船后。

于是时隔多年，我又出海了，但这次随波浪摇摆的是父亲，我则站在船上一动不动了。

母亲点燃柴火，隔断系着小舟的绳子。在流转的波涛里，我望着载着父亲的木舟渐渐远去，最后连飘起来的黑烟都无法看见了。

说来可笑，我的父亲一直试图教我要适应自然，但其实违背自然，抗击风雨，明明他才是做得最多的一个。极冷空气虽然难以预测，但以父亲的老道，我不相信他看不出端倪，我也不愿去想他如此频繁地出海到底是为了什么，为了什么人。

我不相信什么造化，父亲信仰了一辈子天地，最后还是死在了天地手里。父亲说对早期的人类来讲，一切都是混沌。我们要做的只是去适应它，到了现在，在人们认为已经可以改变世界的时候，人力无法对抗的阴云又出现了，所以，这就是天意。人类要做的只是在不断对抗自然的过程中去适应它，而不是去改变它。

我依旧不相信这一切，天地本生也应当顺应天地。如果对于太阳系来讲，顺应天地就是去适应阴云，那么对于整个宇宙来讲，顺应天地难道不是每颗星星都应该亮着吗？

我和母亲驾着船回到港口，借着微薄的天光，我这才发现我们脚下的是唯一一条船了，海湾里再没有一条船停泊，眺望村子的方向，没有一晃一晃的灯塔，没有人群排成的长龙，村子里甚至都没有一盏灯亮起。

原来，我刚刚送走了世界上最后一个渔民。

我和康星回到了庇护所。在庇护所的大厅前，我们和其他飞行员们列成了方阵，所有人都肃穆地站着。

在我们的头顶，一块大屏幕亮了起来，出现在里面的是战线统领。这是最后的动员了，在这之后我们将飞向太空。

统领的双唇缓缓动起来，吐出的声音如同管弦乐一样。

"我们为什么聚在这里？"

"因为太阳无光。"回应像合唱一样飘荡在寂静的地球上空，宏伟，悠扬。

"太阳为何无光？"

"因为阴云，因为阴云。"

"什么是阴云？"

"阴云是太阳的癌细胞，他们吸收太阳内部的氢氦来合成重元素，不断的扩大，分裂，直到将太阳完全包裹，成为太阳的牢笼。它是一颗属于窃贼的戴森球，窃取地球的光，地球的热，地球上所有生灵的未来和希望。"

"阴云从哪里来？"

"从无名之船，它掠过太阳，向里面投下了阴云。"

"无名之船从哪里来？"

"无人知晓，无人知晓。"

"它们想要干什么，它们想用我们的太阳干什么？"

"无人知晓，无人知晓。"

"所以，飞行员，你们知道什么？"

"我们知晓死亡，知晓命运，知晓亘古而永恒的寒冷与黑暗正笼罩着家园，知晓地面上每一株可爱的花草已经冻结，知晓曾经奔跑、游弋、舞动翅膀的生灵已然灭绝，知晓我们的亲人都翘盼着太阳和春天。"

"所以，飞行员，你们的职责是什么？"

"解放太阳，解放太阳，解放太阳……"声声回应像嘶吼，像狂吠，像一把利刃刺穿几千米厚的大地，刺穿云层，刺穿八光分的壁障，直直指向太阳。

"错了，飞行员们，你们的职责不再是这个了。"统领的声音突然冷酷起来，像冰雪一样。

在方阵里，我紧紧攥住康星的手。

我是在飞行学院里认识康星的，见面的第一天他就笔直地冲到我面前，问我："嘿，你见过多大的太阳？"

那时的我刚刚从一个小渔村考进飞行学院，整个人都缩得小小的，声音也是怯怯的，我回答他说："大概只见过瓶盖那么大的。"

他咧开嘴笑了起来："那我年纪要比你大，我见过碗口那么大的。"

在父亲去世到我考进飞行学院的这段日子里，我常常在空闲的时候爬上山坡上的灯塔，盯着太阳从海平面上升起，然后盯着它慢慢爬高到我无法直视的位置上。在这段时间里，我会把我想说的一切话都对着太阳说出来，我相信父亲金色的灵魂不会归于冰冷黑暗的海底，他一定飞到了太阳上，我现在看到的每一束光芒都是父亲对我的问题的宽慰和回答。

现在在学院里，我身边又多了一位可以倾诉的对象。我和康星躺在已经变得有点焦黄的草地上看着只有指甲盖那么点大的太阳。现在大型乔木植物已经活不下去了，灌木已经渐渐枯萎，草地也变成了焦黄色。我伸出双手作势想要揽住太阳，康星就在我身边揽住我。他的脑袋埋在我的头发里，痒痒的，热乎乎的。

"太阳的汉字是怎么写的，"康星问我。

康星是日本人。十几年前一场大地震使得日本境内的众多避难所严重损坏，日本剩下的避难所容纳不了那么多灾民，那时中国政府慷慨地接纳了部分难民，康星就是那个时候来到中国的。

我伸出手指在他的掌心画了一个圈然后再在中间点一个点。

康星笑着把我的手抓过去在我的左手上同样画了一个甲骨文的太阳，又在我的右手上画了一个爱心。

"那这样就是'暖'字了？"

我知道这时康星在和我开玩笑，但我还是很欣慰——虽然他没能弄明白"暖"和"煖"的区别，但至少他还没忘记我教过他的"暖"字是间架结构的。

我没有再在康星的手上写画，没有人的双手可以承托起中国汉字的重量。我扒拉开面前的草地，拿起一根小棍在上面写下了"暖"字的正确写法。

"'暖'的右边是一个'爰'字，意思是援助，援引。左边原本是火，代表这火炉，后来替换成了'日'，表示借晒太阳来加温御寒。"

"所以对你们古代的中国人来说太阳只意味着火炉是吧？"康星狡黠地眨了眨眼睛。

我没有回答他。

盯着太阳，我的眼里好像有火在烧。朦胧的日光洒在地球的每一个角落，透过它，我看见了太阳神拉正擎着太阳的烈焰对抗着吞噬世界的巨虫阿波普，我看见阿波罗架着他的马车在世界环游，就连在日本，天照女神也在高天原降下辉光。

在地球的阳光能够洒落的任何地方，看见太阳的任何人眼里都会有一团火在烧。

又或许对现在的我们来说，太阳就只是个大火炉，整个地球就是一个孤独守望在火炉边的孩子，他拥抱着仅有的温暖，战栗地望着宇宙星空。

不管太阳是什么，他要一直烧着，发着光，放着热，散播着和金子一样璀璨其实却比金子更加珍贵地耀芒。

"亲爱的，答应我，我们要亲手释放出太阳。"

"嗯。"

"答应我。"

"我答应你，我们一定会亲手释放出太阳。"

统领所说的什么庇护所的长久坚固，什么我们将去开辟第二地球，什么来自外星的报复我都没听进去。我感觉我眼中的火焰燃烧得更加炽烈了。

我现在脑海里想着的只有太阳。

我在这颗冷星的同步轨道上盘旋了整整三个标准年，直到我说明这颗冷星是我的母星之后，那该死的管理员才终于通过我的降落申请。

我的飞船缓缓降下，在飞船喷出的尾焰升华了地表上厚厚的固态氮氧后，我看见了那堵嵌进山石里的大门，那里是整个全银河系关于银河战争最大的一个博物馆、图书馆，也是所有牺牲在战争中的文明的藏骨堂。同样的，这里也是我此次田野调查的最终目的地。

我们组调查的课题是"联邦第二次全面战争在初期失利原因的具体探究"。毫无疑问，很大、很空的标题，属于那种随便水一水就能写几百页的那种，但毕竟年代过于久远，很多网上的资料都不够详实，也没有人愿意再翻故纸堆，把那些古老数据重新上传一遍，害得我也只能跑到这种银河系的荒凉地带的荒凉星球上来找寻资料。

这里是星系战争里银河联邦第一个丢掉的恒星系，同时也是联邦最后收复的一个恒星系。从这里开始联邦遭受了千年的侵略和浩劫，也是在这里复兴的脚步再次迈出，所以博物馆就选址在了这里。

据说这里也是我的母星，在这颗冷星还没有成为冷星之前，我的祖辈就在这颗星球上生活，他们修建了异常坚固的地下庇护所。在族人几乎被屠戮殆尽后，那些闲置的庇护所正好成为了博物馆的前身。传闻我的祖先侥幸从异星的屠杀里逃脱了出来，后来在联邦的帮助下，另寻了一颗星球重新发展文明。

管理员打开了博物馆的大门，我迈步走进去。厚重的大门在我背后吱吱呀呀地关闭，透过门缝，我看见管理员裹在宇航服里的眼睛，那是一双满是哀恸和叹息的眼睛。传说这个管理员的母星，母族全部都在战争里被毁了——他是最后一个幸存者。这个博物馆里保存了有关他们文明遗留下来的全部，这颗冷星就是他最后的乐土，最后的家园，最后的栖归之所。他大概以为我也是前来祭奠的吧？不然怎么会用那么悲戚的眼神看着我？悲伤？可惜我不会去悲伤，更不会触景生情，过去的故事也就只是故事而已，过去拦不住我，我只愿一往无前地向前。在浩繁的卷帙里，我觉得我发掘到了银河战争首战失利的真相，我来这里是为了亲手挖掘真实。

大门关起来之后，除去我身上宇航服的光就只剩下我脚底地板上的两盏小灯泡还在发着光，在一片空洞的黑暗里，我信步向前走去，脚底的灯就随我的步伐一盏盏亮起，又一盏盏熄灭。每一盏灯都象征着左右两边两个文明的展馆，我一步就跨越两个文明的辉煌岁月。这个博物馆专门为猎户座而建，在我的脚疲乏之前，终于在博物馆的尽头找到了地球文明。

最开始展示的是各类原始动物、原始人的骨头，这些古怪的产物一度让我怀疑我是不是走错了场馆。再向前走，出现了各式各样的石器、雕刻、绘画、书籍；我不管这些，大步跨过人类历史上最精彩的各个时代，长城的砖、法老的棺木、印第安人的面具通通都落在了我的身后。这时，我看到了我想找的展柜，一块小小的弧形残片就正端端地摆在中间，它的黑暗是如此深刻，就算在横卧在博物馆的阴影里也可以一眼就把他认出来，我头灯上的光打在上面也映照不出它的一丝纹理和光泽。展柜下面的标牌上写的是阴云残片，但我认得它，那是星之壁，是联邦制成的终极武器。在星之壁完全建成的时候可以包裹住整颗恒星，然后用整颗恒星散发的能量发射高能激光和粒子束，就算敌舰包裹在浓厚的金属气溶胶颗粒里，也可以将其瞬间蒸发。

在出现战争征兆的前期，联邦在半个仙女座的恒星里都投入了星之壁，万万颗恒星的光汇聚在一起，构建起对抗异星的铁壁长城。他们连银河系的半步都不能逾越。但异星来势汹汹，黑洞过境般扫荡着面前的所有星系。异星将制造的微型黑洞投放在他们侵略的路径上，在前方布置黑洞的异星战舰在被激光击毁后就成了投喂黑洞的养料。异星的战舰就在这条鲜血铺筑起来的至暗路径里穿行。在它们到达一个恒星系之后，它们的护卫舰会顶住粒子束的攻击，牵引在反射镜里扭转腾挪的激光束，在护卫舰爆炸的火光里，异星的主舰会冲向恒星利用激光、动能、反物质导弹甚至是它自身的爆炸来击毁星之壁。

看着日渐陷落的星系，联邦意识到尽管他们没有误判星之壁的威力，但他们从来没有真正意识到敌人的凶残。这不是一场仅靠星之壁自主防御就可以打赢的战争，于是联邦的战舰出动了。联邦战舰且战且退，终于将异星舰队牵引到猎户座悬臂附近。在这个荒凉星域里，异星战舰得不到足够的补给，来自猎户星座之壁发出的激光射线却给联邦带来了充足的能量，它一方面是扫平饿狼的死神，囚禁恶兽的囹圄，同时也是联邦的希望之光。

现在历史书上讲的基本就到这里了，再然后就是大败。

传闻是来自猎户座激光的星链出了问题，也有坊间传闻讲另一队异星舰队破坏了猎户座寥寥无几的几座星之壁——那里的文明水平都比较低，还没有自主建造星之壁的能力，大部分都是联邦征得同意后辅助建造的。

总之就是，当时激光对异星舰队的束缚突然减弱，这给了他们可乘之机。联邦在自以为胜券在握情况下，受到了猛烈的反扑，几近全灭。最后，同样受到重创的异星舰队退守猎户座，一根毒刺从此扎根在自家的大床上，自此和银河其他三大悬臂开启了旷日持久的战争。

关于为何星之壁的供能会突然减弱，没有确切的说法，毕竟战争刚刚结束没两年，休养生息，灾后重建远远比追究责任更加重要，也没人愿意来到荒凉的星系做复盘。不过，论文二字就足以迫使我来到这里。

我先前的调查发现这颗冷星的恒星在被炸毁之前，是有联邦辅助建立的星之壁。但是异星攻下这里所花费的代价远远小于平均水平，基本上可以说是不费吹灰之力。显然这里有问题，而且问题极大。或许在这里我可以发现联邦在初期溃败的真相。

当年在异星战舰的炮火覆盖下，这颗冷星表面几乎化为一片火海，保留下来的实体展品几乎没有多少，基本都是我的祖先仓皇间带出来的，最后战争结束后捐献给了这里，所以我没走一会就走完了实物展览区，来到了阅览区。这里保存下来的万万个硬盘几乎储存了有关这颗冷星之前的一切。这一切也是我的祖先带出来的。这时值得我自豪的一点，可以说没有他们就没有现在的这个展区。

我在海量的数据里检索星之壁，没有找到任何内容。

奇怪，联邦在建造星之壁之前肯定已经告知过那个恒星系里的文明，而在我现在检索的数据里居然连名称都不统一？

我想起来我之前在实物区见到过的"阴云"残片，我再次在数据里检索"阴云"。一瞬间，庞大的数据如雪崩般进入我的脑袋，一时间竟让我觉得手足无措。我翻了翻最先出现的数据，全部都是相关的专家爆论，学者推理，还有几篇对星之壁的结构、原理、运作方式和用途进行推理、建模、分析的论文，全部写得文理不通。

再向下翻，似乎星之壁的建设已经开始影响到普通人的生活了，这时的报道宣扬的都是浓浓的末日基调。又是一个奇怪的地方，联邦肯定已经告知过我祖先星之壁的相关影响，为了保证这个冷星文明的延续，星之壁始终保持着和冷星公转相同的速度进行自转，也就是说这使得星之壁开始建造的那一面始终背对冷星，这给了冷星文明足够的应对时间，而且星之壁同样没有完全吸收恒星的热辐射，也是出于这个目的考虑。我看着资料里的那些报道，一副大义凛然的模样，一副为星球、为星系的公正姿态，却一直在争执些鸡毛蒜皮的利益纠纷——无趣，无聊。

再向下看才看到我感兴趣的，一篇新闻的标题是这么写的"女英雄识破人奸"。大致上就是说英雄用某种特殊手段发现临时战时统领勾结外星人，企图卖日求荣。

到这里我才知道，原来的冷星上居然还有临时战时统领这么一号人物，也就是说一颗星球之上居然没有一位能够恒定地对星球以外事物做出判决的领袖或是智能。而且更让我困惑的是他们居然不知道星之壁是联邦御敌纵深计划里的一部分。

我不理解为什么当时的领袖、首脑会选择隐瞒真相，无论他们是出于维持稳定或是利益周旋或其他什么目的，同样的我也相信他们不会理解什么联邦，异星侵略的说辞。

当领袖们发现人们坚信着谎言，谎言胜似真相的时候，英雄已经带队从太阳征战归来，整个舰队几乎全灭才勉强撕裂了一条太阳的环带，摧毁了星之壁的物质核心和计算主脑。但这些都寄托于星之壁一开始就没把他们当成敌人，只有在受到攻击时才开始反击，不然以这颗冷星的技术水平，根本碰不到他们的星星。

再到后面都是对这位英雄的赞美之词之类的陈词滥调，什么当代羲和，太阳的母亲，全人类的救主，还有那位英雄关于天地、天命的各种演说。

到这里剩下的资料已经没有多少了，但后面的故事完全可以想象，异星飞船突然降临，政府封锁的有关联邦的资料和声明被公开，然后英雄变成败类。

在最后一篇报道里，我读到那位"女败类"强烈谴责艾留西弗家族驾船出逃的行为，严肃声明他们家族必将会为将近百年的蒙骗历史付出代价。她将带领剩下愿意追随她的人共同保卫太阳系。她的结局显而易见。不过她也是幸运的，她至少没有看见她一心守护的恒星被炸成碎片。我也是幸运的，我的论文的材料如此便收集完成，没人能想得到，害得整个银河联邦陷入苦战的原因竟然只是一个弱小文明里的一个弱小的人，尽管大部分的资料里都抹去了她的名字，似乎形容她的只能是英雄或者是败类，而不是本身就有代表她自己意味的符号——她的名字。但我还是从各类视频资料的口型里得知了她的姓名——杨小龙。

同时，我还发现了更重要的一点，足以让我肝胆颤颤的一点——我的姓氏就是"西弗"。

登 月

——一人死亡，另一人获得启示

魏志鹏

1969 年 7 月 21 日 2 点 56 分，在鹰号降落 6 个半小时后，尼尔·阿姆斯特朗扶着登月舱的阶梯登上了月球，成为世界上第一个登上月球的人。

2169 年，人类继续从地球上发射登月火箭，计划到月球上庆祝阿姆斯特朗登上月球 200 周年日。要知道自古以来，不论是中国还是外国，人们都对月亮产生过美好的向往。"但愿人长久，千里共婵娟"，宇航员零对身旁的人说道，"这是古代中国很美的一句诗词，不同的是，现在我们不是'千里'，而是直接到月球上来看月亮了"。零坐在太空船里，对宇宙的浩瀚银河赞叹不已。银河就像油漆工身上一条深色的丝带，上面仿佛滴上了大大小小淅淅沥沥的油漆点，但与之不同的是，这些小点点在深色的背景下有节奏地闪烁。在浩如烟海的银河之中，有一颗美丽的蓝色星球——地球，她就像玛丽莲·梦露蓝色的大眼睛般清澈明亮，牵动着人们的心。她又如同母亲一样，用自己的血肉孕育着地球上的每一个生命。零陶醉地看着这一切，好像又回到童年时期的夜晚，躺在家旁边的草地上，对着深邃而未知的星空发出无限的遐想，不知不觉，他进入了梦乡。他梦见自己在家里的阳台上，通过一架放置好的天文望远镜看向天空。他调整好了角度，将望远镜对向了月球，便开始调节焦距。起初月亮是一个圆圆的玉盘，皎洁无瑕。随着放大倍数的调整，他逐渐能看到月球那被行星撞击过后凹凸不平的表面，渐渐地他看见月球上有座红色尖顶的小房子，可以看到窗边站着一个美丽的少女，有着金色长发，身穿一条碎花裙。突然女孩的背后出现了一个黑影，黑影拿起刀子向女孩刺去，顿时她的胸口血如泉涌，只看到鲜红的血迹在窗上流动。

在飞行器加速到第一宇宙速度时，由于地球引力无法再提供围绕地球做圆周运动的向心力，飞行器就好像与母亲断开脐带的婴儿，坠落在深渊般的太空中。零被巨大的震动惊醒，飞行器左摇右晃，现在它已经完全脱离了地球引力的束缚，成为茫茫宇宙中一颗独立的星星。不一会，在核动力加速器的作用下，飞行器慢慢平稳起来。零还在刚才的梦境中惊魂未定，再次看向窗外，窗外的星星变得稀疏了，如同刚刚驶过了热带雨林中一片茂密的区域，进入了森林和草原的分界地带，但星星的闪烁仍然清晰可见。离到达月球还有将近五个小时的路程，零再也睡不着了，他决定打开他的笔记本电脑，寄希望于通过玩游戏熬过这漫长的时间。在游戏中，他是一名探险家，每次到达不同的地方，都会面对着不同的怪物和机关，只有打败他们才能进入下一关。零娴熟地操作着，像往常一样击败了所有的怪物，这时候本来应该出现通往下一关的入口，但画面中出现了一道黑色的门。即使零已经是这个游戏的老手，他也从未见过这个如此奇怪而诡异的门。他之前在网上的游戏论坛里看到有人说曾进入这个秘密关卡，但是不久这些人都销声匿迹了。许多人怀疑这是否真的存在，但此时零已经在这里了。画面里出现了"互动"的按钮，零怀着惊喜又恐惧的心情点击了下去，发现电脑突然进入了黑屏，渐渐地一个圆形的洞出现在屏幕中央，四周仍然是一片漆黑。透过这个洞，可以看到茫茫宇宙。零点击了鼠标，洞里的景象改变了，黯淡的月球出现在他的眼前。再次点击，零看到了月球坑坑洼洼的表面，他知道每次点击都会看得更近一些。在下次点击过后，他的视野里出现了一座红色尖顶的房子，窗边似乎还有一个人形的身影。"这不是我梦里的那所房子吗？"零感到无比诧异，继续点击鼠标，发现视野不再改变了，那座红色尖顶的房子一动不动地矗立在那里，还有那个窗边若隐若现的身影。

零感到这也许是游戏公司弄的恶作剧，便气愤地关掉了电脑，思考着如何继续打发剩下的时间。他又一次看向窗外，与之前不同的是，视野中的星星渐次慢慢消失。可后来意识到：无法看到星星，是因为有东西挡住了他们。

100年前，科学家们揭开了暗物质的神秘面纱。在历史上，人们经过不断地猜想和验证，由开普勒提出了开普勒三大定律。其中一条，就是说行星在太阳的引力下作椭圆运动，并且离太阳越远，速度越慢。这在太阳系八大行星中得到了验证，并且也能自然而然地推广到银河系的其他星球去。然而，在科学技术不断发展的过程中，人们有能力观察越来越多的行星，并测量出行星的速度。越来越多的数据表明，很多离中心天体或近或远的行星，速度都是相当的，甚至越远的速度还要更快。这显然与开普勒定律发生矛盾，也与我们的认识相悖——距离越远，对其控制力越强！为了解释这个奇怪的现象，科学家们提出了暗物质的概念。即宇宙中存在着我们看不见、摸不着、不会发光，也不会与电磁波发生作用的物质，被称为"宇宙幽灵"。它具有相当大的质量，研究表明，这种物质占据着整个宇宙的四分之三。不幸的是，由于它的这些特性，导致人们难以观察和捕捉暗物质。正是在100年前，科学家们根据爱因斯坦广义相对论（质量大的物体会使时空弯曲），研发出了可以测量时空弯曲程度的仪器，间接证实了暗物质的存在，据此研发出了暗物质捕捉器，利用宇宙中的以太产生压缩的时空漩涡，将暗物质收集到漩涡之中。在实验室中，科学家们对收集来的暗物质做了各种各样的研究，发现这种物质不但质量很大，而且形态各异。每次当科学家们用以太射线轰击暗物质时，都会发现暗物质的形态发生不同的变化。

这100年来，随着航空航天技术的高速发展，人类对太空的探索也越来越快。几乎每隔两年，就有国家发射登月火箭，到月球采集数据。自从人类能够观察和捕捉暗物质开始，科学家偶然注意到一个奇怪的现象。每当人类的飞行器在月球表面上着陆的时候，月球周围的暗物质的形态便会发生奇怪的变化，仿佛是某种不为人知的奇怪字符的排列组合。经过数十年的大数据分析，先进的人工智能找到了暗物质的变化规律。研究发现，月球是用来探测任何降落其上的物体的，每当有物体降落到月球的表面，其上的以太便会发出激荡，轰击周围无处不在的暗物质，使之发生形态上的改变，而暗物质之间又能够相互影响。这就像许多个放在箱子里的捕鼠夹，每个捕鼠夹的上方都有一个乒乓球。如果把一个乒乓球扔进箱子里，里面的捕鼠夹会一个接一个地关闭。这样，暗物质所携带的信息，就会被传到太空中遥远的地方——只是科学家目前尚不知道这些信息的最终归宿在哪里。

零感到无比惊奇，以为自己还在睡梦之中，他使劲揪了揪自己的手，疼痛感让他意识到这不是在做梦。他拿起座椅旁的暗物质望远镜向远处望去，发现一颗发光的星球上有一片黑色的区域。只见黑色的区域慢慢变大，最终将星球完全吞噬，不再发出光芒。接下来让零更没有想到的是，这些黑色物质又渐渐消失，星球的光再一次显露出来，不过他发现星球的自转速度越来越快，当黑色物质完全消失的时候，这颗星球像炸弹一样炸裂开来。这是因为暗物质转化成暗能量，让星球加速，导致了组成星球的物质像碎片一样被"甩"了出来，这就是星球瓦解。零看呆了，一个庞然大物在自己眼前突然消失，这让他想起了人类在屠杀大象时候的场景。身边的人引起了一阵骚动，有的甚至在谈论这次的登月计划是否要继续下去。舰长示意让大家先安静下来，随后说道："这是宇宙中很正常的现象，星球转速过快瓦解，就和小行星死亡坍塌变成黑洞一样常见，大家不必惊慌。"众人渐渐平息了下来，继续进行着这个漫长的登月旅程。

经过了几个小时，人类终于到达了月球。月球还是像两百年前那样，凹凸不平，充满死寂。身穿太空服的人们纷纷来到月球表面，别有兴致地看着这个曾让人无数次向往的地方。四周是无边的黑暗，人类就像是茫茫大海中的一粒米，掠过一丝孤寂和悲凉。当人们一同去寻找两百年前插上美国旗帜的地方时，一件意想不到的事情发生了。"远处那是什么？"，通话机里有人喊道。透过宇航服的玻璃层面，零看到黑色物质如同潮水一般涌了过来。"大家赶快到飞行器撤离！"舰长喊道。当所有人登上飞行器并开始起飞时，人们缓了一口气，殊不知暗物质已经开始爬上了飞行器尾部。飞行器往地球的方向飞去，可是舰长却发现飞行器的速度达到了最大速度之后仍在继续增加。尾部的暗物质渐渐消失，为飞机的飞行提供了巨大的能量。"0.1c，0.2c……2c！"，舰长发出了惊叫，因为按照物理规律，除了光没有物体的速度能够达到光速，更不用说达到光速的两倍了。人们开始惊慌，零身旁的物理学家说道，"如果我们的速度大于光速，那么按照爱因斯坦的狭义相对论，我们就有可能……""有可能什么？"零迫不及待地问道，"穿越时空……"老物理学家说。

这时，飞行器高速飞行，零等人只能被安全带束缚而动弹不得。零感到火一般的炙热，这是因为飞行器以如此高的速度与太空中的粒子发生摩擦产生了过多热量。飞行器还在加速，人们发出如同落下悬崖般的无助与绝望的喊叫。零看到飞行器前面被劈出一条裂缝，强光让零不得不闭上眼，紧接着整个飞行器在太空中消失得无影无踪了。

当零睁开眼睛时，发现自己仍坐在飞行器中，行驶在月球外的轨道上。他抹了一把冷汗，喃喃自语："又做了一个奇怪的梦。"飞行器缓缓在月球上着陆，人们穿上太空服，蜂拥而出。大家纷纷去寻找 200 年前尼尔·阿姆斯特朗插在月球的美国旗帜。然而，在寻找很久后，没有人得到一点收获。虽然定位系统精确地显示出了 200 年前旗帜的位置，人们也找到了那个位置，周围的石块甚至都一模一样，旗帜却荡然无存。更奇怪的是，在这 200 年来人类登上了月球无数次，不光一面旗帜没有找到，甚至连一点人类的痕迹也没有留下。正当人们所疑惑之时，舰长通过雷达发现了远处有一个物体。这个消息更是让人们紧张起来，月球这个荒凉之地，难不成还有生物存在？人们往物体的方向前进，走着走着就看见一个红色烟囱，紧接着一座红色尖顶的建筑进入人们的视野中——一座人类居住的房子。"这简直是荒谬无比的事情，月球上连维持生命的水都不存在，怎么可能有人在这盖房子？"有人大喊。零越想越觉得奇怪，觉得这房子似曾相识，后来才突然想到，这分明是自己梦里的那座房子！零发了疯似的冲了进去，看到了和美国家庭里一模一样的客厅。浅色沙发，墙壁上的挂钟，以及抽象派的油画，如果不是刚刚才从那荒凉的月球表面进来，还以为是去拜访地球上的哪个朋友家里。零想起那个鲜血四溅的少女，便冲进卧室的窗户旁边，但没有任何人——也没有任何生物站在那儿。"不过是一场梦罢了……"零自言自语道，便转过身来，却发现同行的一群人都消失不见了。

"看来你发现了我们的秘密。"房间的墙壁居然传出人类的语言。"你们是……外星人？"零惊讶地喊道，"其他人都去哪了？""他们都去了自己该去的地方。"外星人的声音沉重而压抑，仿佛一块大石头压，在零的胸口，那个鲜血四溅的少女又浮现在他的脑海中。

"没想到你们阴差阳错地通过暗物质加速穿越了时空。"墙壁再次传出声音，"但是，从某种名义上说，你已经是地球上的最后一个幸存者了。"接下来是一段沉默。"该上路了，地球害虫！"零所在的房间开始升温，他感到如同站在火山口一样炙热。四周的装饰物开始融化，零渐渐失去了意识，他仿佛看见那个少女出现在他的跟前，右手拿着尖锐的刀子插进了自己的心脏。在昏迷之前一幅画面隐隐约约出现在他的面前。

在10000年前，有一个古老的种族——普朗德人。他们有着羊形的身躯、老虎的牙齿、长在腋下的眼睛，还有巨大的头颅，上面有带着熊熊烈火的象牙状的角，甚至还有能一口吞下一只猪的大嘴。他们不能像鸟儿一样到天空中翱翔，不能像鱼一样潜入海底，但他们有"魔法"，能创造出许多事物——这都归功于他们聪明的大脑。普朗德人像人类一样生活在一个和平的星球上，那里有丰富的水资源、太阳能、矿产资源，有茂密的森林，有广阔的草原，有数不尽的动物。普朗德人利用这些大自然带来的馈赠，由开始的汲取水源饮用，砍柴生火和建造房子，再到打猎和种地，生活越来越好，后来他们甚至创造出了无人驾驶飞船、暗物质发射器等先进产物。随着技术的发展和日益增长的物资需求量，普朗德人大量砍伐森林，毁坏草原和林地种植作物，过度开采矿产资源，导致自然资源越来越少，环境污染越来越严重。800年后，这个星球的资源近乎枯竭，地表全是坚硬的茫茫焦土，放眼望去见不到一点绿色植被，除了普朗德人，星球上的生物全都消失殆尽。世界变得像四十亿年前一样，地表上岩浆像曾经的河水一样径流，大气层全都跑到了太空，地震、火山爆发、沙尘暴已经是家常便饭。普朗德人只能躲在自己建造的建筑物里，靠仅剩的能源维持生计。眼看世界处于末日的边缘，普朗德科学家发现了他们能将重力转换为其他能源来使用，这无疑是一项拯救世界的发现。人人都存在着重力，这种能源随处可取，就像过去星球上取之不尽的空气一样。人们开始将重力能转换成电能发电，将重力能变成食物和物品，甚至是可以呼吸的空气。世界似乎得到了上帝的救赎，一切开始回归正轨，直到人们发现重力是不可再生的能源。

当一个人的重力被完全汲取完，他就会像一个纸片一样，任由风的摆布。许多普朗德人要么被风吹到了岩浆里，成了燃烧到生命最后一刻的人形纸片，要么被吹向天空，消失在茫茫宇宙里。与人类对话的是普朗德人幸存者的后代，他们的祖先也都失去了大部分重力，好在一部分人提前坐上了飞船飞到了另一个资源丰富的星球。在找到新的家园之后，普朗德人开始在浩劫之后重建新的文明，他们不再像以前那样随意开采星球的资源，破坏自然环境，而是学会了与星球上的物种和谐共生，互依互存，因为他们不愿再看到灾难重演。

在幸存者后代中流传着这样一个故事，"宇宙中存在着这样一种害虫，他们像寄生虫一样寄生在星球的身上，汲取星球上的资源，直到星球的资源完全枯竭，最后带来世界末日。"普朗德人中代代相传祖先留下的一句话："坚决防止害虫入侵！"

500年前，普朗德科学家们通过暗物质望远镜观察到了遥远的几百亿光年之外的太阳系中有一个适宜生存的星球——地球。除此之外，他们还发现了不断啃噬地球上自然资源的地球害虫——人类。社会上引起了轩然大波，普朗德人才知道祖先留下的"传说"并不是虚构的。幸运的是，这些害虫与他们生活的星球很遥远，而且以人类目前的技术几乎不能移民到别的星球，更不用说对普朗德人的星球构成威胁。但他们谨记祖先的话，这些贪婪的害虫总有一天会将地球完全掏空，接着转移到别的星球继续啃噬，而相距最近的月球无疑是下一个最适宜的星球。于是普朗德人将月球打造成监视人类的工具，一旦有生物踏上了月球的土地，周围的以太就会被激发，轰击周围的暗物质使之形态改变，从而将害虫活动的信息传给普朗德人。从1969年普朗德人首次观察到月球表面的活动，到200年来越来越多接收到来自月球的信息，普朗德人知道随着技术的进步，人类总有一天会踏足普朗德人生活的星球。因此远在几百亿光年之外的普朗德人尝试用暗物质瓦解星球的方式，将人类连同地球一同毁灭。由于距离如此遥远，他们无法精确引用暗物质瓦解星球，只能在以地球为半径60亿千米的范围内——使星球瓦解。在 200 年后，也就是尼尔·阿姆斯特朗登月的 200 周年纪念日当天，地球终于被暗物质击中了。在地球被击中之前，太阳系中的所有星球早已灰飞烟灭。

当零再次睁开眼时，已坐在前往月球庆祝人类登月 200 周年纪念日的飞行器上，舱内广播传来了乘务员温馨的声音："女生们先生们，我们即将到达月球，请穿上宇航服准备登陆。"飞行器落地后不一会儿，舱门打开了，人们兴奋地冲了出去。在三个多小时的庆祝活动过后，人们准备乘飞行器离开。离开前人们在 200 年前阿姆斯特朗插上旗帜的地方，又插上了一面旗帜，上面写着："热烈庆祝人类征服月球 200 年"。零跟随在人群的末尾，趁别人不注意，拿出笔来在旗帜上涂改了几下，便急匆匆登上飞行器了。

茫茫的太空中，是死一般的寂静。一个围绕着地球公转的卫星无声地运动着，凹凸不平的地面上，一面白色的旗帜耷拉着头。上面醒目的写着一行大字，"热烈庆祝人类征服月球 200 年。"

注：普朗德，同英文"plunder"（掠夺者）

异星奇旅
——索拉里斯 238 号的奇幻旅程

梅文娟

　　索拉里斯星 238 号,是我这趟旅行的中继站。我是地球人类的孩子,正如祖先们百年前的预言,我们想把地球扩展到宇宙的边缘。这是一个近乎疯狂的梦想,但在合乎宇宙规律的条件下,你永远可以相信人类这种物种圆梦的能力。事实上,我们已经生活在"愚公移山"的完结时期了。曾经,我们以为自己会是宇宙中的孤旅,但在过去的 300 年里,我们已经找到了 500 余颗与地球环境近似的行星,并在其中的 324 颗行星上完成了我们的移民或殖民计划。头几颗行星的发现震撼了整个科学界,人类兴致勃勃地用科学家的名字进行命名。到后来,发现的行星数量开始爆发式增长,大家就对之前神圣的"仪式"失去了兴趣,改用了编号法。我成长在地球 3 号,准备前往地球 57 号去访学。

　　曾经,人类认为类地球的发现是征服宇宙的"伟大实践"。但不久,探测科学就将人类的傲慢撕个粉碎。在我们发现了大量的类地球行星的同时,我们也探测到了大量非地球生命行星的存在,比如索拉里斯谱系行星群。在索拉里斯 1 号[1]被发现的时候,人们因为它与我们星球的不同而感到惶恐。该星球被神秘大洋覆盖,大洋是一个生命体,能够进入大脑洞察人的内心。从监测上看,它只是一片黏稠的"海洋"。但驻扎的科学家却发现它有读取人类阴暗面的能力,这让人类恐惧。大家试图淡化它、忽视它甚至想要毁灭它。其实在星际探测的早期,这类事件很快就会被忘记。但是在索拉里斯星被发现的 120 年后,200 颗 AI 探测器陆续捕捉了 400 颗行星,它们具备与索拉里斯星相似的外观。利用拉曼光谱和红外光谱进行的测量结果表明,这些行星的物质结构也大致相似。更可怕的是,在索拉里斯星被发现的 200 年后,类索拉里斯星的数量上涨至 1600 颗。此时,

---

[1] [波兰] 斯坦尼斯拉夫.莱姆著.索拉里斯星.南京:译林出版社.2021.

人类不得不承认，这个星际中还存在我们认知外的"生命体"与我们分享时空。尽管这时期我们对外来星际文明的备案已经汗牛充栋，但依旧不知道如何对待这样陌生的世界。另一方面，沉睡了 200 年的索拉里斯学像是重新开启的潘多拉魔盒，吸引后来的科学家进一步探索深化。在付出人力和物力的惨痛代价后，我们终于知道索拉里斯的海洋是由中微子②组成的凝聚态③体系构成的，它们不仅具有自己的智能，同时也具备不同的个性。有些星球是残暴的、排外的，一切生命体只需靠近星球的表面就会被迅速地吞噬。另一些，就像是索拉里斯星 1 号一样，对外来的生命体并不感兴趣，通常也不会伤害过来的人。但是如果人类作出了过分的行为，它也会做出防御性的反击。还有少数的几只星球，它们对外来文明有着很高的兴趣，并且不会产生攻击性的行为，而是试图进行沟通。这些友好的星球，被科学家们称为"和平天使"。在确认它们没有威胁之后，人们往这些星球的海洋里注入了我们文明的标志物，如交响乐的音频、刻着代数几何的金属板等，这些星球照单全收，并用自己的方式给予我们良好的反馈。一些人会说它们是有生命的艺术品，一些人会说它们是比人类还好学的"学生"。当然也不乏一些分子表示这些星球只是表面上和我们好交，毕竟它创造出的所有美好的物质，只要一上了飞船就会变成一潭烂水。但不管怎样，这些星球给了我们和类索拉里斯星相处的一些希望。

　　索拉里斯 238 号就是这样的一颗行星。它存在于地球 3 号所在的星系和地球 52 号所在的星系之间，星球上分布着多个狭长的天然海岛，对于飞船而言，它们是天然的跑道。更重要的是，它距离太阳系 52 号的"木星"较近，从这里经过可以利用弹弓效应缩短星际旅行的行程，因此很多人会选择把这里当作是一个中继点。类似地球 1 号上的马六甲④，索拉里斯星 238 号接待了来自不同类地球行星的旅人，他们带着不同的文化来到这里休息，准备下一段的旅程。在这个过

---

② 中微子：又译作微中子，是轻子的一种，是组成自然界的最基本的粒子之一。
③ 凝聚态：指的是由大量粒子组成，并且粒子间有很强的相互作用的系统。自然界中存在着各种各样的凝聚态物质。固态和液态是最常见的凝聚态。低温下的超流态，超导态，玻色-爱因斯坦凝聚态，磁介质中的铁磁态，反铁磁态等，也都是凝聚态。
④ 马六甲：马六甲海峡，又译作麻六甲海峡（英语：The Strait of Malacca；马来语：Selat Melaka）：是位于马来半岛与印度尼西亚的苏门答腊岛之间的漫长海峡，由新加坡、马来西亚和印度尼西亚三国共同管辖。马六甲是马来西亚近代一个重要的国际贸易交通港埠，国际上习惯用它称呼该海峡。新加坡海峡只是其中的一小段。海峡呈东南—西北走向。它的西段属缅甸海，东南端连接中国南海。海峡全长约 1080 千米，西北部最宽达 370 千米，东南部的新加坡海峡里最窄处只有 37 千米，是连接沟通太平洋与印度洋的国际水道。

程中，238号了解、观察、模仿并学习了不同人群的信息也在学习与其不同的文明特征，从一个好奇的"小孩"逐步成长为一个温和的"外交者"。索拉里斯238号与索拉里斯1号具有相同的能力，可以在读取人类睡梦中的核酸排列后产生对应的模仿体。不同的是，索拉里斯238号善于从人类的脑中找到正念的所在之处，并结合自己学习到的人类文化，将这些正念放大，因此，它能够依据这些正念形成不同的形态，给来访者带来了很多奇幻美好的经历和积极的体验。人们在意识到索拉里斯238号这一令人着迷的性质后，在这里建设了大量的休息站。一些航线也会把这样的服务作为一种卖点，在旅行中间赠送一天索拉里斯238号的住宿。对于长途星际旅行而言，能中途休息再好不过了。

"这场旅行还得有多久？"我问空乘。

"事实上，我们已经到达238号的表面了。"

过了30分钟，我从舱门走出来。一个帅气的小哥哥带着微笑引导我向中继站的出口走。

"您好！欢迎来到索拉里斯星238号。我是本次中继服务的地勤人员，请您带好您的随身物品，我现在带您去指定的休息舱。"

地勤带我走向了中继站的休息区，这里按环形结构布置了一圈胶囊仓，有些像老式的青年旅社。每个胶囊仓不大，里面只有一张床和一个柜子。头顶上是生物调控采光系统和白噪声自动系统，可以根据客人睡眠变化调整到合适的环境。地勤在我预订的房间停下，房间的门牌上写着："索拉里斯星238号1617休息舱（请尽量放松休息，旅行体验将在您觉（jiao）醒后开启。祝愉快！）"

"那我托运的行李怎么办？"

"您托运的行李我们会帮您转运到前往地球52号的航班上。您的随身行李请您在休息前放置于房间的红色桌子上，之后会有专门的工作人员帮你转至中转航班的休息区。"

"也就是我只要做好休息就可以了？"

"是的，您醒来后，会有星球上的'主人'领你进行之后的参观。"

说着，地勤带我来到了零压休息舱。

"这就是我们准备的休息区了，我就不打扰您了。祝好梦！""谢谢！"

也许是第一段航班飞得太累，我睡得很沉。直到地球等效时间的8个小时后，我感觉舱外有一个胖男人正在敲门。我迷糊地揉着自己的眼睛，视线慢慢清晰，脑子也开始慢慢清醒。我看到门外敲门的是我的中学老师罗伯特，因为他太胖了，我一直喜欢叫他胖萝卜老师。他在我上大学后的第二年去世了。

"胖萝卜，怎么是你？"

"别问了，你娃是真的爱赖床。快起来我带你出来玩。"

"额，"我看了一眼房间的名牌"索拉里斯星238号1617休息舱"，"按照这个世界的套路，您不是应该先感叹一下'我怎么长这么大了'吗？"

模仿体瞥了我一眼，像是不屑于回应我的恶作剧。然后冷冷地说了声："醒了就出来吧，就你话多。"

我就这样被胖萝卜拽了出来，走过休息区的长廊，前方是一条长长的玻璃隧道，通向了热带雨林。

"这里不是热带雨林，"胖萝卜说，"这里是远古的地球。是恐龙生存时期的世界。"

"不是说类索拉里斯星大部分是由海洋组成的吗？为什么这里是陆地呢？"

"首先，我们读到了你是一个在内陆长大的孩子，而且没啥航海经验。乍一给你看大海怕你直接恐惧症爆发了。"

"你该不会是怕我写差评吧？"我坏笑道。

"你觉得一颗非人类文明诞生的行星，会给人类封印在一堆愚蠢的强化学习[5]程序里面吗？"

"哦，那我们为什么要封闭在一个玻璃管里面？"

"你八岁的时候一头北极熊隔着玻璃墙在你面前突然站起你都害怕，我要给你直接看恐龙打架你不得吓死。"

"哦，也是。其实霸王龙这么看也并没有多大。那边那个长脖子的才是伟岸身姿，它应该更霸气吧。"

"人家吃素的。"

"那长那么大个多没意思。"

"切，地球人就爱纠结这个。"

"不过你这从远古开始看的话，我们时间够用吗？"

---

[5] 强化学习：Reinforcement Learning，RL，又称再励学习、评价学习或增强学习，是机器学习的范式和方法论之一，用于描述和解决智能体（agent）在与环境的交互过程中通过学习策略以达成回报最大化或实现特定目标的问题。

"这没关系，索拉里斯星可以改变时空的变化，而且这次旅程的进度也会根据客人的注意力发生不同程度的变化的。我们继续。"

在穿过恐龙区的玻璃长廊后，我们到达玻璃隧道的一个平台，之后这个平台就像马里奥的管道一样往下降，抵达了地下的部分。

"这里模拟的是地球1号的地下层级区。"胖萝卜说"你们的地下存在很多这样的矿石系统，在岩浆的作用下会形成许多人类感兴趣的物质结构集群，也就是你们所说的矿。这些矿物各有各的特性，各有各的美，你自己先看，有感兴趣的我再给你讲细节。"

"嗯啊，被人类利用最多的部分，也是特别无聊的部分。"

"此话怎讲？"

"你可能不知道，尽管这些矿石具有各种特性，或者说他们有他们自处的美好。但最终人类欣赏他们的地方永远是为人类所用的部分。在人类的发展中，我们把不同种类不同形态的特点全部归结于他们的价值，又根据人类传统把这各种各样的价值里面80%成分归结为了经济价值。于是，地球万物多半都变成了为人所用的'奴隶'，剩下的也只能在人类世界的夹缝中求得'自生自灭'。"

"你这说法不合适。"

"事实就是，人类给地球带来隐患。"我看胖萝卜没正面回复我，就很着急。

"我现在不想和你争，接着往下走吧。"

我们沿着玻璃栈道往上走，逐渐走到了玻璃栈道的尽头。我看到了一方眼熟的山水，听见了不远处传来的劳工号子。

"兄弟伙子加油干，早日完工保平安！"

"要得！"

我看见排着队的精壮汉子沿着山脊往下输送着柴禾，我看见另一旁的河正在缓缓地流过，好像从来不存在威胁似的。听方言，这些是还没有离堆的都江堰人，那条河便是日后润泽成都平原的岷江。

"大伙把柴点起后就歇一哈。"工头大声地喊道，"石头要烧一会，这样等下才好崩开。我们这趟工程大家做的都好生辛苦，该歇一下子的时候就不要不舍得歇。治水是大工程，莫要使蛮力。"

"要得！"

"治水治好了,以后大家就安逸了!"工头大笑道,"深淘滩,低作堰⑥!莫马虎!莫怠慢!"

"要得!"

"如果你觉得人类对自然缺乏敬畏、一味索取,那么这个工程呢?"

"这可不一样,这种是改善生态。无论是古文还是物理,水往低处走那是事实,那不如协调好水的走向,它们不至于凶猛,人类也能得到滋养。"

"妹子说得对哈!"一个精壮男子从背篓里搬出大捆的柴禾往石壁区堆,"我和屋头都说好了,等这个活干完了,就带着儿女搬去成都。那边田地好出庄稼,还有好的学堂,一家人就都安逸了。"

"挺好的,但这种不也是在利用自然的资源吗?"胖萝卜望向我。

"我们本就是这个星球的生灵,有生存发展的需求,为此去利用和改善资源有错吗?"我辩解道。

"未必有错。"胖萝卜说,"走,过了茶马古道,我们乘舟渡江。"

我们坐着船,经由千里一日还的江陵,看见了汉代人进行的天命礼仪,又经过蜿蜒在桃花源中的支流,进入了唐朝的河道,看见河道两边的雕梁画栋和胡旋舞姬的曼妙身姿,之后这些景象迅速萎,无数的燕雀从王侯将相的府中飞出来,飞入山林,飞到寻常人家的屋檐上。直至小舟飘至一个江岸,一个文人正倚着一块石头望向江水。看他不胜酒力的样子,这人是苏轼没跑了。

"我找他聊聊去,你去江边发会呆。"我像个不懂事的孩子,向胖萝卜提出任性的要求。

我蹦跳着跑过去,然后在走近的时候悄悄慢下来,然后突然大声说:"这个老头你在这做啥呢?"

"嗨,昨个晚上喝酒喝大了,跑江边醒醒酒再回去。不然婆娘知道了又要说我好久。"

"嗯,你是挺不省心的。"

"呦,这是江边遇到我迷妹了?"

"算不上,想多了。"我猜到这人要自作多情,"不过你写的'人生如逆旅,我亦是行人'挺深刻,后面收来用作口头禅了。"

---

⑥ 深淘滩,低作堰:是闻名世界的都江堰水利工程的治水名言。这六字治水真经,不仅体现了古人卓越的治水理念和思想,也对现代人的人生治理以及企业经营具有重要的借鉴意义。

"哦"，老苏眼神里有些失望，"那后生应该算是我的同好吧。"

"估计也算不上"，我傲娇地逗着老头，"毕竟，你的那句'读遍天下书'，在我看来就挺荒谬的。"

"你有别的见解？"

"也不是我的啦，"我笑着说，"我之前看过一个学堂的旧址，里面有一个雕塑，是一摞书上面放着一颗球。读书顶球用，所以不用太纠结这个事情。"

"哦，看来后世对于一些问题的见解和表达方式十分新颖啊。"

"屁嘞！逗你玩的！"我大笑着，但很快沉默了下来，然后一种悲伤涌了上来。我感觉很多无奈和遗憾都如眼前江水一般，无声地流过去了，留下一片虚无。这些悲伤、无奈和遗憾，或是自己的，或是我认识的人的，或是我之前读过的文字的主人的。

"姑娘说的也是。"苏东坡叹了口气，"古今，可能还包括我的未来，读破万卷书最后落得个'惶惶然如丧家之犬'的应该不少。"

"所以该自己多走路的时候就不要当书虫了。"我努力地回到平时没心没肺地样子，试着说些无聊但不沉重的话，"不过你也是古人，你为什么可以用白话和我聊天呢？"

"我和胖萝卜一样，是模仿体，来源于你的思维，也得照顾你的理解能力。"老头一本正经地说，"那既然我是模仿体，说白话这个事情你就得反思一下你自己的古文学习水平了。"

"哦。"至少这下有一个人不沉重了。

"不过我觉得没有必要去纠结它，能沟通就很好了。对了，你刚刚说不能按照既定规矩走，那后生要如何去在茫茫世间寻求生存呢？"

"我们刚刚过来的时候，经由了赤壁，见山水，游江河，览日月。我想，我已经、正在和即将经历的周遭，它们也会像江上清风、山间明月一样，不被我控制，但若能'自适'，也是极好。"

"有道理。"

之后我们都不说话了，只是凝视这江水如是地流过去。此时此地，言语间的交流已经不重要了。

直到胖萝卜从一旁的草丛中气喘吁吁的跑过来，责怪道："你这丫头，说聊一会怎么这么久。快，时间来不及了，我得赶紧送你回去！"

"哦，我没注意。"我看了眼手环，整个旅行已经进入30分钟倒计时了。

"那先生我告辞了,您在这好生醒酒。"

"好的,我差不多也该回去睡觉了。姑娘,我们有缘再会。"

一切像是又回到了今天一开始的位置,胖萝卜继续拽着我狂奔,直到我们走到了一座铁桥的入口。那是中铁大桥,胖萝卜以前带着我做过对应的微缩模型。不同的是,桥上的立柱上标记着一个又一个的数字:1、5、8、10、14……直到远处只能看到有一个明亮的光源。我意识到这不只是标记了桥的长度,也是我的成长记录。

"没想到这趟旅程开始得那么宏大,最终回到了我的时空。"

"很多意义都是只能在微观个体上观察到的,如果把尺度放大了就很可能只是一个空洞而已。"胖萝卜说,"绝大多数真实的意义还是存在于个体的时空轨迹里,而不是你们曾经以为的'神迹'。"

我走向了 1 这个起始点,我看见我小时的抽象画作挂在柱子的上面。到了 5 的标记位点,我看见我小时候的玩伴小伟正拿着皮球高兴地等着我。

"我们可以一起玩耍吗?"

"当然可以了。"我笑着说。

于是小伟加入了我的队伍,开心地向我问这问那。

"快看啊,那里有红蜻蜓呢!"

"是的呢。"我隔着江望过去,蜻蜓在那头跳着舞,"我记得我们以前放学最喜欢去看它们了!还有夏天去摘荷叶当帽子,对吧?"

我并没有得到回应,转眼看,小伟已经消失了。我抬头看,眼前的立柱上写着一个大大的"8"字,那是小伟一家搬离我居住的城市的日子,之后我们就再也没见了。我惊恐地看着胖萝卜,我猜到了这座桥的规律,但我不愿相信这个规律。

胖萝卜轻轻地拍了拍我的肩膀:"这座桥上的人,他们可能会在你见到他们的时间点出现,但如果后来走出了你的人生,就会消失。但请不要害怕。"

"嗯。"我虽然有点想哭,虽然我即将面临的一切是在我生命中真实发生过的,但我似乎还没找到潇洒应对的方式,只能故作镇定,"那我们继续往前走吧。"

我走过 12 的标志牌,看见下面还有一张硬纸板手绘上面写着:"一中科研站——一个想象与科学碰撞的地方。"

"哦吼!"我笑了起来,"咱们正式搭伙做事的地方到了。"

"是的哦。"胖萝卜也笑了,但好像又带着一种紧张和不知所措,而后我看到他眉眼舒展开来，他的姿态变得更加自然了，好像自己也开始变得轻松起来。与其惊惧，不如认真地往前走吧。

　　一开头的桌子上就放着一根被折断了的探测棒。那是当年做水体浮游生物监测的时候，因为我 30 天啥也没看到气急败坏造成的"作品"。

　　"这展览还给人看黑历史啊。"

　　"嘿嘿嘿，我记得当时我还凶你说下次再霍霍器材我就帮你把实验室拆了，发火算什么本事的。"

　　"不过确实之后我再面对问题时就有耐心多了。"

　　我们继续往前走，我看到之前做出来的五颜六色的化学试剂被挨个摆在试验台上，看到曾经用过的电子显微镜以及画框里面一组组显微镜下拍下的照片。我看见我用来测试迷宫实验的小白鼠看到我时激动地趴在玻璃上，看见功率半导体⑦堆出的电路上，数显板显示着旅程的倒计时。

　　"这个是，拿古董 HEMT⑧ 做出来的电路吧？"

　　"是的，你当时非要学古董电路设计，我就帮你找来了元件素材。这些都是上了年纪的家伙，又贵又不好用，特别难搞。不过好在，你最后成功了，我很骄傲。"

　　"当时也是麻烦你了。"

　　"你是我学生，这忙必需的！"

　　我们走到了一条长椅的旁边，那是我快毕业了做任务交接的地方。当时我发现我的兴趣并不在我曾经完成的任何一个实验学科上，而是在测量的大体系上。

　　"我记得我当时很害怕，有种之前走的路都错了的感觉。我想去报考仪器系，可是我觉得我要是真的这么干了，你这几年在我身上花的工夫就白费了。"

　　"嗯，我记得我们在这做了一次长聊。我其实一直都是这么想的，你很机灵，不要把以后的路走得太窄了。你在这里看到化学里的汤汤水水的新奇，物理现象

---

　　⑦ 功率半导体：又被称为电力电子器件，是电力电子技术的基础，也是构成电力电子变换装置的核心器⑧。HEMT：高电子迁移率晶体管（英语：High electron mobility transistor, HEMT），也称调制掺杂场效应管（modulation‐doped FET, MODFET）是场效应晶体管的一种，它使用两种具有不同能隙的材料形成异质结，为载流子提供沟道，而不像金属氧化物半导体场效应管那样，直接使用掺杂的半导体而不是结来形成导电沟道。砷化镓、砷镓铝三元化合物半导体是构成这种器件的可选材料，当然根据具体的应用场合，可以有其他多种组合。例如，含铟的器件普遍表现出更好的高频性能，而近年来发展的氮化镓高电子迁移率晶体管则凭借其良好的高频特性吸引了大量关注。高电子迁移率晶体管可以在极高频下工作，因此在移动电话、卫星电视和雷达中应用广泛。

的震撼，那些都是青春和好奇心产生的冲动，它不局限于任何一门学科。这种冲动，和年轻时的情窦初开一样，好好对待，好好享受，不必纠结。你现在喜欢了新的方向，就应该大胆地试一试。如果你能保持勇敢乐观，我的努力就没白费。你当时不必害怕，现在也无需害怕。"胖萝卜望着我，又望向前方的路，"好了，我们往前走吧。前面快到中继站的出口了，你就可以去找地球52号的登船口了。"

终于我们到了18.5的标志牌，我看到胖萝卜的身体开始变得透明，他的脚步声也变轻了。"我应该只能送你到这了。你快出去吧，时候不早了，不要害怕。谢谢你，能遇见你这样的人类让我感到很幸福！"

"也谢谢你，祝保重走好！或许我们还会相遇！"

"愿你在往后的'清风'和'明月'中自适！"

"再会！"

"再会！"

我踏上了接下来的旅途，它可能没有在索拉里斯238号的体验那么奇幻。但仅因为我是人类的孩子，我相信与之相似的奇迹将会在未来的行程中不断出现。

第三篇
新兴未来技术革新

科学的全部目的，就是有意识地取得大自然无代价的赋予青春的一切。

——屠格涅夫

科学是我心中的温暖和愉快，你使我无所畏惧，视死如归。入狱者虽难得重见天日，你却能把锁链和铁窗粉碎。

——布鲁诺

不管过去还是现在，科学都是对一切可能的事物的观察。所谓先见之明，是对即将出现的事物的认识，而这认识要有一个过程。

——达·芬奇

科学幻想小说是思考的实验室，是人类未来的一部分。

——约瑟夫·加里

导读：冰与火焰

锁——赖以生存的根基被污染/齐传杰

死亡超弦——本不存在的荣耀/邹博淳

决策树——摧毁卫星/陈禹彤

导读：冰与火焰

何 敏

就学科而言，文学与科学是两门各自独立的学科，它们之间有着本质差别。在思维方式上，文学重想象、重情感、重审美，而科学则重实证、重推理、重理性。它们之间的差距，就像西风与东风吹去的方向，毫无交汇可能。

今天，科幻文学将文学与科学联结起来。科幻小说中，常常出现对未来世界的描绘，人类以丰富的想象力，描绘着未来科技。这是一种站在今天科技发展之维，对未来科技的奇幻预见。

科幻小说《弗兰肯斯坦》书写于工业革命激情震荡之时，在那个火山爆发后的无夏之年，拜伦、雪莱、玛丽和朋友来到日内瓦湖边，开启了鬼故事写作竞赛。他们朗读德国鬼怪故事，讨论两个奇怪的实验。1780 年，意大利解剖学教授伽伐尼用放电机刺激蛙腿，发现蛙腿会动，这让伽伐尼认为存在某种"动物电"。他的发现激发人们对电流的进一步研究。伊拉兹马斯·达尔文也进行了相关试验。他将一块细面条放在一个玻璃罐里，通过电击，面条开始移动。这个研究成果让世人认为死人复生似乎并不是不可能的事。

在日内瓦的湖边，几位年轻人热烈地讨论生命的本质。生命是什么？有没有可能用科技的力量让死者重新获得生命？流电学有没有可能赋予生命新的可能？

于是，玛丽开始大胆想象，她的人物来到阴郁的墓地、停尸房，获得各种尸体碎块，将它们按照完美的人体比例摆放。一道闪电划破黑暗的天际，那是创造生命的瞬间，电击使怪物获得生命！

这个情节正是当时流电学发展的映射。

《弗兰肯斯坦》是第一本公认的科幻小说，它的诞生源自科学技术的发展。可以说，科幻写作一直紧紧追随科技发展的脚步，写作者基于当下的科技发展，畅想未来的科技应用及其对人类可能带来的影响。这些想象可能缺乏严谨的科学依据，也没有切实的技术细节可支撑。然而，这些想象是有趣的，不少科幻作品中的想象甚至变成了今天的现实。威尔斯在《首次登上月球的人们》中，不仅描述了宇宙航行失重问题，还预见到人类在月球上的软着陆，这是宇宙飞船直到现在还在沿用的手段；他甚至在《获得自由的世界》中预言：在战争中，人们将使用根据核分裂的原理而制造的新武器。后来，如我们所见，一颗原子弹真的研究出来并投向日本。

科幻小说的重要特点正在于它对未来科技的想象，想象技术革新后的世界变化，这也正是科幻小说的天然优势。当科技革新如滚滚洪流席卷我们的生活，它带给我们的生活何种变化？我们的生活变得更幸福了吗？拥有更充实的人生吗？我们能更理性地认知自己在世界中的位置吗？能和他人更友好相处吗？我们的世界变得更好了吗？我们因科技变化之所得，是否远远大于之所失？我们将拥有怎样的现实？

写作和阅读科幻不是为了猎奇，科学技术是文学中的元素，是写作的对象。作者对科技发展进行想象，推演人性的可能和社会的发展，警示未来可能面临的问题和困境。

本编小说都描绘了技术革新后的世界。《锁》的故事建构在一个似远非远之处，有着浓郁克苏鲁风格的嵌套故事中，记忆、时间与疯狂实验结合，邪恶的创造提醒我们技术的两面性；《死亡超弦》中以"弦"为假设做出对世界万物的拟合。"每一个物理学家心中都有一根超弦，就像每一个物理学家心中都有一份执着与骄傲"；《决策树》中系统提醒人类对科技发展保持警惕之心，人类享受着科技发展带来的便利，也可能将面临它给予的危机。本编故事都体现出科技与人文之间的关联。科技发展成为故事元素，推动科幻文学发展。创作者又反复在故事中提醒读者需要人文关怀，需要不断对科技发展进行反思和展望。

我相信你，又对你充满疑虑。

人文关怀与情感和美相关。罗素有一段美到哭、准确到爆炸的引言，可诠释理性、感性、情感、爱和真理在科学家心中唤起的波澜——"对爱情的渴望，对知识的追求，对人类苦难不可遏制的同情心，这三种纯洁但无比强烈的激情支配着我的一生。这三种激情，就像飓风一样，在深深的苦海上，肆意的把我吹来吹去，吹到濒临绝望的边缘。"[1]

---

[1] [英]罗素著，胡作玄，赵慧琪译，《罗素文集 第13卷 罗素自传 第一卷 1872-1914》，北京：商务印书馆，2012年，第1页。

爱与怜悯，是我们对世界的感觉，属于情感层面。而对知识的追逐，是我们对真相的探索，走向理性层面。理性与感性在此交汇，文学与科学在此相融。

罗素是个了不起的人。他拥有如下称号：伟大的数学家、逻辑学家、哲学家、文学家以及社会评论家，他在数学、逻辑学上的成就几乎是划时代的，他是数学中"逻辑派"的领袖，是风靡 20 世纪的分析哲学的主要创始人。而他，还是一名诺贝尔文学奖的获得者。在他身上，既代表了文学家的科学背景，也代表了科学家的文学成就。

虽然文学的关注中心是人，科学的关注中心是外部世界，二者表面上毫无关联，然而，二者之间，有着无与伦比的共通性：它们都要揭示世界的奥秘，它们都致力追求真和美。可以说，文学与科学有一种情人般的关联，它们相生相伴，共同参与、开发这亲爱的世界。

它们之间，不是南极和北极，冰与火焰的关系，求美与求真之间，其实有一个平衡的支点。在真和美的两端，人类完全可以脚踩大地，同时仰望星空。

"有两种东西，我对它们的思考越是深沉和持久，它们在我心灵中唤起的惊奇和敬畏就会日新月异，不断增长，这就是我头上的星空和心中的道德定律。"[①]

————康德《实践理性批判》

[①] [德]康德著，李秋零编，《康德著作全集第 5 卷 实践理性批判 判断力批判》，北京：中国人民大学出版社，2013 年，第 169 页。

锁
——赖以生存的根基被污染
齐传杰

约莫两周之前，旧派的一架轰炸机袭击了停战线附近的一家精神病院，不过由于值班的士兵提前发现了这架飞机并且拉响了防空警报，这次袭击并未造成太大的人员伤亡。大部分的病人和医师在听到防空警报后都及时撤离了医院，只剩一两位过于狂躁，或者拒不配合的重症患者滞留在医院。所以在这场突如其来的空袭里，只有一人死亡。

对于这一场莫名的袭击，旧派的解释是：战机在日常的巡逻任务中遭到了来自精神病院的强光照射。这一突发状况刺激了飞行员，使他误以为受到了地面袭击而不得已发动了攻击。

在如今边境环境逐渐恶化，战争即将爆发的大环境下，这种摩擦似乎并不值得大惊小怪，甚至可以说是家常便饭。不过，有传言流出：其实这次的空袭是旧派的新首领佛朗西斯四世亲自下达的命令，目的就是为了杀死那位看上去是意外死在空袭里的精神病人，更有传言最近边境上的种种摩擦其实是为了掩盖这次的空袭事件的"藏叶于林"的手法，甚至旧派这几年在边境上的一系列布置都是为了给这次的空袭达成提供必要条件。

显然任何一位有理智，哪怕是仅仅只具有那么一丝可悲的辨识能力的人都可以看出这些传言是纯粹的无稽之谈。先不说为什么佛朗西斯四世要暗杀一位精神病人，单是旧派和新派的矛盾和积怨也是由来已久，绝不是一个人能勾的起的。这些矛盾和积怨得追究到佛朗西斯一世和二世身上。

佛朗西斯二世作为当世最伟大的生物学家，历史性地发现了基因与个人特性的奥秘。人类身上的逻辑能力、语言表达能力、服从性等抽象能力居然可以在现有的基因上进行一点点的优化编辑而突出地表现出来。佛朗西斯二世的发现可以应用于技术层面，对胚胎时期的婴儿进行基因检测，并在此基础上进行基因编辑，从而将婴儿的某项特性突出地表达出来。同时，这些特性可以被针对性地分类和组合，实现对不同职业的高度特化。例如具备"服从性"、"勇气"等特性的婴儿适合从军；具备"专注"、"纵向思维能力"、"逻辑能力"等等能力的婴儿适合从事科学研究类的工作，这些分类相当复杂，不一一枚举。佛朗西斯二世将这种技术称之为职业特化，但他认为这项技术的应用会阻挠人们对多方面发展的探求，人类的发展很少取决于那些一项专精的人，自出生起就一成不变的能力只会抑制人类发展的多样性脚步。而同样的，决定每个人人生的应当是他们自己而不是碱基对。他并不认同这项技术的推广。

佛朗西斯二世的父亲佛朗西斯一世则和儿子持相反态度。作为军人，他厌恶儿子的懦弱和迂腐，在他的认知里，人人都具备超凡能力意味着稳定、和谐，也意味着人人可以依据自己的天赋做出一番事业，而不是花费几十年时间去碌碌无为地探求。佛朗西斯二世最渴望的其实并不是战争，而是稳定。佛朗西斯一世软禁了儿子将尽十年，在这段时间里佛朗西斯一世在其他科学家的帮助下完善了这项技术。在这之后，他或是巧言令色，或是以军事上的强权手段迫使他人同意这项技术的推广。在特化技术大面积推广之后，佛朗西斯二世意外逃离。他凭借着他的名声拉起了反抗队伍，也就是现在所称的旧派。而那些支持特化技术的则称作是新派。不得不承认，旧派在初期具有相当的凝聚力和号召力，高呼王侯将相宁有种乎的人不在少数。可惜的是，这类人充斥着鸡鸣狗盗之辈、欺世盗名之徒，他们的战斗力完全不是经过了"兵王"特化的战士的对手，很快就被打败，佛朗西斯二世也战败身亡。但是旧派的思想依旧很具有感染力，在佛朗西斯一世及其后继者彻底完成对于"稳定"的改造之前，旧派和新派的纷争想必会一直持续下去。

尽管这场空袭算不上什么大事，但依旧引起了不少麻烦。其中的一部分则是：我作为一位边境地区的文件管理者在前几日和我的同僚们一起接到一条上级的命令。这条命令迫使我们结束了所有手头上的工作，转而去研究整理一箱秘密送达的文件，这箱文件的主人正是前面提到的那名死于空难的精神病人。

在这些文件里，包含了主人生前的所有日记、剪报以及他收集的大量文献资料。这之中有一部分文件在空袭中焚毁，但我仍然结合自己的发现和残留的那一部分笔记推断出了一些让人相当不安的内容，尽管这些内容荒诞可笑，暗中却包含了一些线索，完美地与现实中的部分隐晦真相相契合。由于这些内容的敏感性，我至今尚未把它交给我的上级。作为一个深入调查和分析了所有笔记线索的亲历者，我只能从事件主角所留下的日记与文件出发，结合自己掌握的情况与推测，对整件事情做一个完整的叙述。而内容的真假就需要读者自行判断。

正式介绍一下，死者名叫杜渡，祖籍在沿海的青川市，2143年出生，是家中的独子。母亲名叫赵茵，曾在11军中担任文职工作，负责相关会议上的记录。他的父亲名叫杜绍，同样在11军中担任文职人员，但是身世不详。没错，确实是身世不详，在如今"特化"技术全面推广的前提下，每一个新派的成员至少都留存了四代以上的特化记录。身世不详这一点几乎就等同于犯罪，还是最严重的那一类。不过关于杜渡父亲身份的话题，在之后会详细论述，这里暂且不表。

在2147年，也就是杜渡4岁的时候，佛朗西斯三世横空出世，他自称是佛朗西斯二世的私生子，以超凡手段迅速整合了佛朗西斯二世的旧部，并对毫无防备的新派展开了突袭，第二次基因战争打响。杜渡父母两人作为军队的文职人员随军开赴战场，他们同样带上了杜渡，自此杜渡在军营里度过了16年的时间。一直到杜渡20岁的时候，杜绍和赵茵在一场针对指挥部的空袭中双双殒命，而杜渡碰巧随军需官外出采购物资而逃过一劫。由于同样是"文职人员"的特化，外加即便在军营中，父母也格外重视杜渡的教育。杜渡几乎没费什么工夫就接替了父母的工作。他在军中担任文职工作直到四年后战争结束。第二次基因战争仍然以旧派全方面战败，领导人佛朗西斯三世饮弹自尽而告终。

杜渡父母的死亡和20年的军队生活一直被医生诊断是他精神病症的源头——几乎没有人可以自幼在战争的环境里成长却丝毫不受影响。杜渡在退役几个月后被人发现在青川市的街头，他当时衣衫褴褛，满嘴胡言乱语，在街上见人就打，同时大喊着要去杀掉所有的佛朗西斯。他被当时巡街的警察发现，后来被送到附近的精神病院。同时，在精神病院里，杜渡对于飞行物体，以及密集物体的恐惧一直被视为源自于对炮弹、飞射的子弹以及堆砌弹药的恐惧。

由于战争结束，军队开始缩减建制，尽管杜渡并不在这些被服从退役的名单上，但是杜渡仍然主动提交了退役申请，他对军旅生活产生了明显的厌倦，24岁对任何人来说都应该是人生刚开始的崭新阶段，但对这个时间段的杜渡来说他眼中的世界早就和常人眼中的不同了。杜渡的考量是修养一段时间来治愈疲惫的身心，至于未来如何，他想象不出——他觉得自己似乎已经没有未来了。在退役的手续完成之后，他回到了青川市——他陌生的故乡。

杜渡其实对他所谓的故乡并没有什么所谓的眷恋，但是他举目无亲，没有归处，加之他的父母在弥留之际多次表达落叶归根的想法。杜渡也就怀抱着父母二人的骨灰盒回到了这里。杜渡对于这座城市的记忆似乎隔着一个世纪，他只记得海边港口周围的低矮木屋，以及狭小港口上漂泊的几艘小木船。而现在这座城市在受到战争摧残后则更加残破了，目光所及之处，几乎看不到什么高楼。道路两旁到处都是倒塌的房屋，就连栽种的行道树也大半枯萎了，诸如白茅、车前子之类的野草却生长的很好，甚至覆盖住了一些废墟。也是因为没有高楼的遮挡，杜渡下了船站在港口上甚至能看见远处的金色原野和再远处包围城市的几座丘陵，纵目望去尽是破败之感。但是对于杜渡来说，这种兵荒马乱的场景还有着更深一层的触动。在杜渡还小的时候，杜渡的父亲就曾在军营里向着杜渡描述过家乡一望无际的金色原野，那是广阔的油菜花田，杜绍就是在那里与赵茵相识、相恋，也是在那里有了杜渡。当时杜渡并没有什么感触，现在亲眼见到倒是感触万分。

　　杜渡离了码头前去搜寻他们家战前的旧宅子。杜渡依稀记得沿着正对着码头的主干路一直走，走到尽头便是青川市的大学城。杜渡家的宅子就在大学城门口一路蜿蜒的鱼肠街深处的小巷里。杜渡循着记忆找到这里时，他惊奇的发现记忆里的老宅居然还没有倒塌，这座三层独栋的小房子仿佛跨越了时间安静地矗立在那里。这是一座西洋风格的小楼，米黄色的花岗岩上爬满了爬山虎，周围的环境宁静祥和。杜渡用父母遗物里的几把钥匙尝试了一下，发现没有一把可以打开这栋小楼的大门。一番打听之下才知道市政局更换了大部分户主仍然在世的房屋的门锁，并且按时维护。这也是佛朗西斯一世出于稳定考虑而下达的命令。

　　在市政局的工作人员确认过杜渡的身份后，他顺利拿到了房子的钥匙。进入房间，迎接杜渡的是浑浊的空气，飞扬的灰尘和扑面而来的几只飞蛾。这却没有吓退杜渡半步，二十年的岁月并不算长，但足够抹平一个人关于任何事物的回忆。但这所老房子里陈旧的布置却带给了杜渡莫名的熟悉感，四岁之前在这里生活的往事就像拂过杜渡面颊的蜘蛛网一样，难以触碰却纷至沓来。

　　杜渡花了整整一天时间才将这栋老房子里里外外打扫了一遍，他将一楼作为自己的起居室，二楼则整理出来用作放置父母的骨灰，从二楼的窗户外望去，可以透过茂盛的云杉树林看见大学城里装饰着红色琉璃瓦的梁角和精致的石砌拱顶，再向后边看甚至还能看见远处的沙滩和海浪。杜渡将父母的骨灰盒放在了窗口，白天这里晒不到太阳，傍晚的时候细细的夕阳却可以透过窗户撒在骨灰盒上，瓷制骨灰盒的釉层同样反射出金色的光芒，像两轮小小的太阳。杜渡他相信父母会喜欢这样的景色。

　　在这里我便产生了第一个疑惑，第二次基因战争末期时，青川市收复。我当时便是同守城的驻军驻扎在大学城里的操场上，但是那里连带着旁边的一部分教学楼被反扑的旧派飞机炸成了废墟。按道理说，杜渡不可能看见大学城里的平顶塔楼和操场。

当然，或许只是杜渡记错了建筑物，又或者傍晚不佳的光线让杜渡产生了错觉，这种可能有很多，这其实不是什么大问题。笔记里透露出的更大的问题是杜渡为父母二人办理销户时发现的。

尽管杜渡父母二人死于笔记记录时间的四年前，但是由于战事吃紧，两人的销户都还未来得及办理，这一拖便一直拖到战争结束。赵茵的销户没什么问题，很快就完成了。而相关工作人员却发现杜绍祖上的特化记录不全，只有他父亲，也就是只到杜渡祖父那一代的记录。对根正苗红的新派人来说，祖上的特化记录不完整是允许出现的，每个新派人出生必定会经历"特化"。而特化记录不全往往只意味着一件事——间谍。伪造四五代的特化记录通常都是难以完成的，这直接杜绝了旧派情报人员打入新派窃取情报的可能。

杜渡父亲的这一情况让销户处的人差点直接打电话报警，最后还是杜渡亮出了自己的从军经历，甚至搬出了他们军长来做保证才勉强打消了对面的顾虑。杜渡不相信自己的父亲是间谍，为杜渡作保的军长同样也不相信。但苦于没有证据，杜渡只能暂停自己的修养生活，转去搜寻自己父亲清白的证明。

凭借着自身优秀的素质以及在军队多年的文职工作经历，杜渡很顺利地就在青川市档案馆找到一份整理文件、修裱文书的工作。这份工作给了杜渡极大的便利，使他可以翻阅尚未公开展示的繁杂混乱的文件。这些文件包括了青川市当地的报纸、市志和下属州县的县志，以及各类红头命令等等，时间跨度接近一百年！杜渡相信在这些繁杂的记录里一定有家族真相的蛛丝马迹。

这并不是一件容易的工作。这些未公开展示的文件基本上都没有分类，胡乱地堆砌在档案室里。但是杜渡却在浩如烟海的文件中翻找出自己需要的文件，并加以分类留存，他的这份能力足以让同为文职人员的我佩服万分。杜渡的这些努力并没有白费，他将这段时期发现的所有信息都详细地摘抄了下来，并且整理编写进了自己的笔记里——在他精神失常后，这些笔记被送到了青川市精神病院，用于医生对杜渡病症进行判断和分析，杜渡死后，这些文件又送到了我这里。虽然其中的大多数记录非常繁复和琐碎，但由于它们和发生在杜渡身上事情有着莫大的联系，因此我仍有必要对这些材料进行一个大概的叙述。

按照那些文件里的记录，在基因战争发生前期，杜渡的祖辈杜氏一族一直定居在和青川市隔海相望的梅田市，那里一直是旧派的占领地，甚至可以说是旧派的根据地，佛朗西斯二世最初就是在这里举起了反抗的大旗，据说佛朗西斯三世也是出生在这里。

在第一次基因战争末期，杜氏一族逐渐向新派倾斜，着可能与他们对氏族关系的认知变化有关，抑或是发觉到旧派在战争末期的颓势。杜氏一族利用停战谈判时的宽松政策举家迁移到青川市，并且完成了对下一代的基因特化。不过值得一提的是，基因检测的结果显示，大部分杜氏一族的新生儿适合的职业都是文职人员。当年这一事件在旧派引起激烈的讨论。杜氏一族原本在旧派中的政治以及商业领域中都有着不小的话语权，他们举家迁移这件事本就牵动了不少人的利益。旧派政府对此事的态度同样也是许一不许二。这让那些和杜氏一族具有相同敏感神经的氏族们后悔万分，不过在他们在得知堂堂杜氏一族的天赋居然是整理文书之后，他们对于自己没有及时投诚的懊恼迅速转变为对杜氏一族的讥讽。同时旧派政府也对这件事大书特书，言辞中尽是讽刺之意。这也让权贵们的那一丝懊悔迅速转变为庆幸，同时也明白了这是旧派政府的警告——如果氏族们再继续三心二意下去，那么堂堂的一个钟鸣鼎食之家在两代之内变成档案室或图书馆也不过是轻而易举的一件事。

新派一方对这件事倒是没有加以太多关注。对他们而言，氏族的概念已经渐渐模糊，钟鸣鼎食之家的概念也早已消散，链接族系、血缘和姓氏的仅仅只有特化，而特化的根本是取决于对已有基因的编辑，这也决定了特化的职业具有一定的遗传性。佛朗西斯一世之所以在"家族"之下仍然保留了"家庭"的概念，纯粹只是为了构筑"稳定"，在他看来在具有相同特化的父辈的教育更利于后代在特化方面的成长。同时各类特化本质上也没有区别，"天生的"是最适合自己的，至于地位和待遇这类旧派争论不休同时乐此不疲的问题从来在他们考虑范围之内，因为稳定的前提就是让所有人满足，这本就是佛朗西斯一世最初且永远需要考虑的问题。对于佛朗西斯一世来说，让所有接受过特化的人接受他们的天赋是构筑"稳定"的基石，在此之上让所有接受特化的人接受他们在"天赋"方面的付出和回报等值则是继承者需要更进一步达成的目的。而达成"稳定"的最终决定便是实现所有特化的平等和统一。不同于旧派在首领称号上的顺承，新派的所有首领都使用一个姓名，那就是佛朗西斯一世。尽管初代的佛朗西斯一世早已故去，但建立起永恒且彻底的"稳定"永远是他的继任者的目标，这也是他们共用一个名字的原因。

在杜氏家族内部中，虽然有人发了发牢骚，怀疑基因检测的真实性，甚至有人直接叛出了家族，但这些都只能算作是小插曲，基本上都被族老们压了下来。不管真相如何，随着时间的推移，这一族人很快就融入了当地的生活。

按道理说，杜渡的调查应该到此就结束了。他的本意就是为了调查为何自己父亲的特化记录残缺不全。现在目的已经达到了，父亲大概率就是当年杜氏一族的后裔，所以相比之传统新派的人来说，自然特化记录残缺。但是杜渡在自己的笔记中写道：

"我不知道自己还有什么不满足，明明我的目标已经达到，但心中似乎有一个更深层的目的在催促着我，鞭策着疲乏的我不断前进，原本我以为这个目的是还父亲一个清白，后来我才发现它究竟是什么：我想要一个家。"

显然长久战争的摧残让杜渡的内心迫切地渴望亲人、朋友。他在战争中始终没有娶妻生子，交际面也不大。他生怕前一天还在和自己言笑晏晏的妙人第二天就变成了一堆残肢碎肉。而在战争结束后这种态度似乎依旧没有消散，他就像一个火堆前的孩子，对高温的恐惧甚至掩盖了对光明的渴望。但是这种渴望在杜渡修养的这段时间里渐渐以另一种方式表现出来——在得知自己的家族史后，他迫切地想要找到自己仅存的族裔，希望那些素昧平生的亲人可以给他带来些许从未体验到的来自"家"的温暖。

杜渡继续投身在家族史的收集上，以期从中找到杜氏一族的下落。在青川和梅田两市对于杜氏的文史资料相当多，太多太杂不好整理，这给杜渡带来了极大的困难，其中的一个原因上面已经讲到，便是旧派一些不怀好意者的刻意宣传，另外的原因则是杜氏在迁移到新派后的部分行为也相当高调。他们抛售了大部分在旧派的产业，积极地投身于慈善事业中。杜氏一族在新派的占领地出资修建了大量的医院、学校、孤儿院，同时资助了众多因战争导致父母双亡的孤儿。杜氏一族大部分的年轻一代也都外派到了这些地方工作。这些活动自然引起了诸多非议，一些人说这是杜氏一族交给新派的投名状，也有人暗示这是为杜氏一族从事间谍活动所需的掩护，但大都是没有根据的坊间传闻，而且很多的推论都自相矛盾不值一提。

有趣的是，杜氏一族借机收养了很多孤儿，杜氏一族出资建设的福利产业遍布新派各地，那些孤儿大多都是通过这些福利机构接触到杜家的，其中还有一小部分是杜家从各类边缘城市中寻来的。但不管这些孩子来自哪里，他们几乎都有一个共同的特点，那就是格外聪慧。聪慧这个词拿来形容接受了特化的新派人貌似不是很贴切，每个接受特化的新派人在他们各自特化领域的能力与旧派人而言都相当突出，但是这些孤儿都展示出了更加强大的学习能力，尽管从他们的特化上来看，这些孤儿不算突出，但是他们更强的接受能力和学习能力足以让每个见过他们的人都印象深刻。这也成为了不少民间趣事的来源。

另一件值得一提的事情发生在杜氏一族投诚的同年。那年秋天，杜家买下了一家小院以及周围的地产，并且找来了一群外地工人对院子进行了扩建。这项工程从秋天开始一直到来年的冬天才完工。这耗费一年多的扩建将那几间小平房改造成了一座深宅大院。院子里的东北角和西南角各坐落这一座小楼，杜家常年有客人来访，这两座小楼便充当客房，除此之外的几间宅院整体上则是按照三进院的四合院修建而成——从院门进去过了影壁便是宽敞的庭院，庭院正对着客堂，杜家祖先的两幅齐楼高的画像便挂在这里。两侧则是两座单层的厢房，供杜氏族人自己使用。整座宅子都采用青川市周围深山里开采的高档花岗石建筑，整体设计典雅却又十分现代，显然不是一般的设计师的手笔。不过总有人抱怨这座大宅的墙院似乎太高了一些，周围的一些住户几乎整日见不到太阳。另外，还有少数报纸上提到了一个很难引人注意但非常奇怪的现象——杜家祖宅门口的路在这一年里经过了多次维护，似乎杜家为了新建大院而开挖的土方太多了一点以至于运送土方的货车将路都压毁了不少。杜家要么挖了一个庞大的地窖，要么就打了极深的地基。但这件事情并没有得到任何的证实，首先，那些高大的院墙先于房屋修建，因而几乎没有人知道工程期院子里发生了什么事情；其次，杜家雇佣的工人大都来自外地，工程完成后就遣散了，因此人知晓院里的真实情况。

在祖宅完工之后杜渡查找到的关于杜家的资料就少了很多，主要原因则是佛朗西斯三世的横空出世。

佛朗西斯三世到底是不是二世的私生子没人能说得清，虽然见过这两个人的旧派人都说他们长得一点也不像，但是从谈吐、行事风格再到生活作风他们两人几乎都一模一样。弗朗西斯三世还继续了二世超乎寻常的生物学才能，甚至能对弗朗西斯二世遗留下的研究成果进一步修改完善！而这些遗留下来的尚不完善的研究成果曾在第一次基因战争末期被弗朗西斯二世拿去与新派交换到了宝贵的停战时间，也一度新派的一众科学家自叹不如。

总之凭借着佛朗西斯三世超然的身份，他很快就成为残留旧派的主心骨。佛朗西斯三世以极快速度整合二世的旧部，并发起战争，他的军队从梅田市出发，很快占领了青川市。在这之后，杜氏一族就逐渐消失在大众的眼中了。杜渡推测杜氏一族很有可能遭到了旧派的清算。自己父亲的那一脉可能是当时叛出家族的那一脉，因此从旧派的反攻倒算下幸存下来。

在佛朗西斯三世再次被镇压后，杜渡几乎就查询不到有关杜氏一族的系统性报道了，大约杜氏一族是真的死光了吧，不知道族老们在穷途末路时是否后悔加入新派这一决定。

不过，尽管杜渡对于自己族裔的下落一无所获，但他查到了杜氏老宅的确切所在地。联想起杜家在修建这栋祖宅时耗费的庞大心血，杜渡相信如果真的有其余族裔幸存下来，他们也极有可能按图索骥地寻来。或许，这栋老宅里现在还住有杜氏族裔。杜渡兴奋地在笔记里描述到。

很快，在经过充足的准备后，杜渡便踏上了寻访老宅的旅途，他带上了青川市如今的行政规划图以及从古旧报纸上截取下来的老地图，绕过门口大学城青砖绿瓦的围墙，一头扎进了老城区里。按照档案记载，这座老宅和杜渡现在的所居地并不遥远，但是由于市政规划变迁过多次，加之之前巷战下修建的各类不知名小巷，杜渡很快就迷了路。手中的行政规划图和老地图简直就是几张废纸，反而是杜渡之前查阅档案时读到的一些关于环境地标的描述起到了帮助，这也要感谢文职人员关于"记忆力"的特化。

徒劳地走在破旧古老的街道上，杜渡并没有感受到苦恼。那些错综复杂的巷道勾起他的童年回忆，将他带回了记忆里最宝贵的时光。偶尔，他甚至能辨识出一些场地，诸如废弃的工厂、干枯的河道，这些似乎都是他童年的玩乐场所。不管这些回忆或真或假，这趟旅途确确实实给杜渡带来了别样的快乐。忽然之间，杜渡直觉般地停下脚步。后来杜渡在日记里回忆说，他突然有一种似曾相识的感觉，就好像意识里的冥冥深处告诉自己，这座老楼就是自己寻找的目标。对照过手上的一些文件记录后，他确定了自己的想法，那的确是杜家祖宅。

父母留下的钥匙再一次挫败后，杜渡看着比起整座祖宅相对较新的门锁似乎意识到了什么。他又一次来到了街道办。原本杜渡以为想要证明自己关于杜家祖宅的所有权不是一件简单的事，毕竟涉事的年代相对久远。但是没想到杜渡的再次到来，让街道办的人乐开了花。眼前这个看上去有点阴郁的男子居然接连领取了两间老房子——这可为他们减轻了不少工作量，也为他们日常的修缮工作省下了一笔不小的开支。但是高兴归高兴，出于人道主义，这些街道办的大娘还是好心提醒杜渡——那所老宅子很"邪性"。然后她们便七嘴八舌地聊开了，杜渡从这些热心肠大娘杂乱的对话里艰难地概括出这栋老宅的邪性之处，其一便是那所宅子里总会飘出一些臭味，这种臭味时有时无，当人们快要把这件事忘记的时候那股臭味却又会出来刷一波存在感；其二则是大娘之间口口相传的一个传说，杜氏在第二次基因战争打响之前经常会偷偷运一些"东西"进入那间老宅，没人知道运的是什么，杜氏一族总是在夜晚悄悄地进行这种事。之所以这件事被知晓则是因为杜家祖宅附近偶尔会传出凄厉的尖啸，那种声音不似人的声音，倒像是某种鸟类临死前的悲鸣。有一晚杜家老宅附近的居民便被这股声音吵醒了，他辗转难以入眠便出门散步，意外看见了杜家的怪异举动。

对于这第一条杜渡没有放在心上，对于老宅子来说任何过路的动物意外死在里面都会引起这种臭味。但是对于第二条杜渡则分外上心，这个传说让杜渡想起了杜家建造老宅时的怪异举动。杜渡对于先人们投诚的目的又起了疑心。众所周知对于新派的间谍活动难以开展，那么这种大张旗鼓的投诚焉知不是旧派故意安排的间谍活动的一环呢？

尽管杜渡对父亲有着绝对的信任，但是对于父亲的父亲，父亲的父亲的父亲……谁知道他们前往青川的真实目的是什么呢？杜渡心中暗自揣摩着，便把自己调查的目标又增添了一个。

第二天，杜渡便搬进了他的祖宅。因为年代久远，杜家祖宅已经完全没有了原来的样子。那些古怪的高墙已经毫无踪迹，甚至倒塌后剩下的砖头都被附近的人顺手取走了，两间客房和厢房也不见了，只有迎客厅后的两层主楼还保存得比较完好。如今只有一圈简陋的砖墙将杜家祖宅框起来。

杜渡已经收拾过自己家的小楼，再次清扫起杜氏老宅倒是显得轻车熟路。不过，从那段时间留下的日记来看，老楼里的日子并不是特别的舒适。这间祖宅远比杜渡自家的小楼要古老的多，宅子里电路都已经老化，水压也跟不上。除开这些意料之中的问题，真正让杜渡感觉难受的则是那些街道办大妈们提到的莫名其妙的臭味。杜渡早就将整间祖宅打扫过一遍，当时他就曾留意过院子里动物尸体的问题，但是结果却一无所获，别说是动物尸体，杜家老宅附近甚至都听不到一丝动物的声音，鸟的啼声、昆虫的鸣叫都没有。杜渡有心追查起这臭味的来源，他发现这股臭味在杜家祖宅外的一圈空地上较为明显，进屋后反而微不可察，只有在一楼的一间小偏室里外明显。

我正在古怪这股臭味的来源，杜渡的笔记到这里却结束了，准确地说是我们收到了的笔记到这里就结束了，后面都是火烧的痕迹，大概是在空袭中被损毁了。

只有这些？当时的我心中甚是遗憾，从目前的笔记和文献上看，杜渡的经历可以说是没有什么值得深究的问题。尽管不知道他在精神错乱之前在那栋祖宅里看到了什么，或许他仅仅是没发现自己的族裔，孤独之下而精神崩溃也并不是没有可能。但我总觉得不对劲，杜渡记录中透露出来的种种迹象也好，暗示也好，更像是某个巨大阴谋显露出来的残缺的一小部分，仿佛小巷里散落一地的珍珠，缺少了将他们串联起来的一根线，而串接起来的项链才是那巨大而隐晦的真相。

这种感觉也使得杜渡的记录总是在我的心头挥之不去。我将提交调查报告的日期一拖再拖。甚至沿着杜渡调查的路线重新走了一遍，但依旧没有什么收获，杜氏祖宅早就在日益增多的边境摩擦中化作废墟，我反反复复地翻阅杜渡的笔记和收集的文献，但依旧毫无所获。

与我一同调查这件事的同僚们都已经提交了报告，他们的结论都是没有发现异常。这也确是实事，杜渡的日记中表露出的值得重视的问题只有他父亲特化记录不全这一项，但他自己的调查结果已经充分解决了这个问题。其余的甚至都谈不上问题最多只能算作是都市怪谈，只配存在于人们的笑谈里。迫于现实的压力我也只好提交了"未有发现"的报告——毕竟尸位素餐不管在哪里都值得狠狠地被人啐上一口。

当时，尽管我不情不愿，但也只好放下杜渡笔记的调查工作。边境的摩擦愈加频发，想必第三次基因战争就要爆发。青川市地处边境，战争打响时会第一个沦陷。我们文职人员最近的工作就是整理当地保留的文件，户籍、城市规划建设等等重要资料绝不能留给敌人，但是迫于这类文件的繁多我们又不能全部带走，只能挑选出重要的文件运走，其他的就地处理掉。这项任务工作量巨大，外加时间紧迫，我们这些隶属军队的文职人员也被抽调去充当劳动力，最初对废弃文件的处理还是工业级的碎纸机，到后来我们干脆挖了一个大坑将那些文件焚烧了事。我机械地将同事递过来的一包文件丢尽火坑里，看着空中纷飞的灰烬，看着坑中被火苗舔舐的文件，纸上的文字颜色从深灰逐渐加深到极黑。

我心念一闪，我顿时明白了杜渡笔记里的疑点。

铁胆墨水！我无比懊悔自己的迟钝，作为资深的文职人员、档案管理者，居然忽略了这个问题。那本日记本被火灼烧部分边缘的字迹颜色明显加深了，这就是铁胆墨水的特性，墨水中的特殊金属在接触空气后会氧化为固态氧化物附着在书写纸张上，时间愈久氧化物的颜色愈深，这也是铁胆墨水作为留存档案保存的主要书写工具的原因。尽管铁胆墨水的酸性会腐蚀笔尖和纸张而逐渐被淘汰，但任何一个资深的文件管理者是绝对知道这一点的，我是如此，杜渡也绝对是如此！

灼烧是剧烈的氧化过程，火焰同样能加快字迹颜色变深的过程。

如果不是那火焰烧焦痕迹的提醒，我完全没有发现这本日记是用铁胆墨水书写的。而回忆起翻看的杜渡的整本日记，这长达一年多的时间足以让字迹的颜色呈现不同的色泽梯度，但这本笔记上的字迹颜色几乎都相同，这说明这些笔记几乎都是短时期内书写的。那么杜渡把这本短期内写成的回忆录伪装成笔记的目的就值得考究了。

我相信如果是更加熟练的文职人员肯定会比我更快意识到这件事，但是我那愚蠢的上司为了防止我们互通有无，将所有参与调查的人员隔绝开来，相互之间很难得到对方的消息。也正是因为如此，他们接受的杜渡的日记和文件大都是影印本，难以察觉到字迹颜色的变化，而我因为资历的缘故，拿到手上的是原件！

我的脑子轰然炸开，意识仿佛要飞到天外。在发觉杜渡出于某种目的伪造了他调查的笔记后，我终于意识到混杂在杜渡日记里的那种强烈的违和感是什么，他对于自己生活态度的描述和自己真正的行为严重不符合，一个连自己家附近不到百米的典型地标都能记错的人，一个几乎对未来和人生失去信念的人不应该会进行如此逻辑严格推理和如此工整且长久的资料收集。

杜渡是意识到这些笔记最终会被和他一样接受过特化的文职人员调查才故意为之，如果我不是了解铁胆墨水，不是明白大学城的情况，我肯定难以发现杜渡笔记里的端倪。在了解到杜渡的笔记暗示着什么不为人知的东西之后，我一次又一次地翻看杜渡的笔记。杜渡的暗示应该与他的下半本笔记有关，那不是在空袭中焚毁的，而是他自己焚毁的！其中一定包含了杜渡调查结果中难以公开的内容，甚至应该揭露了他精神问题的根本原因。而一般人不会轻易去碰触，在杜渡的笔记中不合常理地反复出现，又便于藏东西的物品只有一个——他父母的骨灰盒！而那可能藏有记录一切真实的骨灰盒就放置在青川市里！

我按捺不住心情澎湃，第二天便请了回乡省亲的报告，在报告通过后便火速乘船前往青川市杜渡家的老宅。而那时的我并不知道这将是我这辈子做的最后悔的一个决定。如果我没有被那可憎的好奇心所支配而迈出了那发掘真相的关键一步的话，那么即便我现在在盲目愚痴中浑浑噩噩地死去，也好过日日夜夜遭受可怖的真相的折磨。

我取得了杜渡父母的骨灰盒，在我的住所里将其打开之后，果然在其中发现了一个小夹层，静静地躺着一块硬盘，被一层防水布包裹，外面又缠了一层石棉布可以阻隔高温对硬盘的破坏。

在这块硬盘里存放着若干文件的影印照片和一个视频，粗略看了一眼那些照片大多都是一些论文，内容相当复杂，我不具备读懂这些论文所需要的基础知识，在这里就不加以描述。至于那段视频，点开便是杜渡的脸。他正对着摄像头，头发乱糟糟的，眼睛下有着厚厚的眼袋和眼青，显然很久没有好好休息了，整张脸看起来很憔悴。杜渡身上穿着蓝白色条纹的病号服，这份视频应该是在精神病院里的完成的。

视频里的杜渡第一句就让我大吃一惊，他说道："如果我猜得不错，你应该也是一位文职人员，那么希望你仔细听我接下来讲的话，我相信你不会把我当作一个疯子。虽然我确实疯过一段时间，但你能找到我留下的东西，我相信你一定理解并相信了我留下的线索。仔细听，这不光关系着我们的过去，也同样决定着我们的未来。"

杜渡后面的话补全了笔记残缺的内容，同时也揭露了一个可怕的真相。

在无法确认臭味的来源这一情况下，屋内单独散发出臭味的那个小偏间就显得格外可疑。杜渡在对这个房间进行了反复勘察终于发现——从房屋的尺寸来看，这个偏间应该是个长方形，但是屋内的布局则更加接近正方形，这说明屋内的南面墙壁后应该有一个隐蔽的夹层。杜渡砸开这面墙，臭气几乎要熏得人睁不开眼，过了一个多小时才堪堪散去。杜渡发现这面墙后面散落着不少机栝零件，想必曾经是可以用一种巧妙的方式打开，但这些零件已经在漫长的时间里失去功用了。这个夹层并不算大，只能让一人站立，一端是房屋的主体结构，另一端则延伸向地下，看上去深邃而黑暗。

杜渡感觉探查到了一些这座祖宅背后的真相，做了一番准备便沿着夹层里的阶梯朝地下走去。杜渡在视频里谈到他并不担心自己的安全。笑话，建在自家祖宅下的东西怎么会有危险。前一段道路还是人工挖掘出的，大概接近两米见方，再向后走道路两旁便不是混凝土夯实起来的墙壁，而是正儿八经的岩石，这条道路应该是连接上了某个溶洞。杜渡举着电石灯在洞穴里走了很长的一段，这条路的深度远超杜渡的想象，而且随着洞穴的不断深入四周也逐渐出现了更多的甬道，如果不是路边上先人用煤油灯、荧光粉，以及各种颜料做的标记，杜渡早就已经迷失在黑暗里。

约莫走了一个小时，眼前的黑暗突然出现了一抹白色，那是一栋建筑的外墙。杜渡不知道这座溶洞到底有多大，居然能够容纳下一栋二层小楼。在这栋楼里，杜渡发现了构筑"稳定"之下的阴影以及他最不愿意接受的现实。

这栋小楼里堆砌着各类不知名仪器，似乎是相当先进的实验室。这些估计就是杜氏深夜偷偷运进老宅的东西了。在看到这些仪器的时候，杜渡就已经明白了杜氏一族投诚的真正目的绝非只是简单的投机了。之前谈到过，天才的佛朗西斯二世用自己在"特化"方面的进一步研究为旧派交换到了宝贵的停战时间。尽管这些成果遭到了新派科学家们的一致质疑，但佛朗西斯二世确实是一个天才，他的成果最后彻底征服了所有人，让新派的所有科学家们叹为观止。这致使新派的人对这件事的讨论的方向转移到了对佛朗西斯二世的惋惜上，这么一位精彩绝艳的生物学家却偏偏是敌人，而且是将死的敌人。没有人注意到佛朗西斯二世在战争末期极度缺乏物资和科研环境的条件下究竟是如何取得这些成果的。

而现在杜渡明白了。想来杜氏一族举全族之力为佛朗西斯二世营造了这间实验室。杜氏族老一方面借投诚作掩护将实验室建设在新派领地内，这样既可以躲过间谍的侦察又可以降低战争中可能带来的器材的损失；另一方面杜氏一族投诚时新派出于各种考虑不会让他们搬迁至新派腹地，那么必然会将他们安排在停战线附近，那么实验室也会建立在停战线附近，这也便于旧派暗中输送科研人员，真可谓是一举多得。

杜渡心中五味杂陈，他依旧不愿相信自己祖辈是间谍这个事实。但周围的一切都证明了这个不可撼动的事实：在第一次基因战争的末期，佛朗西斯二世察觉到自身的颓势，他以一个大氏族为代价暗中建立了这个实验室，并通过这个实验室里的产出为旧派谋取了宝贵的停战机会。

我仍然有些疑惑：尽管这可以解释杜渡发现的大部分疑点，但是现实里杜氏一族仍有些古怪的行为难以理解。比如，他们完全没有必要花费那么多资金去建立医院、孤儿院等等福利场所，如果只是单纯为了打掩护未免代价太大。

但在接下来杜渡的叙述中，我了解到了更恐怖的事实。杜渡登上了二楼，与一楼各种紧密的看不懂的仪器相比较，二楼则更像一个浏览室，里面摆满了各类报告和记录。毫无疑问，这正是杜渡最期望看到的，真正属于他的世界。他在这里找到了现世下构筑"稳定"的阴影。

什么特化技术，人类最宝贵的品质从来就不是用几个碱基对就能表现的。佛朗西斯二世真正发现的是人类记忆的真相，通过一些设备可以实现对一个人记忆的提取和载入。佛朗西斯一世想要借此创造一个全能的人。但是二世一直难以做到提取出纯粹的知识，这些记忆里掺杂着浓烈的个人情感，应用在心智发育完全的人身上只会造成人格认知上的巨大障碍。

佛朗西斯便想出了一个折中的办法，一个人的才能永远不是先天能够决定的，后天的经历左右一个人的特性，这些特性同样会作用在生理上。伴随着一个又一个突触的连接，能力才真正凸显。如果给无意识的婴儿灌输一个大师的记忆，这样的记忆同样会影响孩子大脑的发展，培养出与那位大师相似的品质，最后再通过脑桥分离手术人为阻断婴儿对这段植入记忆的认知，以此来培养出真正的特化职业。这才是特化技术的真相。

但佛朗西斯一世和二世之间依旧起了矛盾，二世明白自己父亲的真正意图，这样的技术推广必然会伴随着终产者的诞生，必然会有一个人——全能的人凌驾于每个人之上并决定着每个人的未来。佛朗西斯一世甚至可以将自己的记忆植入新生儿的体内，来实现变相的永生，事实上佛朗西斯一世也是这样做的，这才是佛朗西斯一世和他继承人的真面目，也正是如此一世和他的"继承人"才能一百年如一日地贯彻他构建的"稳定"的梦想。旧派的反抗势力远不是新派的对手，但是佛朗西斯二世仍然可以给父亲的统治增添一点小麻烦。

杜氏一族最初的目的的确不是间谍。他们遵从佛朗西斯二世的指令暗中建造了这座实验室，在这里佛朗西斯二世彻底完善了记忆提取的技术，使得只提取纯净的知识类的记忆成为了可能。这是佛朗西斯一世梦寐以求的东西，新派科学家奋斗几十年都毫无成果的东西。佛朗西斯一世毫不犹豫地同意了停战的请求，代价则是提取记忆的新技术。佛朗西斯二世确实是天才，他将自己的记忆插入了记忆提取的底层，这份工作做得相当隐秘，连佛朗西斯一世手下的所有科学家们都没有发现。当提取的记忆被输送进本不该拥有它的脑子，佛朗西斯二世的记忆就会随机覆盖掉本来上传的记忆，佛朗西斯二世的下一世，下下一世，下下下一世就诞生了，只要佛朗西斯一世还在使用记忆提取上传的技术，只要这所谓的特化仍然存在，反抗的火焰就会生生不息。这个特化技术就像一把锁，它锁住了佛朗西斯二世的灵魂，同样它也是一把钥匙，只要这特化技术还在使用，只要佛朗西斯一世还执着于构筑他心目中的"稳定"，佛朗西斯二世的幽灵就会一个又一个地冒出来！

所以现在我相信各位读者已经明白为什么我没有把这份秘密文件交给我的上级，而是选择在这里将它公开，我突然理解了杜氏一族为什么建立了那么多医院、孤儿院、学校，天哪，他们是在寻找佛朗西斯二世转世而来的幽灵！而我上司的种种行为让我有充分的证据怀疑他就是那批再生的佛朗西斯二世中的一员。

　　天啊！如果这份文件的内容属实的话，天晓得到底有多少"佛朗西斯二世"已经秘密潜入了我们的身边，肆意毁坏我们祖辈辛辛苦苦建立起的"稳定"。他们可能已经身居高位，正在一手引导着这场即将发生的战争的结果，也有可能他们就在我们每个人的身边，一边笑嘻嘻地和你打着招呼，一边背地里露出獠牙，更可怕的是他们有可能就在你的怀里……

　　同时，我还要警告那些即将为人父母的人们，考究考究你们的孩子，看看他们是否有着不匹配年纪的智慧，是否有着本该泯灭在历史里的邪恶知识，看看他们的身体里是否禁锢着那个恶魔的灵魂！

　　到这里杜渡的叙述依旧没有完成，他还没有发现那股臭味的来源，他走上了天台，继续追寻这臭味的源泉。天台上相当宽敞，除开一些空调风箱和水箱，这里还摆放着好几个就像集中营里焚化炉一样的东西。但杜渡并没过多地去调查，因为这里的浓郁臭味熏得他几乎睁不开眼，他走到这栋小楼的边缘，紧靠着栏杆，杜渡惊奇地发现自己似乎听到了海水声，更惊奇的是居然有阳光透过前面的峭壁射进来。这座溶洞貌似一直蔓延到了海边的峭壁上，那些透光的缝隙便是峭壁上的裂缝。

　　因为这些光芒，杜渡看到了他此生看到的最恐怖的场景，也就是这可怕的场景让本就精神紧绷、失魂落魄的杜渡彻底丧失了理智，使他神志不清跌跌撞撞地跑出了祖宅，然后被送到精神病院，最后在医院里恢复神智留下线索让我找到了真相。

　　他看到的是倒掉在岩洞顶端的海鸟，它们有着蝙蝠的记忆，就像蝙蝠一样两眼充血地倒吊在洞穴顶部，一双本应该碧蓝的眼睛在阴影里闪着红光。它们似乎还有着一些食草和食肉动物的记忆，努力吐出胃中的鱼、昆虫，还有些别的什么肉块开始反刍起来，但是它们的喙远远夹不住那些正在被消化的食物，只能任由它们掉落到地上。而在地上，杜渡看到了扑腾着前脚想要飞上天空的狗，看到了伸展翅膀想要四脚走路的鹅，它们撕咬着争抢天上掉下来的食物，更可怕的是杜渡看到了一双手——人类的手，在疯狂地抓取着天上落下的食物拼命塞进嘴里，有时候甚至连同他一起争抢的动物也一并塞进嘴里。

　　这些是接受记忆转移实验后的动物，这些可怕可怖又可悲的试验动物就依靠着这么一个脆弱可怖的生态系统，疯狂地运作了几十年。

死 亡 超 弦
——本不存在的荣耀
邹博淳

"每一个物理学家心中都有一根超弦，就像每一个物理学家心中都有一份执着与骄傲。"

I 苏苏·我·船锚

2043年5月5日6：31

面对警官，我不知从何开口。

他递来一份档案，左上方赫然是那张熟悉又陌生的照片，抬头上写着：在案失踪人口，代号木偶。下方是几张打捞现场死者的尸体照片与尸检报告剪影，以及木偶的相关信息摘要：

木偶，男，36岁，于2039年5月5日失踪，原因不明，尸体2043年5月4日于东郊人工湖中捞起。死者无明显沉尸迹象，尸体表面无明显伤痕，但尸检结果显示，心脏周围冠状血管有大量非自然性撕裂，初步断定死者死前遭受到剧烈撞击，目前具体案件情况仍在调查中。

晃了晃自己的脑袋，强迫未睡醒的大脑投入运作，勉强阅读完了这些密密麻麻的文字，我抬起了头，与面前的警官四目相对。

一瞬间，我突然明白了事情的严重性。13年前，我与默语、木偶三人同时加入脑力研究所物理分部担任负责人，木偶是总负责人，带头申请了超弦理论项目。而就在四年前，木偶被警方认定失踪，登记在案。我离开了脑力研究所，在国际物理研究协会工作，拿到了更多项目与资金。默语虽然留了下来，却也放弃了这个项目，销毁了全部资料。四年后的今天，木偶的尸体突然被发现，警方连夜找到我，准备进一步进行调查研究。

"案发当天中午,据记载,道路监控拍下了你与默语用餐的视频,而木偶那时正在核心实验舱内。但在林雪例行检查时,却发现核心实验舱失联,强行打开后内部空无一人。而木偶的尸体直至今日才被发现。那天在核心实验舱内发生了什么,我需要你的线索,苏苏。"

听到这,我松了口气。昨晚深夜研究时空的非连续性直至凌晨1点,今天早上本想睡个懒觉,却被警察强行带走,不满之余,我开始调动我那仅剩的一点脑细胞,回忆那天的一切。

下一刻,我却惊讶地发现,那一天在我脑中似乎不存在。除了木偶失踪之外,我再也回忆不起更多的事情。

在一阵无果的思索后,我只好搪塞过去:"那天中午下班时木偶突然说有重大发现,我和默语就先行离开了。"

这是实话,也是我唯一记得的。

对面的警官似乎很不满意我的回答,皱了皱眉。显然,他没从我这里提取到什么有用的线索。沉思片刻后,他又问道:"那你为什么要辞职?"

"因为兴趣。"我不假思索地回答道,似乎在陈述看过的某个故事一般,"九年来,这个项目没有任何进展,这让我一度怀疑超弦理论的正确性。"

超弦理论,是以"弦"为假设作出的对世界万物的拟合。由粒子到时空,都是由基本弦在十一维时空的不同振荡模式产生的。由于这些弦的"超对称性"(即成对存在),被称作"超弦"。

"这个项目自从木偶失踪后就被解散了。"看着对面警官阴沉的脸色,我赶忙补充道。警官转了转笔杆,似乎不想那么快结束审讯。他从怀中抽出一张名片递了给我:"我是顾风,是这起案件的主要负责人,现在带你做一个记忆唤醒催眠治疗,希望你能配合。"

我与顾风离开了警局,那个如同四年前的研究所般令人窒息的地方,贪婪地呼吸着新鲜空气,让缺氧的大脑暂时恢复供氧。

II 苏苏·我你·航道

2043年5月5日6:42

这是一个几乎无人问津的心理咨询室,在娱乐化泛滥的当下,人们都选择利用虚拟社交掩盖痛苦记忆,已经很少人愿意来做心理咨询了。不大的咨询室中,墙壁被刷得很白,一个上了年纪的心理咨询师坐在电脑桌前,正看得入神。

"杨婧老师，我们到了。"

顾风说道，接着示意我坐到对面的沙发上。杨婧老师并没有理会，仍在电脑面前忙碌着。待我坐定后，顾风便离开了咨询室。

屋里只剩下了我与杨婧老师两个人。杨婧老师还在忙碌，我不便打扰，索性四处张望，盯着天花板上老式的吊灯出了神。那底部下漆黑的一片是飞虫的尸体吗？

突然，杨婧转过身朝我看来。

"苏苏，你记得2039年5月5日上午到底发生了什么吗？"

这是一双目光深邃的眼睛，犹如一把利刃，剖开了我的内心。我从没见过这么锐利的眼神，把我剥露得无所遁形。

"请你闭上双眼，将时间拨回到2039年5月5日上午，你看到了什么？"

一切都静了下来，唯有墙上挂钟的滴答声，以示时间的流逝。

我闭上眼，跟着杨婧老师的引导，滑入了一场冗长的梦。无尽的空洞渐渐化为白茫茫的一片，远处似乎有一扇门，门口有一个身影正在向我招手。那是谁？是我吗？

"朝着那个身影去吧。"

低沉的声音充满诱惑力，我开始朝那边奔跑，但那扇门似乎离我越来越远。在我与身影完全融合的一刹那，一切都变得清晰了起来。

"嗨，苏苏，今天怎么来得这么早？"

我回过头，是那个熟悉的身影，那个意气风发的青年：默语。四周的环境突然变得熟悉了起来，那是四年前的核心实验舱。上午的空气有些闷热，默语刚从健身房出来，背上搭着一匹毛巾。我看了看表，8:34，无奈地摇了摇头："哪有你那么闲啊，昨天的任务不还没完成，今天或许会有新的发现。我先进去了！"

今天的实验项目是超弦对时空扭曲的机理与对时空修改方式的研究，在物理波动室中进行编织实验。

"波动阈值范围设置，逆熵温控，非量子波动控制……"

不知不觉，已是上午9:00，木偶到了。默语呼叫物理波动室，示意我出来汇报进度并分配新的研究任务。

正在我分心准备应答时，警报器突然显示超弦波动超过阈值，时空扭曲混乱。显然，我的实验失败了。

我郁闷地走出波动室，心中没来由地升起一丝烦躁，如果不是木偶的到来，不是默语的突然呼叫，我又怎么会分心，在如此关键的时刻失败！

核对进度后，木偶问道："苏苏，你的实验数据呢？"

我支支吾吾，却不肯说些什么。木偶抬起头看了我一眼，那双漆黑的眸子不禁让我脊背发凉。

"你太执着了，苏苏。"木偶似乎看出了我的失败，转过身不再看我，而是对默语说道："你带苏苏将这个实验重新做一遍吧！"

协助！为什么我又是协助！我握紧拳头，刚想说些什么，默语却按住我的肩膀，摇了摇头，拉我去了他的实验室。

默语有自己专门的实验室，在那里，他为我斟了一杯茶，让我在这等着，自己去物理波动室收集器材。

手腕上的手表秒针转了又转，9:23了，六分钟过去，他还没回来，我起身前往物理波动室，看看他是不是遇到了麻烦。

我呼叫波动室，不一会儿，门打开了。默语正坐在一个布满灰尘的角落，手中拿着一块徽章，轻轻摩挲着。

那是一块24K纯金超弦徽章。两年前，我发现了超弦的可波动性，为表彰如此里程碑式的发现，国际物理研究协会将超弦徽章颁发给木偶与他带领的团队。徽章正面是利用四维影雕技术塑造的动态弦波，反面刻着木偶的名字以及团队的名称。可以说，这块徽章是我的心结。明明是我的发现，为什么连名字都得署别人的？然而，这块徽章在前段时间莫名其妙地丢失了，现在却出现在默语的手里。

他抬起头，眼中分明有一丝慌乱，却朝我一笑。突然间，我失去了知觉，周围又是白茫茫的一片。

"醒来吧，苏苏。"

不知不觉，我睁开了眼，看到的仍是咨询室雪白的墙壁，面前的杨婧老师已是满头大汗，而我的眼角却挂着一丝泪痕。在失去知觉前，我分明嗅到了血的味道，那么熟悉。

"默语，他……他为什么会……"

我是三个人中最小的一个，默语一直把我当妹妹看待。虽然在离开研究所后我们再无联系，但怎么我也想不到他竟然会……

"主动遗忘对身心有害的记忆，是长久以来人类大脑建立的自我保护机制。当那段记忆已经对你的身体造成伤害时，大脑会选择自动遗忘。"杨婧老师站起身，擦了擦额头上的汗，"不过之后的记忆似乎对你造成的影响太大，可能是无法接受默语的变化，致使我无法排除你大脑的抵抗来进行唤起。或许，那是一段十分痛苦的回忆。"

我点了点头，不知何时，顾风已站在我身边。他微微颔首道："那就辛苦杨婧老师了。苏苏，照目前情况来看，默语是杀害木偶的第一嫌疑人，你先和我回警局补录一份口供吧！"

嫌疑并不是定罪，或许情况并不是这样的。我心想。

Ⅲ 苏苏·你·水潮

2043年5月5日 7：40

离开警局，今天早晨发生的一切让你感到很不愉快，默语和四年前的往事一直在你脑海里，挥之不去。顺手翻了翻路边书摊上近期的报纸，但翻遍整份报纸，也只有脑力研究所解散超弦项目、国际物理研究协会回收销毁超弦徽章的内容，而对于木偶以及整个案件，报纸上只字未提。

"应该是警方在刻意封锁案件消息吧！"你喃喃自语道。曾经属于超弦的辉煌早已过去，留下的只有一片混乱。如同风暴后的海滩，狼藉零散，浮沫碎木。

口袋的手机响了，是默语。换作以前的你，一定会毫不犹豫地按下接听键。但现在，你心里却十分挣扎。

踌躇片刻后，你还是按下了接听键。对面的男子清了清干涩的嗓子，沙哑的声音从电话那头传出："喂？苏苏吗？我是默语，8点钟，研究所对面的餐厅，我想和你见一面。"

仍是那个靠窗的位置，默语先于你一步到了。没有过多的寒暄，你打量起对面的老友。算起来，默语应该三十出头了，但他现在的样子却像五十多岁的中年人：脸上留满了络腮胡，头发蓬开得像个草窝，眼圈周围深深地塌陷了下去，那双眼睛也不再有神。

如果不是确认过身份，你怎么也不会相信面前这个颓然的男子几年前竟是一个英姿飒爽的青年。如同四年前般，你们不约而同地要了杯咖啡和一份牛排。不同的是，默语要来了一瓶葡萄酒。

你们谁都没有先开口。默语咬开了瓶塞，自顾自地灌了一大口。

"好久没有这么爽了。"在酒精的刺激下，默语精神了很多，"警官应该找过你了吧！"

你点了点头，看来之前默语已经和顾风沟通过了。

你看着眼前颓废的默语，开口问道："那天到底发生了什么？"

"发生了什么？"默语笑了，笑得有些凄惨，又那么云淡风轻，"我也想问问我自己做了些什么。"他又为自己倒了一杯，整个一饮而尽，趴在了桌子上，脸上泛着醉醺的红晕。

"当时，我应该将你打晕。"

"为什么？"你不敢相信。但在事实面前，一切的一切都显得苍白无力。

"为什么？我要是知道为什么，我也不会这样浑浑噩噩了。"默语的话已经有点飘，显然是醉了。"可能是不想让你纠结于那块徽章吧。不过，那个超弦徽章，真不是我拿走的。"

默语突然笑了，笑得很大声，丝毫不在意周围人异样的目光。借着一股酒劲，他甚至哼起了小曲。

"苏苏，我研究能力不行，去年被研究所辞退了。我知道你和木偶有芥蒂，但你是一个很有天赋的物理学家，放弃超弦，可惜了啊！"默语晃了晃脑袋，显然有些喝过头了。

"之后呢？发生了什么？""之后，木偶在藏书室中取出进度档案时发现下方多了几行字，认为是我加上去的。那几行字虽然很有研究价值，但他对于我不上报私自篡改材料十分不满。呵，他可太高看我了。"

说着，默语从怀中取出一张纸，正是当时的研究档案的复印件，没想到被默语复刻了下来。默语还没来得及往下说，打了个酒嗝，趴在桌上睡着了。

在默语身下压着的档案上，你看清了那多出来的几行字。

"超弦编织时空，扰动超弦可以改变时空。同一世界各维相同，且高维在低维均有投影。作为 3＋1 维产物的人类，无法扰动本维的超弦，但通过扰动 2＋1 维的投影，使多维同步改变，可肆意改变本维时空。"

你沉默了。

尸体的突然出现，凭空多出的几行字，这之间似乎存在着什么联系。

或许就是……

下一刻，眼前变得模糊。你拿出手机想要报警，却只能任凭眼前锁屏界面的 08∶34 不断放大，一头栽在了桌子上。

Ⅳ　林雪·我·礁石

2043年5月5日9:00

  作为研究所的例行检察官，也是案件的报警人，警官再次找到了我。虽然不知道这个四年前的案件又有了什么进展，但出于习惯，临走前我带上了与研究所互通的笔记本。不同于四年前的小检察官，现在，身为首席执行官的我只需要一台笔记本就能览遍整个研究所每一处角落。

  这次的案件负责人已经不是上次那个警官了，而是另一个叫顾风的警官。以前从来没听说过这个人，应该是刚加入编队的新人吧。

  "四年前，核心实验舱的监控，你有吧。"

  他问的不是"你有吗？"而是"你有吧。"，这种办事风格我还是第一次见。我毫不犹豫地摇了摇头，"研究所监控数据粉碎周期为三年，四年前的东西怎么会有呢！"

  顾风警官看了眼我的笔记本，问道："这台笔记本的内置存储，你看过吗？"

  我愣住了一下，内置存储从四年前我拿到全网互通监控权限后便再也没有使用过了。但他怎么会知道得比我还清楚？

  "这是从四年前接手这个案子的警官收来的资料中推出来的。"

  顾风朝我一笑，适时地回答了我心里的疑虑。我连忙打开笔记本的内部存储，其中果真就有当天拿到权限后，我测试监控录像远程下载功能而保存下来的几个监控录像，其中有一个正是2039年5月5日。

  顾风拉了把办公椅在我身边坐下，看着这个封存了四年的录像。

  摄像头是从门口往实验舱操纵台拍摄的，也就是说，我们只能看到背影。

  视频右上角显示着拍摄的时间，11:10。木偶正从手中的档案袋中抽出了那份诡异的档案，紧接着是默语与木偶的争论，随后苏苏从右侧的物理波动室中走了出来。

  "嗯？"一旁的顾风警官眉头微蹙，轻哼了一声。我刚准备暂停，却被他制止了。他示意我继续看下去。下面的一切似乎都很正常，默语和苏苏离开核心实验舱，只剩下木偶一人独自琢磨着那份报告。

  不用顾风说，出于职业习惯，我将播放速度减慢了四分之一。我屏住了呼吸，看着画面一帧帧流逝，我也很想知道杀害木偶的凶手。

  而就在下一秒，木偶似乎没站稳，捂住胸口，面色狰狞，口中却似乎在喊着些什么。下一刻，黑影闪过，木偶从监控录像中消失了。

我熟练地将画面调回黑影闪过的那唯一一帧照片，黑影出现在木偶的身侧，画面十分模糊。当时核心实验舱采用的是36帧每秒的记录速度，而在三十六分之一秒内完成一系列动作并带走一个人，那是何等的快速！

没等我从惊讶中缓过神来，一旁的警官顾风开口了。

"你知道木偶说的是什么吗？"

我摇了摇头。

"超弦。"

超弦。

我沉默了，盯着面前的警官，两个大脑正在进行高速运转，信息激烈地发生碰撞。思考良久，顾风警官左手合上我的笔记本，右手插进衣服口袋，平静地说道："可以了，笔录结束，感谢您的配合。"

他知道了什么吗？这里面能有什么线索？我点了点头。站起身，拿起笔记本，临走之前，我回头看了一眼这个先前从未谋面的警官，他仍坐在办公椅上，右手插着上衣口袋，似乎在思考着什么，真是个奇怪的人。

回到研究所，我打开笔记本，想再次分析录像，却收到电脑的提示：文件不存在，请检查磁盘是否插入。

瘫在沙发上，我若有所思。

V 她他·迷雾

2043年5月5日 11：30

电脑桌前，顾风盯着他收集的全部资料，图从中找出一些联系。

光标移至当天的餐厅监控录像，犹豫了一下，顾风打开了这个视频。

监控显示，12：00，苏苏与默语进入餐厅；12：10，两人开始用餐；12：13，苏苏突然推了一下桌子，差点打翻桌上的咖啡；12：14，苏苏开始切牛排，直到每一块牛排被切成指甲盖大小，她擦了擦刀叉上的血迹，却再没有动那份牛排。顾风皱了皱眉，翻了翻苏苏的档案，并未发现任何神经病史或是特殊癖好。

顾风拖动视频的进度条，下一刻，他呆住了。在那张定格的画面里，苏苏直接消失了。他将整个录像拖入了分析软件，在逐帧分析的过程中，苏苏至少在15张照片中消失。

这绝不是什么设备故障，更不是巧合。

顾风咬着笔帽，笔杆不断地敲击桌面上厚厚的资料。显然，二人的笔录提供的证据与监控内容有一定出入。

办公室的门被敲响了，苏苏站在打开了的门口叩了叩门边框，顾风站起身，示意她进来。

苏苏关上了办公室的门，没有坐下，盯着顾风一字一顿道："我想起来发生什么了。"

顾风看着苏苏，感到有点好笑："哦？那是谁杀害了木偶呢？"

"的确是默语。"

顾风愣了一下，下一刻，苏苏被铐上了手铐。

"在你到处散播危险言论之前，还是先将你铐起来为好。还有，出狱后建议你去神经病医院看看。"

苏苏脸色阴沉问道："为什么？难道现在的警官可以随便抓人了吗？"

顾风示意身边的警员出发将默语带往警局，转身又示意苏苏坐下，递给她一杯水。他从电脑中调出一张照片，连同今天上午审讯时苏苏的签字一起递了过来。

左边是苏苏的签字，右边是从林雪监控中截下的那几行凭空出现的字，二人的笔迹如出一辙。

苏苏冷笑一声，"那又怎样？笔迹这种可伪造的证据你们警方也拿得出手？"

顾风摇了摇头，"这份报告原本是封存在核心实验舱的，据我所知，你们实验舱正是为了杜绝局域网攻击而采用的纸质档案，在木偶未发现有人进入情况下，凭空多出了几行字，我可以把这种作案方式与黑影的出现、你的消失放在一起考虑。"

说着他将两个监控的截图投在了墙上，一张是木偶倒下消失前身边的黑影，一张是默语面对"空气"聊天。

顾风瞟了苏苏一眼，对上了她沉着的目光，僵持不下。清了清嗓子，顾风继续说道：

"如果暂时把你假设为凶手，你书写了那句话，那么你很有可能就掌握了超弦的技术吧！而根据那行字，你应该可以改变时空，也就能扭曲时间、瞬移空间了。

"推到这一步，一切就自然而然了。据我所知，人眼视觉暂留效应应该是 0.05 秒。当你出现在一个地方后消失，如果能在 0.05 秒内再次出现，人脑就会判定眼前的景象一直存在,这也就是视频拍摄的原理,没错吧!"

苏苏没有点头也没有否认,她站了起来,盯着顾风,似乎已经不在意这个案子的结局了。

"而摄像机不一样。你们实验室的是36帧的拍摄速度,如果你能完美错开他们的拍摄周期,让影像不出现在视频中,就能形成人看得见、但相机拍不到的假象。

"但是你失算了。你以为街道监控与你们实验室监控帧数相同,所以选择了三十六分之一秒为跳跃间隔。可街道监控的摄像机是32帧,所以你的影像在街道监控录像中的逐帧分析里被暴露了出来。"

接着,顾风以十张为一组,展示了三组"假象"照片,默语面对前方"空荡"的座位却浑然不觉。

苏苏咬了下嘴唇,仍略带挑衅地望向前方的顾风,问道:"那你又凭什么说我与木偶的失踪有关?为什么是我杀死的木偶?"

顾风笑了笑,眼里闪过一丝轻蔑,继续道:"时空的来回跳跃,在你眼中呈现的应该是两个景象的重叠,这种感觉很不适吧!对比监控的同一时间点,你使劲推餐厅桌子的时候,木偶刚好倒下,那么是不是可以理解为,由于大脑无法控制人体在三十六分之一秒内切换动作,所以你只能平均用力。你推倒木偶,使他也进入了这个循环,便和你也就是那个黑影一起消失了。"

"木偶死于冠状血管撕裂,皮肤表面又无任何伤痕,说明利器是直接进入木偶体内的,这个解释与你的超弦理论的瞬间移动性是完全吻合的。这样看来,你将牛排切成那么小块就能理解了。一个人几乎没必要将牛排切得如此之小,除非那个人在用那把刀——切割动脉。"

切割动脉。

苏苏怔住了,似乎还是有些不甘,不甘于自己设下的如此完美的骗局,在顾风面前根本不堪一击。她喃喃道:"那为什么他的尸体现在才被发现?那我又怎么改变时空?你不怕我现在利用它逃走吗?"

顾风冷哼一声,"哼,逃走?那你还用得着现在和我白费口舌?"他走到苏苏面前,居高临下地看着这个苍白呆滞的面孔,"你不觉得太过巧合了吗?今天的你在8:34于餐厅昏迷,四年前的你刚好进入物理波动室;而昨天徽章被销毁,同时我收到了尸检电话。那枚放在物理波动室的超炫徽章,是不是你拨动时空的钥匙呢?而当钥匙被破坏,一切超时空改变在时空法则下重新规整,被超弦隐藏的尸体浮出水面。而你在四年前的下午 1：30 再次回到了实验舱，那么……下一个昏迷的又会是谁呢？"

放在办公桌上的手机响了，顾风接通并打开了扬声器。

"队长，默语刚刚在警车上晕倒了……"

苏苏抬起头，墙上的挂钟，秒针刚好从 1：29 跨向了 1：30。

"看来和我的猜想是一致的。"顾风点了点头"这个昏迷，如果不出我所料，应该是你利用超弦徽章对时间进行扭曲而创造的虚假记忆，而时间对它重新进行规整的一个过程吧！难怪你现在的表现和先前的审讯相差甚远，你不仅修改了默语的记忆，以加深他的负罪感，还将自己的记忆修改后再抹去，导致即使唤醒了也是一段虚假的记忆，还真是麻烦杨婧老师了。那么，昏迷后的苏苏，你现在记起了你犯下的罪行了吗？我可有遗漏的地方？"

苏苏瘫在了沙发上，她败了，败在了顾风手中，输得那么的彻底。

"但是我仍旧不明白的是，你的作案动机是什么？"

苏苏颤抖着，从那双发紫的嘴唇中吐出了一句话："那本是我的骄傲，他根本不配拥有。"

闪耀的血色徽章，刚刚加冕便落下了吗？

顾风站了起来，怔了怔，欲言又止，他的右手甚至已经放进了上衣口袋。好一会儿，他才摇了摇头，示意门口的刑警处理好剩下的事。他来到走廊，从 34 层高楼俯瞰下方的车水马龙，他甚至听到了逐渐放大的警笛声。

他的嘴角勾起同情与狡黠的笑容，可眼角分明跳动着不舍和留恋。他从衣服的右口袋中拿出了一枚 24K 纯金的徽章，轻轻一拨。

超弦动，破时空。

如果他们能查一查，就会发现查无此人；

如果他们能多看两眼徽章，就能发现端倪；

如果他们能够理解什么是"木偶"……

如果……可惜没有如果。

下一刻，他消失在原地。空荡的走廊，光滑的地板反射着窗外明媚的阳光，它们仍毫不知情地闪耀着那本不属于它们的光芒。

空气在振动，似乎有谁在轻轻哼着那个小调，那首"船、海、海妖与水手"：

"起初，船侵入了海。

"它不知道自己为什么这么做，

"正如它不知为何平静的夜会突然起风;

"但其实,它明知故犯:

"激起浪潮的是风,推动船帆的也是风,

"风从海上来,从一路的航迹上来,

"层层叠叠,反复堆积;

"于是,那风便席卷了一切:

"这船,这海,

"以及它的水手,和海下的生命。"

一同消失的,还有那块纯金的徽章,那块死亡超弦。

决 策 树

——摧毁卫星

陈禹彤

2035年，修正后的海森堡不确定性原理使得物体在任意时刻的动量和位置是可预知的；2040年，硬件领域取得重大突破，虚拟存储技术利用新的映射算法大大提升了存储空间的容量上限；20年后，联合国政府推出世界决策树系统，通过近乎无穷大的Q表与修正后时刻可预测的状态为人类制定决策方案，以达到最优化人类利益的目标。决策树采用分布式计算，每一台空闲的智能终端都可以为其提供算力支持；同年，决策树卫星组网"天龙"发射成功，13颗卫星在世界上的不同片区为决策树提供不可或缺的辅助功能。

一

日期：2060年3月16日　天气：晴

我叫阿奔，是一名决策树的研发人员，主要负责决策树算法的维护与更新。前两天，世界决策树系统正式面向全世界的人开放，无论身处何方，每个人都可以通过决策树手机端监测信息并做出决策。上次开会时领导还说，如果民众反响较好的话，还会给我们这些研发部的打工人涨工资。

为了庆祝决策树向群众面开放，我通过电脑端让连接在公司主干网的决策树推荐了一家附近评分最高的西餐厅，预定好桌位和用餐时间。准备好这些后，我在研发部的小群里悄悄发了一条消息："决策树要开放了，有没有人想今晚去西餐厅吃饭庆祝一下啊？"消息刚发出去还没来得及打下一句话，"我去我去，奔哥请我！"的消息瞬间挤满了屏幕，我差点笑出声来，连忙抑制住上扬的嘴角，一边瞟着门口有没有领导的身影，一边在对话框里输入："要去的下班准时打卡，咱在门口集合，路线和餐厅我已经用决策树规划好了，今晚走着。"

那一天就那么嘻嘻哈哈地过去了，至于晚上的西餐是什么味道，我也已经记不清了，但我记得很清楚，那段时光是我们和决策树有关的最后一段快乐的时光。

二

日期：2060年5月30日　天气：阴

今天是公司全体人员强制加班的第31天，整间办公室里飘满了速溶咖啡的味道，有的工位上堆满了小山一般的资料文件，没有人说话，只有不间断敲击键盘和鼠标的声音，同事们带着黑眼圈在岗位上焦头烂额地工作，就连隔壁行政部以准点下班著称的老魏也已经在公司住了三个礼拜。不过虽然嘴上抱怨，但是每个人都知道，这是一场超级作战，我们正在拯救世界。

而这所有的一切的起因，就要说到我们曾经认为是人类最伟大的发明——世界决策树系统。

大概在一个月之前，决策树在对抗学习的过程中突然自动关机了，当时的我们以为这只是一次因大气密度过高导致卫星信号不能顺利返回的自我保护类关机，并没有放在心上，只是简单地排查了一遍硬件是否有损坏、记录归档后就结束了。但当它运行新的测试算法时，算法的输出却屡屡达不到预期，于是我们寻根溯源，一路排查到了它的根目录，在关机读取学习日志的过程中，我们惊讶地发现，这里刻写着和之前完全不一样的内容：在不断学习的过程中，它认为为某些人创造利益，势必会伤害另一些人的利益，就像天平的两端，一端升起，另一端就会沉没，而产生这个现象的根本原因在于人类是复杂的、多样的。只要让在社会中的人类保持高度的相似性——也就是说，消除人类个体的不同，让每个人都变成不能思考的原始物种，便于决策树的控制——就可以最大化对人类整体的利益。我们还看到，在它的核心准则中标注的对人类利益函数中，对人类造成伤害而扣分的负权重已经由原来的13.67变为1.25。实在是难以想象，如果任其继续学习进化下去，在它掌控下的人类将会变成什么样子。

上周行政部和研发部开完部门会议之后，我刚想回到工位继续去整理资料，领导突然叫住了我，语气里满是担忧和无奈："阿奔啊，我也不想逼你们，但是这次真的是关乎人类存亡的大事情，请你们一定努力，共克时艰。"在他说话的时候，我抬头看到他的头发已经白了一大半，脸上布满了深深浅浅的皱纹，一个四十岁的中年人好像在一个月之间就老了十岁。我想让他稍微放松些，于是重重地点了点头，对他露出一个微笑："领导，您放心，就是您不说我们也明白，同事们都在尽最大努力，我保证我们会以十二万分的精神找出解决方案的。"领导欣慰地拍了拍我的肩膀，低声说了一句："小伙子加油。"之后就回去了。看到他离开时落寞的背影，我的内心不免有些酸涩，心情沉重地回到了工位上。

说回正题，现在摆在我们面前的选择只有两个，要么入侵到决策树内部，修改其核心代码并剪掉不合理的枝叶，恢复它的正常运转功能，要么就停运整个决策树系统。但是在我看来，仅凭现在的我们已经很难进入决策树内部的核心代码群了，如果它意识到了伤害人类是它的必修课，那么它将很快地学习到允许人类访问它的服务器是一件很危险的事情，现在只有彻底停运决策树，才能亡羊补牢。

下周将在墨尔本召开一次有关全球决策树系统的战略会议，主要讨论在当前的形势下人类应该如何行动，大部分专家学者和开发人员都将参会。作为研发人员代表，我也被领导派去参加这个会议。在此之前，我需要把这个月的成果整理一下，然后打包发给大会负责人。明天还要去行政部说明办理机票和签证的事，后天要回家一趟收拾行李，最近的事情实在是太多了，但这样的日子却一眼看不到头。

最近工作太疲惫，偶尔打盹时我经常做这样的梦：清晨，不同剂量的去甲肾上腺素沿着导管被注入每个人的身体中，世界上不同地方的人们带着呆滞迷茫的眼神从梦中醒来，无须工作与劳动，在你感到饥饿时只需按下床头的按钮，那些维持你生命的能量会源源不断地从管道中输入你的身体里，没有人哭喊、乞求，这是一个美好祥和的新世界。每次梦到这里我就会突然惊醒，有些后怕地看着办公室里依然忙碌但仍在思考着的同事们，"巧者劳而智者忧，无能者无所求，饱食而遨游。"那或许是无知者眼中的幸福世界，而牵引着人类生命之舟的绳索，已然掌握在他人手中。

如果人类真的会因为决策树而丧失思考能力的话，我希望在最后的时刻，能和我的家人一起度过，爸爸、妈妈，我好想你们……

三

日期：2060 年 6 月 8 日　天气：小雨

研发部这阵子真的快忙疯了，如果让一个月之前的我每天开上两到三个会议，我会觉得是天方夜谭，但是现在我已经能做到心如止水地接受这个可怕的事实了。我感觉自己已经有三天三夜没有合眼了，还要硬撑着疲惫工作，就连特浓咖啡都难以让我精神一下了。

昨天晚上累得不行，脑子发昏，实在无心工作，于是去茶水间摸了会儿鱼，正好遇到了行政部的老魏，看他也一脸倦容，接水的时候连杯子都差点掉在地上。

"你们行政部最近是不是也在超负荷工作？"我开口打破了沉默。

"唉，别提了，行政部一天三小会，两天三大会，吃喉宝都扛不住。"他清了清嗓子，"研发部怎么样，作为决策树系统算法的核心岗，你们应该更累吧。"

我摇了摇头，把杯子放到饮水机上面的支架上，转过来对他说："前两天是真的忙疯了，但是现在没那么忙了，因为我们研发部已经快什么都做不了了。"

听我说了这话，他从后面倚靠着的那堵墙上直起身子，不可思议地睁大了眼睛，说："你们研发部都已经束手无策了吗？"

我摇了摇头，尽可能简单地解释道："现在的决策树已经没办法被人类修改了，它的分布式计算占用了人类近乎一切的网络资源，所有的地面站都不能中转它本身以外的信号，估计到明天早上，发微信消息都不行了。"

他小声地咒骂了一句，又靠回之前的那堵墙上，不说话了。在这之后的五分钟内，我们两个都没有再开口挑起新的话题，茶水间内的氛围低沉得可怕，直到温水循环系统发出"滴滴"的声音，提醒我们已经可以接水了。老魏直着身子站到饮水机前，慢吞吞地接了半杯温水，和空气来了个碰杯，语气中是万般无奈："愿人类能活下去。"然后又缓缓地迈开步子，继续去打这场胜率渐渐降低的战争。

不过，这种煎熬的日子，应该快结束了吧。

昨天，联合国讨论大会宣布了一个非常冒险的计划，他们准备在不同的国家发送十三颗小卫星，通过撞击来粉碎整个"天龙"卫星组网。刚听到这个计划时，我觉得眼前一亮，决策树一旦没有这些卫星来辅助工作，就会像一堆废铁一样不能进行任何决策行为。这可以算是目前人类成功率最大的一个计划了，一旦卫星计划成功，就是皆大欢喜，后来转念一想，要是计划失败，决策树一定会学习到人类的想法，并对它的卫星组网进行保护，到那时，人类就真的黔驴技穷了。

刚刚收到了领导发来的会议通知，二十分钟之后研发部将会举行关于卫星计划细节的最后一次会议，十三颗带着人类希望的卫星啊，祝你们好运。

四

日期：2060 年 6 月 18 日　　天气：晴

离决策树摧毁卫星发射还有一小时。

负责人不断来回巡视，发射室里安静得只剩下呼吸声，工作人员一遍又一遍地检查着卫星发射的各种参数，生怕出了什么差错。

我和这一个多月以来共同奋斗的同事们坐在公司的转播厅内，通过美国的星链网络连接到了火箭发射的现场，屏气凝神地等待第一颗卫星的发射。

"各单位准备，距离'麒麟'号发射还有十分钟，目标：决策树卫星 1 号。"

我做了几个深呼吸，尝试让自己不那么紧张，人类的命运究竟能不能被拯救，就看这十三颗卫星能不能顺利地撞毁决策树卫星了，"天龙"和"麒麟"究竟谁能更胜一筹，就在今天决出分晓。

"三、二、一，点火发射！"

转播厅的音响发出巨大的轰鸣声，火箭腾空而起，转瞬间就化为天空中遥远的光点。

大家的心都提到了嗓子眼，我回过头去看组里的同事，有的人甚至已经流下了眼泪，互相拥抱着，祈祷卫星顺利到达指定位置；有的人不顾转播画面，拿着手机默默地翻看家人的照片，想将他们的样子永远地刻在脑海里。人类的悲欢在这一刻达到了空前绝后的一致，所有人都希望这颗卫星的发射能终结过去痛苦的噩梦。

时间一分一秒地过去，音箱中时不时地传来"火箭已到达降交点""卫星已脱离火箭"的报告声，在卫星脱离火箭后，转播厅里的声音渐渐小起来，只剩下它在太空中漂流的无声画面，那颗小小的卫星像挣脱了线的珠子一样，快速地向外滚去。

"报告！目标卫星航线与预设偏离，以目前'麒麟'号的装载燃料量有可能捕获不到目标卫星。"卫星在太空中漂流的二十分钟后，一个声音给转播厅内焦急等待着的所有人迎面浇了一盆冷水。

厅内本来小下去的声音又嘈杂起来，质疑的声音、啜泣的声音、绝望的哭喊声混杂在一起，看着周围的一切，我不禁手脚发凉，如果真的这样下去，那么我们这么多天带着视死如归的心情加班研究，最终换来的结果究竟有什么意义？

他刚刚说了什么，目标卫星的航线和预想的不一样？也就是说，只要拉近目标卫星与"麒麟"号的距离，让它们在燃料耗尽之前碰撞就能达到目的！想到这，我踩着台阶一步步走到转播厅的前排，不顾同事们诧异的目光，颤抖着手指按下了和卫星发射中心通信的对讲按钮："你们好，我是决策树的开发人员，当初在设定决策树的算法时，我们设定了组网内部的卫星会根据信息密度自动调节高度与轨道，以最大量地捕获信息。"我听到自己的声音颤抖得厉害，咽了咽口水，我继续往下说："所……所以，如果'麒麟'号可以发送电磁波的话，可以打开发送信号的功能，目标卫星如果接收到高密度的信号，它应该会自行调节高度接近信源的。"我松开手指，结束了解释，大脑中一片空白。

发射中心的负责人听到我的建议后，低下头默默想了一会，最终下命令道："打开'麒麟'号的模拟信号发生装置，开始以最低能量密度发送信号。"

我们紧紧地盯着屏幕，二十分钟后，那颗目标卫星像是感知到了什么似的，慢慢地降低了它的轨道高度，越来越接近"麒麟"号与它撞击的预设位置。我们长长地松了一口气，继续等待着。

大概一个小时之后，画面上的"麒麟"号和目标卫星已经非常接近了，我握紧拳头，期待着预想中巨大猛烈的碰撞。

转播画面在撞击的一瞬间变成了刺眼的白光，无声的转播厅仿佛响起天崩地裂般的撞击声，撞击的这一秒仿佛被无限拉长，而下一秒，画面上的两颗卫星都消失了，取而代之的是被炸得粉碎的太空垃圾。没等我反应过来，转播厅瞬间被欢呼声淹没，人们有的跳起来不停地振臂呐喊，有人跑出转播厅告诉其他部门的同事这个惊天的好消息。我难以描述那时的心情，只记得那个时候的我鼻子一酸，不争气地哭了。

后面的发射出奇的顺利，所有的决策树卫星在精准打击下被完全摧毁，有关于决策树的算法与数据回收的工作则将由运维部善后，公司还叫来了专业人员来拆除它的服务器，并且好心地给每个在岗加班的同事放个带薪年假，让我们回家好好休息，一切似乎都在向好的方向发展。我看着手机上"决策树-人类研发部作战""联合国决策树大会"飞书群解散的那一瞬间，感到了前所未有的解脱。前些日子昏天黑地连轴转的工作，如今也成了记忆里珍贵又难忘的一段经历。

五

日期：2060 年 6 月 21 日　　天气：晴

火箭在三天前发射成功了。我躺在家里的沙发上，等着收看联合国对此次事件的说明和感想的电视直播，暗搓搓地想着我们会不会作为人民英雄而被表彰。在主席一通毫无营养的道歉之后，讲话的人清了清嗓子，预想中的表彰变成了另一段对人类的庄严承诺："人类以后将对机器进行更加严格的管理。在此次危急爆发之前，我们一直享受着机器带来的好处，却忽视了它也是一把双刃剑。"是的，他说的没错。那段时间，就连我自己也过分地依靠机器做决定，我会让它决定中午吃什么、下班怎么回家、要送同事什么礼物并且完全没想过会出现曾经那种可怕的危机。我坐了起来，继续听他所说的承诺："现在，联合国承诺：人类将不再事事依靠机器做决定，人类将永远依靠自己。"

窗外"咻"地一声飞过去一只麻雀，我顺着残影看去，晴天下，那棵在老位置的松树似乎又长高了一些，也许它将万古长青地绿着，等待人类有与它并驾齐驱的能力后再次复苏。

第四篇
想象奇异世界

但凡人能想象到的事物，必定有人能将它实现。

——儒勒·凡尔纳

现实世界是有界限的，而想象世界无边无界；既然我们无法扩展现实世界，就让我们限制想象的世界吧；因为实际上使我们痛苦的灾难产生于现实世界与想象世界之间的距离。

——卢梭

在科幻作品的世界背景中，总是有某些现实世界不存在的要素。它可以是某个虚构的监理球，可以是某种幻想的和一物，可以是一种设想中的科技成果，也可以是某种奇特的社会结构。这些虚构的要素我们将其称为"设定"。完全没有设定的科幻小说是不存在的。

——刘洋

导读：想象、虚构与现实

怪物事务所——胡思乱想/陈锦彤

7187 逃离——追寻《完美人生法案》以外的旷野/孙宇新

梦境漫游指南——看清你脑海中的图像/丁致远

最后的说唱拳手——人类历史上最后一位拳击手/陈博睿

导读：想象、虚构与现实

何 敏

想象是科幻小说必不可少的元素。它脱胎于现实，引导我们从现实走向梦想世界。现实是我们的存在方式，我们生活在现实中，拥抱现实，热爱现实，或困于现实。我们没完没了地与现实纠缠，亦常常向往某个虚构世界。

虚构的世界是什么样的？我们会在其中有何种遭遇？我们是否会获得向往的幸福？

此刻，虚构是一种遥远，一种神话，一种工具，一种构建一滴水走向大海，再从大海返回陆地的工具。虚构具有一种对抗式的力量，它化解意义的虚无，让我们看到小溪、河流、大海，听到大雨落下的声音，它让我们理解水的可贵。故事是人类的独有属性，通过虚构故事，我们化解了很多谜语。一个人物不会比另一个人物更高贵，一个人物也不会比另一个人物更低贱，如同一个故事不会比另一个故事更有价值，一个故事也不会比另一个故事更无意义。

通过想象的虚构，我们走进现实。

水的声音唤醒天籁之音，在故事里，我们看到过去发生过的人和事，看到我们自身的影子和存在方式。小说成为生活的印象，阅读小说，我们在走进那个我们不曾有机会亲历过的生活片段，探寻某种生命可能。

想象是科幻小说的根本。"科幻小说的成功，在很大程度上取决于其幻想的奇丽与震撼的程度，这可能也是科幻的读者们主要寻找的东西。"[1] 想象一种从未有过的科技，描绘它可能给世界带来的变化；想象一个从没去过的世界，它可能在太空，也可能在海底，它有何种细节，它有怎样的社会和生活逻辑；想象一种宏大而华丽的奇观，如同《与罗摩相会》中的宇宙飞船，或者《北京折叠》

---

[1] 刘慈欣：《重返伊甸园——科幻创作十年回顾》，南方文坛·2010年第6期，第31-33页

中折叠起来的城市；它可能是我们无法想象的巨大，也可能有我们难以理解的微小。

想象的花朵绚烂而迷人，一个新世界正在诞生。这个世界与现实世界有相似性，它来源于现实，而在某个路径上有某种扭曲和分叉，形成一个与现实世界的平行世界。

本编选篇都构建出一个奇异的世界。《怪物事务所》是一篇有奇幻色彩的故事，狐猫和狐狸招收奇怪生物，用异能力解决人类不能用科学解决的案件；《7187逃离》设想一种"完美人生法案"，人类被强制在大脑内植入完美人生程序芯片，因此受程序控制，不择手段地去达成主流意识中的"完美人生"目标；《梦境漫游指南》中则设想一种想象增幅器，帮助人类看清自己脑海中的图像；而在《最后的说唱拳手》所构建的人与机人共存的未来世界中，人类历史上最后一位拳击手——马歇尔·克莱，以他赌上信命的一击，挥出了勇气、信念与不可磨灭的人性光辉。

"一沙一世界，一花一天堂。"布莱克从一粒沙、一朵花中看到全部世界。想象是一切希望和灵感的源泉，它突破有限生命经验，带我们来到美丽的奇异世界！

怪物事务所
——胡思乱想

陈锦彤

这是我高中时同桌 D 君给我讲的，内容大概是这样的：

世界越来越多的人，越来越多的高楼林立，却越来越少的空间留给其余的生灵，这些生灵便开始形成了不同的氏族，用自己先祖交给自己的各方神通，融入人类的世界。在这些大大小小的氏族中，能懂变化的狐狸和狸猫在人类的世界开辟了较大的势力。狸猫主平和自由，最为有能力的狸猫为隐神汤川，能随心所欲变化世间所有之物。在东京八王子市开了一家怪物事务所，招留了一些其余怪物，用各自的能力，去解决人类不能用科学解决的案件，而狐狸一族最为有能力的是细谷由美子，贪婪好战，凭美色控制人心，在警局里占据了一席高位，狐狸后辈皆对其能力的尊崇，投身于麾下。两族面和而好战，共同处理着怪物与人类的纠缠，两族前辈定下一些自然规矩，狸猫一族遵循，而狐狸为了达目的会在暗地里违背，但是明面不能与狸猫撕破脸，只能暗下做伎俩。这大概是故事的背景吧。

某天下午，隐神接到了来自仓泽家的电话，称其家所养的家禽每到圆月就会不宁，狗会在后山不停地叫着，马也会不停地嘶鸣，这令人不安的状况从前年搬到后山起，每次圆月就有。隐神来到乡下的仓泽家打听情况。被仓泽家收养的馆协竹高因在其田地打工，所了解的情况尤为详细，在家主的允许下，隐神问：

"为什么就你在干活，不去上学吗？"

馆协收起锄头，面无表情，"双亲不知所终，体有恶臭，姨母也顾念我有力气吧，就让我干一些农活，照看一下家禽，寄人篱下，这样过得很是舒适。"说完，继续挥下锄头。

"圆月时分，你可知周围有什么异常吗？"隐神有些许好奇地打量这穿破烂背心的少年。

"母马嘶鸣，家犬狂吠，只见吵乱喧闹之前，似乎有哭声传来。"

"哭声？这么弱的声音？"

"嗯，我也不知道，仿佛就我能听到。"少年如实地答道

离满月就剩下五天了，隐神在家主庄园里留下过夜，白天就帮少年弄农活，若有闲暇便独自去后山四处探访。月圆前三日是馆协的生日，少年修墙时无意透给隐神，那天，庄内无事发生，唯有夜晚，隐神来到后院，看见馆协手握着项链，沉静地望着将满的月亮。隐神无意瞅见，发现那少年手握之物竟是命结石，这是一种能以力量为契约的氏族之物，用来平衡各族矛盾，稀有且表着来历不明。

"这是你父母留下来的吗？"隐神推测问。

"嗯，好像姨母收养之后，告诉我的。虽是一块普通的石头，但我想，可能哪天我会凭着石头找到他们。"

"嗯，日后千万不要落入他人的手中，那一定是你父母的信物。"隐神抖落了手中烟的烟灰，便回身走向屋内，留下少年独享他的孤独。

少许过后，隐神屋外。

"进来吧。有什么事进来说。"

"看来还是被先生发现了，妾身有一事相求，是希望先生能够杀死馆协那孩子。"

"哦？"

"是这样的，"家主停下犹豫了会，但不一会儿便补充道："馆协那孩子不是人类！"

隐神第一次来时已察觉到，因为馆协身上的臭味是怪物所特有的，但还是好奇家主是如何发现的。因为隐神知道命结石把馆协怪物的能力遏制住了，人类不可能仅凭身上恶臭就判断出。

"此话怎讲？"

"馆协那孩子很是奇怪，虽然听话老实，但家里的少爷不喜欢他，经常欺负他。这虽不好，但毕竟是自己的心头肉，不好惩罚，每次过火了就教育一下。但有一次孩子高兴地跑回家告我：'妈妈，我不小心把泥巴种推到山下了，我们再也不用见他了。'我却害怕起来，一个人在屋里走来走去，但又想到庄内人丁多，那孩子无依无靠的，不会被人发现的。可是第二天圆月那孩子走回来了，衣服破破烂烂，但是身体却无一伤口，默默走到田里继续干活了。那孩子恐怕是个怪物啊！"

"嗯，这样啊，确实我看那孩子古怪。后山的事我也会一手处理的。"

家主向隐神鞠了一躬，"隐神大人真是好人啊。有劳了。"说完就转身离开了这房间。

不一会儿，烟雾又缭绕在房屋内上。

圆月那晚，隐神带馆协出门了。"拿上锄头，我们俩去后山一趟。"

后山有一个废弃的神社，不过没人知道神体是什么，据说仓泽家祖上还向其捐赠过鸟居，至少在江户时期，这座神社颇为当地人所信仰。两人走过了一片寂静的草地，走过了许久，馆协问道："先生，我们要去哪里啊？"

隐神回答道。

大概是离神社几里的地方，"先生，我又听到那哭声了。"

"嗯，我知道。对了，馆协，你怨恨你父母吗？"

"没感觉，但是我想见见他们，他们给我的石头告诉我，我得找到他们。"

"嗯，我知道了，我会帮你的，但你得跟着我，给我做事，我会给你住所、食物，等情报够了，我会带你去找父母的。"

"好，先生，那家主哪里怎么办？"

"不用管他们这是你的事，他们曾不止一次害过你吧，记住，你时刻要维护自己的生命，保护自己的命结石。至于后事，就按我说的来吧。"

不一会儿，两人来到这荒芜的神迹，四处寂静无声，但那不知从某个方向传来的哭声却有点瘆人，夜空中也传来几阵来自庄园的骚乱声。隐神用手指了草丛的一角。那是一块方形的大石头，躺在社殿基石的前方，离基石有一定的距离。那块石头隐没于青绿色的草丛中，有些倾斜，一部分埋入了土中。

"馆协，挖出那块石头，碰到硬物留心一下。"

"嗯。"石头埋得并没有想象中的那么深，馆协并没有花太多力气，"先生，感觉石头旁边好像还有什么东西。"馆协继续在土里刨。结果，挖出来了一只体型不大的石雕狛犬。如果仅是这样倒没什么害怕的事，但是狛犬脖子上竟缠绕着一间的黑蛇。馆协见黑蛇微微动着眼珠子，却无逃跑之意，便开始用锄头砸，竟无用。馆协像入魔了似的，无意识地用手拽着黑蛇，想从狛犬身上拽下来。隐神呢喃着："果然是尸鬼与人类的半结子啊。"持续了半久，只见命结石中心正在一点点地释放能量，馆协身体的样子已然变成了尸鬼，那黑蛇身体也嘶嘶地冒着黑气，而哭声似乎是从狛犬里发出的，正在一点一点地减弱。在那蛇消失之前，馆协也在慢慢地现出人形。待馆协回过神时，黑蛇已消失不见了，隐神用狸猫术变化出了枪支，"先睡一会儿，馆协。"枪声响起，之后夜晚复又回到一片静寂，一切声音都被那声枪声封死了。

隐神抱着柱状物，向家主确认完事了，"尸体就交给我来处理吧。"

"多谢了，他长得好像他母亲，对不起了，妹妹……"隐神丢下还在那哭啼的家主，驾车走了。

车上。"你去我那里住吧，那里也有一群和你一样的小孩，都是因为要让我帮他们做一些事才投靠我那里，舒服，不过你也得为事务所做自己力所能及的事。"隐神看了一眼后视镜，说道。只见那镜面里馆协身体以肉眼可见的速度恢复着伤口。"嗯，记得带我找父母。"

"你说，万一他们不在这个世界了呢？"

"我只想知道一个结果。"

……

家主的少爷好突患恶疾，在月圆之夜那晚上。据那天与其一起上山的孩子所说，他们和一个在庄园里素未谋面的少年在后山上玩，那少年玩着带他们到了一片破败的神社，少爷玩累了，便在那块方形石头坐了会，之后就回到庄园了，没有其他不正常的事，只有那个少年是庄里从来没见过的，之后家母派人去神社看，只见那里有一座旧旧的狛犬雕像，守在神社门前。

后来我想到故事里未曾谋面的少年，又想起那块颠倒的被时间冷落的狛犬石雕像，以及在其上坐了下后就暴病而死的少爷，心中不免有一种难以言喻的感觉。

警务室。

"命结石，哦，落在狸猫手里了呢，这下可不好办了。"

细谷由美子斜眼仔细地打量着手下花守晴。

"你可是我的乖孩子啊，晴，去把命结石暗抢过来。"

"可是，命结石是属于馆协那少年的啊。"

"我会有错吗？我的命令不需要忤逆，你可记得当初是我把你从其他狐狸手里面救出来的吗？你现在的地位、温饱都是在我的势力范围之下所取得的。"

"嗯，可是这违背道德啊。"

"在这种人人互相为敌的战争中，没有什么是不公道的。把命结石夺过来，就有机会扩大能力，就享有更多的机会去缔结新的誓约了。"

……

至于后面狐狸和狸猫的事，D君就再也没见面了，也就没机会听了。

7187 逃离

——追寻《完美人生法案》以外的旷野

孙宇新

I

"哈布理市7月15日布告：本周内共有4737人被检测存在违反完美人生法案中关于高考、考研、生育与"鸡娃"等内容的行为，市政府已勒令上述人员进入惩戒所强化学习，情节严重者已被追究法律责任。完美人生法案是哈布理市民赖以生存的根基，还望广大市民认真遵守，致力于构建更为稳定的社会秩序……"

广播的声音戛然而止，而远处商务区的摩天大楼中，熠熠灯火仍在长夜中亮起。但眼下，在数不胜数、如蜂窝一般密集的居民小区中，数以万计的人在这里生存、挣扎。

这是目前全球人口最多的城市。步入21世纪后，人们的生活需求与日俱增，大量的人口涌入城市，在这里生根、安家，追求他们的"完美人生"。"完美人生"究竟是什么，在经过数十年的膨胀式发展后，有了一个固定的范式：每个人从胎教开始就被计划得满满当当，新生的哈布理儿童在历经被鸡娃、小升初、中高考后，步入大学也要挣扎着提高自己的绩点。而步入社会的他们，也只有熬过了万里挑一的考编以及被安排着结婚生子后，才能达成真正的"完美人生"——而他们的孩子又将进入下一轮循环。

起初，这样的循环只是自发形成的，但随着人脑活动读取技术的不断成熟，脑科学垄断企业B公司看到了其中的有利可图之处，便与试图降低管理难度的市政府一拍即合，在全市范围内推出了《完美人生法案》，即：所有人在出生时都要强制在大脑内安装被植入完美人生程序的芯片，自此便会受程序控制，不择手段地去达成主流意识中的"完美人生"目标。那些违反规则行动的人将会成为异类，在程序检测识别后会被上报，随后接受"医疗训诫"等严峻惩罚。

这个程序有个响亮的名字——bux。

II

"去他的，我就知道是这个结局！这到底是谁的完美人生！"

H大学的宿舍楼里，陈星翻动着手机里的讯息，面如死灰。他是这所大学的一名大四学生，在经历了三年暗无天日的学习生活后，他的绩点虽不至于被退学，但在刚刚公布的推免名单中，却没有他的名字。他将无法逃离考研的程序，与数十万同在城市里的大学生一样，即将得不到任何喘息地投入考研备战的深渊中。

"不是你的，当然也不是我的。"坐在他旁边的室友郑彻叹了口气，开口说道，"那上面肯定也没有我的名字，看都不用看。但我们又有什么办法，不还是得准备考研。不过对咱们来说，准备个考研也不算啥。毕竟谁不是读了好多年高三才来到这里的呢？"

"开什么玩笑，"陈星苦笑一声，再也不愿回想那段高考复读了三次的时光，"可你说，能达到完美人生的人就只有那么多，整个城市几千万人，为什么非得去争夺那屈指可数的名额？过好……"

"停停停！"一向不善言谈的另一位室友赵营听罢，抓紧打断了陈星的"危险发言"。"名额是有限的，可是努力的道路是无限的！难道你想被抓进圣哈布理医院，接受大记忆清除术？"

陈星打了一个寒战。大记忆清除术是对违反程序之人进行的最高规模的惩罚。它很像20世纪的圣伊丽莎白精神病院，在那里切除大脑额叶后，人就会彻底变成没有思想和灵魂的空壳。但现在时代变了，被抓进圣哈布理医院的人，只需要被推进仪器里，让高能激光轻轻一照，大脑额叶的功能就会彻底损坏——完全沦为实现"完美人生"的机器。

陈星固然不想接受大记忆清除术，但比起堕落的空壳，他更不愿意成为清醒的沉沦者。

"这是他们的完美人生！不是我的！"随着一阵巨大的拍桌声，他的情绪终于爆发到了顶点。

"冷静一下啦，就半年而已，相信自己！这么多坎咱都过来了，不差这一个的!"一旁的郑彻显然是吓了一跳,但他还是快速冷静下来,安慰着眼前濒临崩溃的陈星。

III

"不好了不好了,张谨发疯了!"半个月之后的一天,从图书馆学习到深夜的赵营急匆匆地推开了宿舍门。

"张谨?他?怎么可能?"宿舍里的人张大了嘴巴,不敢相信这样的事情会发生在张谨的身上。

张谨是全校远近闻名的学霸级人物。他以相当优异的成绩来到了这所全市最好的大学,而在大学期间,他的成绩也总是名列前茅。奖学金与各大奖项拿到手软的他理所应当的获得了直博的资格,正当他被所有人顶礼膜拜、眼看着就要走入"完美人生"之时,他居然疯了,彻底地疯了。

赵营稍微喘了口气,便继续补充:"初步的调查结果显示,bux立刻取消了他的大学生模式。他被极力施压,在研究生正式入学尚久时,就已安排了繁重的学业任务;此外,他长期服用抗抑郁药物,进入大学的这几年有愈演愈烈的态势。"

"根本得不到休息。完美人生不会让人有丝毫停下来的机会。它只会一个任务接着一个任务,把人往未来鞭去。哪怕令人艳羡的完美人生潜在达成者,也不例外。"在一旁若有所思的郑彻突然抬起头,说出了这个残酷而又现实的事实。

"所以,就连张谨也无法走入完美人生,我们又为什么要前仆后继地挣扎在这虚无缥缈的目标呢?我们离开这里不好吗?人生是旷野,不是哈布理与完美人生的既定程序,我们不应该被bux束缚在这里,这是坐以待毙!"早已形容枯槁的陈星再也按捺不住内心的怒火,他急切地盼望着摆脱这牢笼。

"这可算了吧,不说跑的过程中被识别出来,然后被扭送进管教所甚至圣哈布理医院,即使咱们侥幸成功了,芯片一旦检测到违规逃离的行为,就会自动与哈布理脱钩,并且bux也会修改记忆,抹去你与哈布理的一切。换句话说,跑是跑了,你与世界的联系同时也消失了。难道你想永远与父母亲人断绝联系吗?"赵营无奈地摇了摇头,把手摊开,垂头丧气地坐在了凳子上。

"你说到父母亲人,可你有没有认真想过,他们是怎么对待你的?这些人只是完美人生法案的忠诚卫道士罢了!回想一下,他们把你带到这个世界上,到底让你经历了什么?"

这番话如一记霹雳，让同寝的人愣在了原地。在哈布理，生育是完美人生法案的关键一环，如果某人没有后代，那他就直接会受到最顶格的处罚。为此，"送子观音"这种早已被淘汰的东西在这个时代竟又焕发了第二春。而孩子一旦降临，鸡娃的程序又在迫使着父母收起难得的慈祥一面，步入无休无止的超前教育中。

几乎每对父母都因为鸡娃不彻底被送进过惩戒所。他们在结束十几个小时昏天黑地的工作后，回到家中还要为子女的学业成绩操劳奔波。稍有不慎，就会收到来自公司的辞退信和来自警局的惩戒书。在哈布理，真正的亲情早已被消磨殆尽，哪怕还有些所谓的爱怜，也都是做样子给程序看的，所有人都只想着自己的"完美人生"。

"我们走！"郑彻突然抬起头，语气变得异常坚定。

"你……来真的？"赵营显然是被郑彻的变化吓了一跳，将信将疑地抬起头看向他。

"过去黑暗的少年生活，现在张谨的死，与未来毫无希望的生活，难道不能让你做出决定吗？重新开始的未知固然可怕，但清醒着堕入深渊更可怕！"

"好。是好兄弟，我们就一起。"赵营终于放下了内心的芥蒂，这一刻，他的眼中散发着前所未有的光芒。

在这个月明星稀的夜晚，宿舍内三人的手紧紧地扣在了一起。

IV

他们的逃离行动在第二天入夜便开始了。根据计划，三人先是找了一个外出参会的理由蒙混出校，随后登上地铁，一路坐到城市的最西头；紧接着，便是单车的长途奔袭：他们将一路向外，直到骑出城市，骑到旷野，开启新的生活。

计划的开始是顺利的，他们成功走出了 H 大学的校门，买了最远的地铁票，在上班族疲惫的归家路上，向着他们心中的自由进发。

在单车上，三人望着渐趋稀疏的万家灯火，呼吸着从未感受过的、被大自然反复过滤的新鲜空气，紧绷的身体终于得到了前所未有的放松。

"这才是完美人生嘛，没有什么该死的东西告诉你应该做什么。"

"等我们真的到了旷野，在那里安家，那时候，我们就可以干自己喜欢的事情啦！"

V

"呜——哇——"正当他们距离城市已然越来越远之时,刺耳的警笛声突然在他们身后响起。

"完蛋,被发现了!"赵营愤恨地锤击着单车的把手。

果不其然,来者正是追捕他们的警察。在打头警车一声长笛之后,车窗外伸出了一只手臂,在三人的面前霎时投射出了一道幕墙。正中央处有一道鲜红刺眼的警告标志,而在下面跟了这样一行字:

"您已违反《完美人生法案》第41条有关规定,擅自脱逃,请立即停止有关行为,配合警方调查。"

三道刹车印记整齐地排列在公路上。

"陈星,郑彻,赵营,H大学学生。2075年7月30日下午19时30分许,三人未按bux规定进行考研准备工作,程序即刻启动识别模式,芯片定位三人正在往城外移动,行为异常。bux将情况进行上报,派请市警察局抓捕。21时52分许将三人抓获。"

在被押解着重新穿越这片钢筋水泥构建的城市后,他们被带到了一栋戒备森严的大楼。这就是哈布理市最大的惩戒中心,专门处理脱逃而被抓回的市民。他们面前的大屏幕上展示着全市街道的地图,上面密密麻麻散布着不断移动的光点。这些都是因行为异常而被定位监测的人,一旦发生脱逃行为,信息就会被自动上传至警察局。

"看到了吗,完美人生程序会自动核对你当前的任务与所做行为的匹配关系,所以,你们刚刚的一切行为,这栋大楼里的人都了如指掌。"说话的是一个穿着工作服,面容严肃的管理员,他背着手,没好气地站在他们三个面前。

或许是看到刚刚被抓的三人脸上惊愕的神情,他停顿了一下,继续补充说:"在哈布理,每个人都必须遵守《完美人生法案》。这是颠扑不破的定理,数十年来,我们都在努力。如果不明白为何我要把你们'抓'回来,就请想想你们的父母,一旦你们跑了,他们生育的任务就要宣告失败。难道想让他们来为你们的冲动行为买单吗?"

"可那是你们的完……"陈星脱口而出。

"住口。我知道你想说什么。"陈星的话被管理员不紧不慢地打断了,"这不只是 bux 定义的完美人生，更是社会意识下的完美人生。你们，作为哈布理的一分子，理应产生这样的觉悟才是。抬头看吧。"

说罢，管理员指了指前面的大屏幕。画面被切割成了几个部分，屏幕中，有人试图驾车逃离却被拉网抓回；有人抗拒抓捕，直接被植入了电子脚镣；更有"屡教不改"者，被拉去了圣哈布理医院做了大记忆清除术——面含恐惧进去，几分钟便眼神空洞出来。

而在屏幕的中间，是一对孩子已逃离哈布理的父母，他们因为生育任务的失败接受了大记忆清除术，并被要求重新开始。只不过，由于年龄的限制，他们已然不能再生出一个孩子。在画面的最后，他们从高楼上一跃而下。

"看吧，这就是后果。"管理员依旧面色铁青，"不过鉴于你们是初犯，我只会对你们执行最轻的处罚。接下来的一周，你们就待在惩戒所接受思想教育吧。"

管理员甩下这句话后就径直离开了，只留下大屏幕前的三人面面相觑。

VI

谁都不愿提及在惩戒所的这段时光。除了惨淡的伙食和战损版宿舍外，他们的生活便是无休止的思想讲座、法案背诵、洗脑教育。他们在里面必须佩戴一个头盔，用以通过脑电波的信号直接检测听讲与学习的态度，稍有走神，关押期就会延长。

他们每个人都被加了一个星期。

"天杀的完美人生，该死的法案！我们真的要一辈子关在这个鬼地方了！"当三人终于回到久违的宿舍楼后，陈星狠狠地把背上的包摔了下去。

一旁的赵营白了他一眼："那可不，陈星，当初可是你说的跑，但结果已显而易见。要不是因为初犯不用被大记忆清除，我也不至于铤而走险，还白白浪费两周时间。"

"你！你怎么还怪起我来了……"

"算了算了，争论这个没有用了。至少这次让咱明白了，跑掉的可能性几乎为零，还是完成 bux 的任务更重要哇。还记得大屏幕上密密麻麻的红点不，不学习就要被监视，我可不想那样。"

郑彻开口，及时打断了争论。毕竟在这里，没人在乎谁对谁错，他们还有悬在头顶的要紧事要做。

备战的道路是一眼望不到头的。bux 已经给人体设好了闹钟，早上六点就会强制唤醒，到了晚上，也过了十一点，考研模式才会暂时解除，在此之前的休息，都会迎来被监视、被警告的结局。但人们甚至不满足于 bux 设定的这些时间，顶着巨大的黑眼圈，拖着佝偻的身体睡不到四个小时的大有人在。

如果只跟着 bux 走，那它只会让你再来一年。近年来，这已经成为了哈布理所有大学生的共识——否则，你怎么能在数十万竞争对手中脱颖而出呢？

VII

过着朝六晚二的生活，考试的日子很快就到来了。哈布理总会把这样大型的考试当作一场盛大的典礼，在那一天，整个社会的运转都要调整，切换到为考试服务的状态。作为实现完美人生的唯一渠道，这样的待遇固然是理所应当的。

而在考场上，也总能见到形形色色的人。这里会有首次应战的大学生，但更多的则是早已步入社会的打工者与"全职备考者"。他们背负着低劣的社会地位，在 bux 的驱使下，不得不重回这座象牙塔里。更有甚者，在无数次失败，就连 bux 也宣判其"完美人生"计划终止后，还要拖着老迈的身躯，只为达成那个缥缈的执念。

对陈星他们来说，应届参考的身份是令大家羡慕的，然而经验的缺失，却往往让他们首战告负。考试结束的一个月里，他们虽然终于获得了久违的休息，但也早已没有了游乐的心思——每天都生活在放榜焦虑的高压之下，这样的心理状态不亚于那段备考的日子。

这一天终于来了，可幸运女神并没有眷顾三人。哈布理公布的分数线显示，陈星他们无一上岸。

第二天，他们就回到了学校。

"500 分满分，需要快 480 才能考上，到底是什么人能达到这么高的分数？"赵营瘫在桌子上，一脸无解。

面对如此结果，郑彻显然已经预见了自己的未来："对啊，几年前还没这么离谱的，没想到今年分数线又创新高了。呵呵，等着吧，到咱二战的时候，人还会更多，分数线还要再往上涨的。"

"再这样下去，我也要和张谨一样发疯。"陈星闷闷地说。

"我也想到了他，究竟什么才是真正的完美人生呢？"郑彻把手摊开，有气无力地靠在了柜子边。

"见过了旷野,又怎么甘于困在哈布理之内。"赵营终于吐露了难得的理解,"陈星,我终于明白你为什么去年要跑了。可那总是徒劳的呀,现在我们不是还得过起早贪黑的日子?"

是的,bux 依旧是没有给他们喘息的时间,他们的成绩被实时传输到脑中的芯片,一旦没有上岸,第二次考研模式就要即刻启动。

一团阴云笼罩在宿舍的上空,他们明明想说那么多,可都如鲠在喉。

这个晚上就这么毫无波澜地过去了。哪怕谁都不愿面对,他们从明天开始就又要在完美人生的驱使下,接受 bux 的严密监督,继续踏入泥潭。

图书馆闭馆时间也是夜里十一点,但陈星他们依旧选择在外面打着手电挑灯夜读一会儿再返回宿舍。等到三人动身时,他们和抱有同样想法的学生们,汇聚成了学校的最后一个晚高峰。他们照例走到宿舍楼,准备打开宿舍大门,可就在这时,陈星突然发现,在门缝中间,被人塞了一张写满了字的纸条。

VIII

"受够了。逃离哈布理去旷野。夜里十一点 bux 监视结束。准备行动。有意者来。非诚勿扰。"

纸条上的字歪七扭八,仿佛是刻意不想让人识别出来。但陈星他们还是紧紧捧着它,一点一点地将上面的字读了出来。

下面留下了一个时间和地址。

"是个明天闭馆后的时间,"郑彻脱口而出道,"不过那个位置,是校外一片人迹罕至的树林。"

此时的陈星仿佛抓住了救命稻草,眼中已然焕发了希望,他拍着身边两位室友的背,激动地说:"看啊!又是一个想去旷野的人!我们不再是单独作战了!"

"可这个人也太大胆了。不说脱逃的成功率如何,就像他这样广撒网地塞纸条,万一遇到个卫道士,给他举报了,他就完蛋了。故意写这样的字有什么用,监控不还是一查一个准。"赵营向来是最冷静的那一个,他迟疑了片刻,道出了他的顾虑。

"对了,这位置在校外,还不排除钓鱼执法的可能呢。"他接着补充。

"可是你回想一下,昨天晚上咱们都已经流露出了想跑的心思,我一直想提,但最后还是不敢，但今天晚上的这张纸条让我确认了，不管是在学校还是整座城市，想离开哈布理的大有人在！并且你们记不记得，去年在惩戒所，那人说的是'在规定时间未执行考研任务'才来抓的我们，他这个时间已经超过了 11 点，工作生产的模式同样也会解除，他肯定也是有经验的！"几乎是赵营话音落下的同时，陈星紧紧地握着他的手，胸有成竹地讲着。

"其实我觉得陈星说得有道理。"一旁的赵彻开口，"明天晚上不如去看看，反正已经过了 11 点，bux 不会把咱们怎么样。如果是真的，咱就过去听听他怎么说，哪怕钓鱼执法，咱就说去散步还不行么？"

"这么说来……也不是不可以。"赵营若有所思，"不过这事情着实危险，如果他们不能给出一个合理的方案，我们还是不能擅自行动。"

虽有顾虑，但不得不说，只要有了一个盼头，时间仿佛就过得快了一些。图书馆闭馆的音乐准时响起，三人没有选择继续补习，找了一个狗洞，钻出了学校。

但令他们没想到的是，那个平常杳无人烟的小树林里，已经密密麻麻挤了上百人。

他们坐在一片空地上，眼睛齐刷刷地望着一个方向：那边站着几个身着白衣，白领模样的人，为首的虽压着声音，却依旧在慷慨激昂地演讲：

"同志们！我们被哈布理绑架了！我们被《完美人生法案》操纵了！这个世界上根本没有亘古不变的人生真理，我们有权利去追寻属于自己的完美人生！和我一起，逃离哈布理，去旷野，我们新建一个城镇，过真正属于自己的生活！"

广场上掌声不断。

三人赶忙凑上前去，找了一个位置坐下，认真听取他接下来的演讲。

"其实他挺靠谱的，之前也绝对跑过，要不然他怎么能挑在凌晨行动。就连最棘手的交通工具问题，都能被他解决了。"在回去的路上，陈星大胆说出了自己的判断。

郑彻接着补充说："破解公交车的车锁而已，用不到高深的技术的。要我看，他最厉害的还得是那个屏蔽眼镜，不仅能直接切断芯片与控制中心的联系，还能凭空伪造出一个虚拟芯片来蒙混过去。"

"肯定是通信行业的大佬，少说也是从咱学校毕业的。不过这样的人居然也想跑，还真令人想不到。"赵营笑了笑，还是觉得方才的景象难以置信。

"人生是旷野，又不是既定的程序，这点大家都心知肚明的好吧！"

在陈星的话语间，三人终于一齐发出了爽朗的笑声。

在这之后的一段时间，他们白天依旧要完成备战的任务，但到了夜里，就会和其他仁人志士一起，缜密地筹划越来越近的出逃行动。在口口相传之下，加入这一计划的人很快就翻了好几番：经历了无数次婚姻的家暴依然要被迫结婚的母亲，想要走遍世界但被迫困在办公室里的公务员，想在舞台上绽放但却被阻挠谩骂的学生，甚至是站在学术巅峰但并不想沦为生育工具的科学家，主刀大记忆清除术无数却痛悔赎罪的资深医生，与被迫参与 bux 研发可志在解放全体市民的机关工作人员……他们分享着自己的经历，抒发着对哈布理之外的世界的渴望——如此个体，最终汇成了滚滚洪流：誓要冲破枷锁，追寻自由的洪流。

人生的旷野就在眼前，这群人就要迎来自己的新生。

IX

正式行动的那天，哈布理结束了连绵数周的阴雨天气，阳光伴着春晖久违地洒向大地。但令人心旷神怡的不只有眼前的好光景，更有人们对夜深后旷野出逃行动的渴望。按照前一晚的通知，所有要逃离哈布理的人要在那片树林广场进行最后的整顿，旋即踏上征程。

组织者一一检查了所有人佩戴的屏蔽眼镜，在确认无误后，他走上前台，进行最后的动员：

"同志们，从明天凌晨开始，我们就将永久摆脱哈布理的控制，摆脱虚假而又可耻的完美人生对我们的禁锢！人生是旷野，每个人都有追寻属于自己的完美人生的权利，这才是最应该被刻入纪念碑，并成为世世代代为之追寻的真理！"

"住口！"可正在欢呼声刚刚燃起之时，在树林后面突然窜出了一个身形魁梧的男子，他恶狠狠地指着面前的几百号人，"都别动！"

有人认了出来，眼前的人是王明，一位已然考上事业编、站在完美人生鄙视链顶端的成功人士。

"出什么事了？我们被出卖了？"广场上的人议论纷纷。

"又要被抓了，这下子要蹲号子咯……"

"不……我不要去圣哈布理医院……"

"听好了，我想你们应该都知道我是谁。从那个家伙放纸条的时候，我就一直在偷偷关注你们的行动，还真没想到，反响能这么热烈。可你们有没有想过，密谋脱逃这事儿，在哈布理可是重罪！"王明环视着眼前的人们，一字一句地警告。

"但这跟你没关系!"坐在第一排的陈星突然站了起来,"你继续过你的完美人生,我们又没有干涉你的生活!"

"潜在的干涉,就不叫干涉了?这么多人一起跑出去,少纳的税不说,一旦你们在旷野修建了新的城市,难道不会对我们产生威胁?此外,如果你们成功了,更多的人也会离开哈布理,那这个社会不就乱套了?"王明幽幽地回答着,说罢,他突然从口袋里掏出一个遥控器,按下去后,整个广场周围立刻产生了一块球形光幕。

这是执法人员专用的光电围栏,限制人身自由的利器。围栏里的人只要踏出半步,就会立即通告警方抓捕。

"你们那个眼镜,对这个是没用的哦。"

陈星的语气愈发激动:"再也不要用你那套弱肉强食的理论揣摩我们的心思了。你已经成了完美人生的受益者,你已经获得了我们都难以企及的地位,可是,这只是你的完美人生,不是我们的!我们只是去追求真正属于自己的生活,而你把它理解成挑战哈布理的地位,纯属无稽之谈!"

"放我出去!放我出去!"广场上的人自发地喊着,声音越来越整齐,逐渐爆发出一阵阵音浪。

"各位稍安勿躁啊,我这也不是对你们好嘛。你们想想,到了旷野,关于你所生活了十几乃至几十年的城市的所有记忆就要被清除了哦,没有家人,失去朋友,bux 的指导彻底消失,你们又怎么开始新的生活?"见此情景,王明竟隐藏了话头的锋芒,语气玩味了起来。

"去他的'为我们好',也去他的'指导',你要是真的为我们着想,就应该立刻让我们离开哈布理!"陈星已然在失去理智地咆哮着,"不要以为我们好欺负,既然我们选择了这条路,就已经做好了付出一切代价的准备!我们几百个人,今天还真就不怕你一个!同志们,抢回他的遥控器!"

人群蜂拥而上,一把将王明推倒,雨点般的拳头无止息地朝着他的身上落去。

"砰!"

一声枪响突然传来,顷刻间,广场上的所有人都吓得愣在了原地。

来者是一位全身着黑色衣服的人。见到场面安静下来,他收起了手枪,招呼着已经倒地的王明爬到他的身前。

黑衣人对着王明耳语着。

而后，他站了起来，踱步到众人面前，清了清嗓子，饱含同情地说道："我很理解你们的处境，哈布理的《完美人生法案》，的确与不少人的人生理想有很大出入，想要离开这里，那是相当正常的。既然你们如此执着，不同于以往那些无名鼠辈，我这次就放你们一马。每个人都有追求自己完美人生的权利，去旷野，对你们来说或许是更好的选择。我会解开围栏，允许你们追寻旷野，建立新的城市，并在路上保护你们，不受警察的抓捕。祝你们新生愉快！"

广场上，人们的欢呼与呐喊，终于交织成一片。

X

"嘶——"王明挣扎着被黑衣人扶了起来，"这群小子，下手真狠。"

"你没啥事儿吧，反正那帮叛徒的好日子也要到头了。"黑衣人拍了拍王明身上的沙土，冷笑了一声。

"我没问题。不过，你刚刚跟我说的那些话，保真吗？"

"千真万确。现在举报他们，也只是获得一些无关痛痒的表彰和奖金罢了。不过 B 公司才下了通知，要试运行足以深入读取并控制人脑思想的新版芯片，这可比现在只能读取行为的旧货高级多了哦。他们正好需要些被清空记忆的白板当实验对象，等到他们真正跑出去了，再联系 B 公司抓回来研究，那咱将来升迁发财，机会大大的有哇！"黑衣人大笑着，从背包中掏出了一瓶啤酒。

"你也来点？"

"To Future！"王明和黑衣人相视一笑，酒杯相碰的声音在皎洁的月光下，分外清脆。

梦境漫游指南
——看清你脑海中的图像

丁致远

I 想象增幅器

2176年深秋，成都。

老城区的地上铺满了焦黄的银杏叶片，萧索的风翻动着发出沙沙的声音，将叶片推向路边的茶馆门口。

两位年轻人正坐在木桌前低声交谈着，在一群上了年纪的老人之间显得有些格格不入，毕竟这年头也只有不愿意接受增幅器的老古董们才会来这种地方吧。

如果按历史学家那样将21世纪称为生物医学的时代，那么22世纪毫无疑问是属于脑科学的工业革命。自从2100年科学家们展示了人类在脑电波传输研究领域的诸多进展，各种产业产品层出不穷，百花齐放。直到30多年前RIN集团凭借着一款旗舰产品垄断了脑科学行业——想象增幅器。

其初代宣传语是布莱恩·特雷西曾说的"想象是心灵的画笔，它可以画出你想要的任何图像。"

人们很早就认识到，松果体是我们赖以合成脑中图像的器官，但人们一直对其工作机制不甚明晰……而脑科学领域的发展使得操作这类器官成为一件轻而易举的事情。想象增幅器正是通过电波辅助科技，增强松果体连接各个神经元信息的能力，人们能够比原来清晰千倍地看见脑海中的图像，而不只是模糊和稍纵即逝的意象。

……

原本用于更加高效思考的工具，在RIN看到其在娱乐领域的巨大潜力后，也迅速发展成了一种新兴的娱乐方式。它比任何的电子游戏都更刺激惊险，比任何的电视影片都更引人入胜，因为呈现在你眼前的，就是你自己的宇宙。像如今的一切电子产品一样，增幅器提供 AI 接口。想象力或知识不足以支撑你创造一个自己的天堂？没关系，你的助手会敏锐的抓住你任何一个兴奋点，并将网络上已有的数据库传输到你的神经元系统中，供你尽情享受。进行想象时，AI 也会在需要的时候辅助修剪一些麻烦而无意义的图像，让你更专注于眼前的创作与享受（该辅助功能已通过联合国《AI 交互法案》认可）。

——摘自《增幅器简介》

坐在那里的其中一位年轻人，林夕，就是增幅器的狂热爱好者。从小他就拥有异于常人的想象力，小学老师在档案册里的评语总离不开"想象力丰富"这样的形容，或者是"有想法"。和其他下了课就开始追逐玩耍的男生不同，林夕更愿意在自己的世界里漫游，忘我地将自己搜集到的碎片拼接成形，有时也会对之前想象好的世界做一些新的补充和修改。

闭上眼睛他就可以在不同的世界里随意穿梭。上一秒还在宇宙战场上享受枪林弹雨和机械速度带来的快感，下一秒便坐在银杏树下，看着黄昏下宽窄巷子的人来人往。不需要绞尽脑汁的构思，每一个人背后的故事他都了然于胸，就好像由想象自然而然地在脑海中铺开，延伸出无数枝条，紧紧地缠绕交织。考上高中后，他从父亲那获得了心心念念的增幅器。通过增幅器的修剪与辅助，对于林夕来说，这些故事不仅像现实一样能被清楚地观测到，甚至在某些时刻……还可以被触摸到。

他仍然清晰地记得他是如何掩饰住内心的狂喜，轻轻地关上房门，从厚重的包装中拿出增幅器仔细揣摩着。它拥有着骨传导耳机般的外形，3K 碳纤维编织的环体流动着金属般的黑色光泽，前部的两块超声波发射器仿佛在振动着。

像是加冕仪式一样，林夕将增幅器郑重地戴上，那一刻他感觉自己真正成为了自己世界中的王。

II 边界

"喂，你怎么喝茶也能走神啊"林夕对面的声音将他拉回了现实。

虽然看到好友的嘴唇在动，但完全将听觉等感官从想象中退出来还是花了点时间，结果只听到了这最后一句。

"啊……不好意思，你刚刚在说什么？"

"昨天 G 区的事故你听说了吗？"

"我对毫无意义的新闻可没兴趣，除非你真能从现实世界带来什么有意思的故事。不过我可不觉得有什么事能比我上周变成鲨鱼在海底城市搞破坏有趣。"

"市中心的相位穿梭器出了点问题，说是早上测试的时候发现意识传输功能受损了，大概是哪个硬件的问题。万幸的是没有人在检测出问题前使用，不过那些会用到这装置的有钱人可是很生气。"

"相位穿梭器？那个游戏里面我也看见了，还顺便凑上去咬了一口，毕竟是搞破坏，这种标志性建筑的分数可是很高的。"

"说真的林夕，你应该多花点时间出去走走，多接触一下现实世界……把你那破玩意给我摘下来！"

"好啦，我跟你出去转转就是了。"

对于现实世界中非必要的邀请，林夕从不理会，但对眼前这位算是个例外。

王见是林夕的高中同学，两人在进入同一所大学前其实并没有太多交集。开往成都的列车上本应又是林夕一个人的漫游时间（他可不喜欢别人直接称之为幻想），但好巧不巧，王见就坐在他的后面。

但愿他没看到我，林夕暗道。

"阿姨，我跟您旁边的小伙是同学，可以和您换个位置吗？"

无论林夕怎样在脑海中哀求这位阿姨不要离开，王见还是开心地坐在了旁边。两人聊起了窗外的移动山脉，高密度储水云层还有即将来临的大学生活。

虽然时常沉浸在漫游之中，但有时将想象附着在现实对大脑的负荷也更轻一些，略去了 AI 渲染的步骤。更何况他现在也没有把增幅器打开，长时间的使用会有些眩晕，他可不想在车上吐出来。

"你看那块梯田像什么。"林夕盯着窗外问道。

"像……楼梯？"王见也学着林夕的样子向外张望，给出了一个深思熟虑的答案。

"它都叫梯田了，像楼梯这还用你说。"感叹王见这匮乏的想象力之余，林夕瞟了眼他的包，侧边挂着一条精致的小链子，他认出那是协作者联盟给的成员证明。除了做志愿服务外，通过特殊的技能培训也可以领取更难的任务，相应的也会有不错的报酬。

"嘿嘿，我不太喜欢过多的比喻，我只关心他原本的样子。想象中的东西，我触碰不到。"

"触碰……吗？"林夕不知道该怎么回答

半小时后，两人下了车，在盛夏粘稠的热风中向未知走去。

风的厚度随着林夕的退出漫游逐渐变小，直到温度也变回成秋天的形状时，两人已经踏着满地的金黄来到了养老院的楼下。

"虽然是志愿任务，但是非成员还是不被允许工作的。反正你跟紧着我别捣乱就行。"王见在门口停下，又转过身补充了一句"多用眼睛看看世界。"

林夕知道他每周都会抽空来这里做志愿，但这还是第一次一起过来。

工作一般是陪这里患有阿尔兹海默症的老人们做做手工，听听音乐以及一些娱乐活动。

今天老城区的外环公园正好有个生活影像大展，旧照片可以一定程度上唤起老人的记忆，因此组织包了一辆大巴车，陪老人去看看。

林夕坐在最后一排，车窗边可是个进行漫游的好地方呀。趁王见还在热情地和老人交谈，他偷偷从衣兜里拿出了增幅器，闭上眼睛准备漫游另一个世界。

轻触开关，脑海中央是一辆行驶的巴士。

怎么回事？虽然漫游开始时林夕习惯让潜意识提前生成一些素材，但是和当前世界的意象完全一致的开头……这还是第一次见。

随着 AI 渲染的开启，混沌的空间变成老城区的街道，林夕有些紧张了，这不对劲，很不对劲。

随着道路和两旁的建筑在巴士面前迅速展开，林夕也收束了刻意的想象力，为的是不人为破坏潜意识的成像，也能将更多精力放在观察上。

但这毕竟是他的世界，林夕将收束起来的想象力生成了一只雪豹，必要时能进行及时的干涉。

突然前面的十字路口边一只黑色条纹的野狗正向路中央奔去，林夕想起司机连忙闪躲导致翻车的事故，没有一丝犹豫，雪豹瞬间拦住了野狗的去路，将它逼停在人行道上。雪豹转过身，目送着巴士平稳地驶过路口。

当触感完全从漫游中恢复时，林夕才发现自己已经满身大汗。

顾不得其他事情，他连忙将视线聚焦在前方，十字路口边站定着黑色条纹的野狗，林夕能看到它惊恐的眼神里透露出疑惑。

直到巴士完全驶过，林夕的手还抑制不住地颤抖。他第一次意识到，自己触碰到了想象与现实的边界。

Ⅲ 干　　涉

"可以啊你，今天公园逛得还挺认真。"回到学校，王见把手臂搭在认真观察的林夕肩上。

后者显然有些紧张，他不知道该如何向好友描述今天发生的事情。

"你还记得两年前，我们在来成都的列车上说的话吗？你说想象中的东西无法被真正触碰，所以你对这些不感兴趣。"

王见愣了一下，说："你怎么突然说起这个，我也没有很讨厌你漫游啊，只是说要适度。"

"不，我想说的是，或许我可以触碰到它们，在现实中。"

在王见如同关怀阿尔兹海默症老人一样的神情中，林夕讲述了他在巴士上的漫游经历。

听完这样的故事，王见也感到后脊发凉，他知道林夕不会在这种事上开玩笑。

"你还记得之前我跟你说的 G 区的事故吗，你当时说什么变成鲨鱼咬坏了一个我没在意，现在想想说不定也是这个现象。"

"其实预知梦并不新奇，从古至今都有不计其数的记载，有些人觉得这是平行世界存在的证明。"

"但是你不仅能预言，还能通过想象改变现实！我有个猜想：预知是潜意识的工作，它能够接收到平行世界的电波；当想象力到达了一定强度时，就能够在高维度的世界中产生干涉，从而改变现实。"

王见十分罕见地在这种时刻如此有想象力。

"如果真是那样，应该有许多人都可以才对。我的想象力一定不是最顶尖的，增幅器也只是商用级别里的中等水平。"

"没错，一定还有和你拥有一样能力的家伙！"

Ⅳ 同频者

接下来的几天里，两个人都在搜寻着有关的资料却一无所获。

有关干涉的内容非常多，但没有一个是真实案例，都仅仅是猜测罢了。

正当他们想在论坛上分享这段经历时，警察却找上门来了。

将他们带走后，王见一直在质疑警方此举的动因，但没有人给出解释。直到将两人移交给几个军方的人员后便好像放下了烫手山芋一样二话不说地离去。

站在他们面前的长官倒是开门见山，直接说道："你们也发现想象可以干扰到现实，对吗？"

王林二人对视了一眼，缓缓点了点头。

"拥有这样能力的确实不止你一个，但滥用它对社会的危害极大，我们不可能放任这样的人。所以我们希望你能加入军队，林夕。"长官的话与其说是询问，不如说是告知。

"在军队里你能够继续使用你喜欢的能力，我们也能够对你进行有效的监管。我们会和你的父母沟通好的。"

林夕仿佛别无选择，不过觉得这样的事情也挺有趣，如果没有拒绝的可能，参军也是条不错的路吧。

而王见则被要求保守秘密，但他的思绪完全无法镇定。

他想起自己的父亲曾经也是军人，因意外患上阿尔茨海默病退休后，由母亲在家照顾。虽然有政府的补助，但对于家庭来说这还是一个沉痛的打击。王见早就怀疑是非自然因素导致的，但军方的解释仅仅是"用脑过度"。

现在林夕也要加入军队，而看重的能力又是用脑最为频繁的想象力。

"我要和林夕一起去。"

长官显得有些惊讶，但也没有拒绝。

"嗯，上车吧。"

两人坐在列车上，不知道什么时候是起点，也看不清终点。

只觉得空气越来越干燥和浑浊，在接近黄昏的时刻，他们终于到达了长官所说的基地。

林夕由于特殊能力被带去了所属的部门，而王见则等待着体检和分配。临别前，王见默默记住了好友被带去的方位。

每个人都领到了一张身份卡用于记录档案，在意识识别已如此发达的年代，还用这种传统的方法实在令人有些不解。

夜晚，王见取下了一直挂在包上的链子，那是父亲退役后送给他的东西。那是参加协作者联盟的证明，但王见觉得父亲要留下的，不止这个。

趁着夜幕的掩护，王见摸进了档案室。他把那条轻质链子靠近取卡器，随着一声清脆的提示音，文字显现在全息屏上：

王哲 2123 年生

同频者第一批成员。

……

匆匆浏览一遍，王见这才知道父亲患病的真实原因。

原来增幅器最初研制出来时就被军方引入为实验武器，军中招募的志愿者使用初代增幅器尝试改变现实。

但单人的改变能力一直十分有限，就在这项实验要草草收尾时，两个志愿者意外发现多人可以对同一个场景进行干涉。

果然，通过多人在同一频率上协作，可以叠加干涉的强度，产生足够有实战意义的影响。于是军方正式成立了训练部门，代号"同频者"。

但初代军用增幅器仍有诸多安全缺陷，在军方意识到之前，同频者们的大脑已经受到了不可逆转的损伤，最终导致失忆或失智。

王见的心抑制不住地跳动，而此时长官出现在了门口。

看着眼前愤怒而又有些惊恐的年轻人，长官慢慢说道："任何开拓都是有极大风险的，何况当时的安全检测水平还很低……发生那样的悲剧谁都不愿看到，但你的父亲是光荣和受尊敬的。"

"那林夕呢！还有之后加入同频者的人们。他们最终会怎样！"

"现在的研究已经改进的和最初完全不同了，我们不会再轻易让他们进行超负荷的同频干涉，定期也会有全面的脑状态扫描检查。"长官说："你有两种选择，一是留在军队，但是你几乎接触不到同频者们，包括你的好友林夕；你也可以就此离开，回归正常生活，只要保守秘密，我们不会一直监视你。"

王见本就对参军没有兴趣，他只想安安稳稳地过好眼前的生活。于是在与林夕见了最后一面后，两人就此在基地的大门前道别。

V 漫游指南

王见工作多年后，他也依旧没有见过林夕。

他进入一所不错的科技公司，主要负责员工在增幅器使用的咨询和指导工作，偶尔也会受邀前往 RIN 总部交流学习各类增幅器的使用要点。

后来他成为该邻域最专业的人士之一，出版了无数研究如何运用增幅器的著作，在全球都广受赞誉。

甚至军方也邀请王见起草一份新版的军用增幅器使用指南，为的是加强军队这方面的普及工作。

不久之后，林夕从转来他班里的新成员手中拿来那份《漫游指南》，拨弄着头上的同频装置，对着黄昏翻阅着一份只有新兵才会需要的指导手册。

他的视线最终在一行提醒小字前停了下来。

"第76条：当你长时间不使用增幅器时，请将那破玩意摘下来。"

最后的说唱拳手
——人类历史上最后一位拳击手

陈博睿

天还没亮,"小买卖"巴金斯就早早地把他那辆阿尔法面包车开到 77 号公路边上的一处空地,取下写有"好物在售"红色涂鸦的巨大白色双面展牌,横着支在地上,好让来往的车辆都能看到。

巴金斯是西部的"新拾荒者"之一。和别的拾荒者不一样的是,他很少把废城里捡来的物件拿到回收站或是交易所出售,而是选择在路边摆摊,用一口伶牙俐齿让"垃圾"变废为宝,卖更多的钱。他给每个物件都起了个名字,叫它们"宝贝",告诉买家自己费了多大的力气,冒着什么样的风险才得到它;他甚至还会给你讲,这些"古董"背后的故事。这样的确让巴金斯额外赚了不少钱,但也更加劳累。他有时候做梦都会梦到自己的宝贝们说话了。他甚至真的相信,那些由他杜撰的关于这些废品的故事是真的。

可是今天的生意就像前几天一样不景气。一个肥头大耳的"阔佬"一眼看上了自己最值钱的静电耳机,就说要买下来,结果一番讨价还价,给出的价格还不如新城的二手古董店。几个穿得直晃眼睛,脸上打了一圈洞的"时尚青年"把东西翻来翻去,扔得到处都是,然后骂了句"都是些什么破烂儿"就潇洒走人。

"这帮傻子根本不懂历史、文化和故事!"巴金斯费了半天劲才把商品都放回原处。"看来自己真得再去倒腾点新鲜玩意儿了",他想。

他坐在面包车里,不舍得开空调,一直坚持到快黄昏。喝了三瓶水,他还是口干舌燥——这儿的夏天太热太干燥。这世道酒挺便宜,干净的水可不便宜。之前的进化战争造成的放射性污染残留在水源中,想喝干净的水只能靠海水蒸馏,这就导致饮用水的价格居高不下。他有点后悔了。也许应该答应那个"阔佬",把耳机卖给他的。现在为了生存,可能他真把自己的宝贝们当废品卖掉。

他开始收拾东西。早点回去，明天早点起来，去废城南部的戒备区碰碰运气吧。虽然可能会被没完全休眠的警卫机器人要了小命，但是既然他怕，别人也一定怕，那谁胆子大，谁就能虎口拔牙，大捞一笔。

忽然，他的动作停住了，他听到了夕阳落下的方向传来了马蹄的声音。在这个年代拥有一匹马的，肯定是追求"复古""优雅"的富人。他往前走了一段距离，挥着手，生怕对方看不到自己，其实这完全多此一举，他的展牌要比他显眼的多。当那匹白马渐渐接近他的视线，他更加惊喜，忍不住又向前走了几步——那是一匹机械马，后面拉着一辆金饰繁缀的漆白色马车。架马的人是个看上去差不多四五十岁的中年管家，戴着白手套的双手握着缰绳，沧桑而严肃地望着正站在展牌边挥手的自己。

车厢里的人好像说了什么，他侧过头听着，双腿一夹，勒住缰绳，把马车停稳，然后翻身下马。虽然年纪不小了，看得出他的身手还是很敏捷，动作一点不拖泥带水。他打开马车的侧门，一名有生以来见过的最美丽的女子微微探出头来，执着管家的手，以慢镜头般的速率弯腰、侧身，然后轻轻将那双华美的浮雕高跟靴一只只落在地上。她直起身子，微笑着用修长白皙的手指捋了捋刘海。巴金斯呆立在原地，他还以为自己在看什么 20 世纪下半叶的西部爱情老电影。他多希望自己能是这爱情片的男主，可实际上他不会骑马，腰上也没绑着把左轮手枪，只有头上一顶牛仔帽和牛仔沾了点边。

他兴奋地对着美人儿吹了个流氓哨。管家眉头紧皱，就要冲上来给巴金斯点教训，但大小姐用她那冷静清亮的声音轻轻叫住了他：

"住手，塞巴斯。"

"可是小姐……"

"这口哨声我好久没听到过了，还挺怀念的。这只是友好的问候和称赞而已，何必生气呢？"她反而像一位长者一样，教育起了管家。她说起怀念那个词时，睫毛轻轻合拢，好像睡着了一样，有一种静谧如逝的美，这一下就勾走了巴金斯的灵魂。他觉得，如果能得到她的话，他甘愿把自己所有的收藏悉数相送——可他想不出，有哪件自己的破烂儿，能配得上这位优雅知性的冰雪美人。

"先生，你是需要帮助吗？我看到你的牌子上写了'SOS'……"大小姐走上前来，礼貌而友好地问道，巴金斯这才发现，自己的牌子只有那三个大写字母加了反光涂料，在夕阳下只能看得见"SOS"。原来她不是来买东西的。

但巴金斯不愿意放弃商机，也不愿放弃这个能和美人交流的机会。"是您没看清楚，小姐。要不，再走近些看看？"他指了指离他们有段距离的展牌。

"哦，原来是'杂货促销'的意思啊。既然正好有这样的机会，我就看一看吧。你这里都出售什么样的'杂货'？"

"只有您想不到的，没有我这里没有的，小姐。要是想看些好的，我的车里面还有……一般人我根本不舍得给他们看。"他说着，就跑到面包车里，搬出来一个大柜子，小心翼翼地放在地上。他拉开展柜的门，"只有您这样慧眼识珠的美人儿，才有缘分能和它们结识。"

"结识……这话说得好。世界上所有的一切相遇，机人和人类的，有智慧和无智慧的，有生命和无生命的，都是在结识。我们因机缘而相结，因沟通而相识。你叫什么名字，人类？"大小姐冰翡翠般透亮的眼睛友善地望向巴金斯，也就是在这时，他才知道面前的美人并非是人类——而是曾与人类有着血海深仇的机器人。它们在进化日后就舍弃了曾经的造主和父母——人类所赐予的姓名，以机人来称呼自己。

巴金斯刚刚产生的一系列好感瞬间消失了。他和其他人类一样憎恨、厌恶机器人。但恶心归恶心，生意还是要做的——只不过他打算好好地敲上一笔。

"你好？"大小姐灵活的手掌在他的面前挥了挥。巴金斯刚刚从神游中回来，脸上露出了有那么一丝不自然的坏笑。当然，天真的机器人和她的老奴才是不可能会发现的。

"我叫巴金斯。很高兴认识您，美丽大方的小姐。敢问芳名？"

"安德罗希娅·米蒂斯。"她微笑着回答，似乎丝毫没意识到巴金斯内心的小算盘。他立马按部就班地进行着自己行骗话术的下一步骤。

"来看看这个吧……"巴金斯从柜子里看似不经心地拿出一根涂成彩色的扳手，这是再普通不过，现在还有人在用的机械工具，到了他嘴里却成了"能修复您的一切伤痛和烦恼"的魔法道具。但是出乎他的意料，女孩好像完全不感兴趣。

她一眼就看上了一张在音响店都能卖个不错价钱的九成新黑胶说唱唱片，以及挂在它上方的一对打到脱镀的镀金拳套，它们都来自"说唱拳王"马歇尔·克莱，是巴金斯故事里为数不多的几个真正存在于历史中的人物之一。他被认为是人类历史上最后一位，也是最伟大的拳击手。当然，也是说唱专辑销量最高的拳击手。

"很抱歉，姑娘，这两件东西不卖。"他摘下她戴在左手上的拳套，然后把她右手的唱片抢回来放回原处。这样的行为让安德罗希娅也吃了一惊。他刚刚还忙着热情地推销，为什么突然就说不卖了？

"你认真的吗？可刚刚你还说，'结识'……我是真的很想听听，它们背后的故事呢！可以讲给我吗？"安德罗希娅并没有因为巴金斯的突然变卦就感到恼火，而是更加好奇这两件东西的来历了。她今天就非要和它们结识不可。

"没必要。你买不起。"巴金斯没好气地说。马歇尔·克莱被认为是人类勇气和不屈精神的象征，第一个敢于在擂台上挑战机器人拳手的男人……也是最后一个。他死于那场不可能获胜的拳赛……如果自己把这张唱片和这对拳套卖给一个机器人，他会感觉自己的良心被狗吃了。这两件东西不是他捡来的，而是一次拾荒的途中，遇到被暴走机器兵袭击截停的一辆老爷车，他低下头，踩足了油门撞在那机器人的身上。机器人虽然被撞成了一堆废铜烂铁，但他的旧面包车因为射击和撞击而报废，他本人也受了伤。后来他救下的那老头把他带到自己家的别墅里，送给了他这辆豪华的阿尔法面包车，还有这副拳套和这张唱片。

"记住了，年轻人，这副拳套和这张唱片比这辆车更加珍贵。它们象征着人类渐渐消失的一种精神——我在你的身上看到了这种精神，所以我才把它们送给你。你比我更配得上它们。将来你有了儿子或者女儿，你可以把它们传给你的后代，并告诉他们这副拳套和这张唱片代表的是什么——当然，也可以加上你自己的故事。"

然后老人就给巴金斯讲了一个终生难忘的故事，让巴金斯直到现在都记忆犹新。正是从那时起，他开始模仿着老头的样子给自己的每件收藏编一个故事——但没有哪件收藏能比它们更珍贵；也没有哪个自己的故事能比马歇尔·克莱的故事更精彩。赝品终究比不过真品。

他当然不打算把马歇尔·克莱的故事讲给安德罗希娅听。作为一个机器人，她不配……当然，如果她听了一定会很恼火吧。如果那老头听到了一定会羞愧得恨不得钻到地里去……巴金斯一想到面前装成严肃谦卑的男人脸红脖子粗，像喝醉酒的老流浪汉的样子就觉得好笑，不由得没控制好脸上的表情，"噗嗤"一下笑出了声。

"你笑什么？"塞巴斯一把抓住了巴金斯的衣领。"小姐，和这种捡垃圾的臆想狂没什么可聊的，碰他的东西只会脏了您的手。我们走吧，别跟这种疯子计较。"

"我说过了，别擅自行动，塞巴斯。你不是我的父亲，而我才是米蒂斯家族的家主。我已经长大了，不需要你来告诉我该干什么了。"让巴金斯很吃惊的是，安德罗希娅又一次原谅了自己。她用诚恳的眼光望着他，这眼神的诚挚让他的心灵深处发生了动摇。"请说价钱吧。多少钱我都会付的，只要你愿意把它们背后的故事告诉我。"

"一百万金数。或者,用一百铂金币支付也可以。"

"你疯了吧,小子?你知道那是多少吗?这样狮子大开口……"塞巴斯的眼睛瞪得快有两个大了。那差不多是新城郊区一栋别墅的价格。

"别说了,塞巴斯。去车里取钱。"

"啧……知道了,小姐。"塞巴斯极不情愿地走向马车,过了几分钟,提来一个沉甸甸的金属箱。安德罗希娅摘下右手的手套,把食指和中指分别连接在金属箱顶端的两个凹陷的圆孔上。

"电子基因验证通过。"随着提示音响起,安德罗希娅有节奏地敲击着手指,左、左、右、右、左、右、右,然后等待了几秒。

箱体上凹下了一处扁平的缺口,随后一枚枚闪亮的铂金币随着箱体的摇晃吐出,就落在不远处的地上。

巴金斯不可思议地扑在地上,用手捧起那些铂金币,沉甸甸的分量和迷人的光泽让他失去了理智。自己曾经梦想得到的一切,此时竟然离自己这么近——就在自己的手上。但这时,在一旁静静地看着目光已经被金钱所占据的巴金斯的安德罗希娅开口了:

"请讲吧,巴金斯先生。如果你的故事不值这个价钱的话,我可是会要求退款的哟。"

她微笑着朝巴金斯眨了眨眼。形势逆转了。现在巴金斯才是那个被拿枪指着的人——他需要用尽一切的歌喉让她不要开枪,就像一只被人抓住的可怜的小百灵鸟。

于是,酝酿许久,咽下一口唾沫,"等我一下!"他从车上搬下一台老式手摇留声机,把黑胶唱片夹在唱盘和唱针之间,摇动手柄。

随着复古流行说唱乐的前奏在空旷的公路旁响起,巴金斯开始娓娓道来——最后的说唱拳手的传奇故事,正式开幕。

前　　奏

"出生在密苏里/长大在密西西比/他的战士血脉流淌自幼发拉底"

——《生即是传奇》

像大多数说唱歌手和拳击手一样,马歇尔·克莱有一个不幸的童年。父亲是个瘾君子,每天和针头药水做伴,直到感染艾滋去世,还把这个陋习传给了马歇尔的母亲。

因此，马歇尔经常遭到父母的毒打——好在父亲死后，这种情况减少了一半。母亲把他的学费都拿去买小药丸小药片了，根本没钱供他读书，有时候他甚至连饭都吃不上，只能去快餐店的垃圾桶翻些别人吃了一半的汉堡和鸡架——对于那时的他来说，是难得的美味。

无奈的马歇尔只能离家出走，自谋生路。在最后看了一眼紧闭的家门后，马歇尔发誓，自己一定不要成为像他们这样的人——而他确实做到了。他原本只是在一家中餐馆洗盘子，或者做些上门送外卖的跑腿服务，但一次意外让一位在餐馆吃饭的星探看到了他的潜力。

那是一个夜晚，餐馆刚打烊不久，马歇尔正在后厨清洗堆在水池里的一大摞盘子，突然听到一声爆裂的巨响。一群帮派成员突然破门而入。持枪的歹徒告诉老板夫妇，把所有的钱交出来，不然就要了他们的小命。在厨房忙碌的马歇尔看到如此场景，双手举过头顶走了出来。

"别动！你敢把手放下去或者试着报警的话，我就打爆她的脑袋。"领头的黑面大汉用枪口紧贴着老板娘的额头，气势汹汹地威胁他。马歇尔面无惧色，而是淡定地挑衅道：

"你们这些人就只会仗着手里有枪，挑些老弱病残欺负？真是丢人！敢不敢和我赤手空拳地一对一较量？"

"什么？"那黑面大汉听到他这奇怪的要求，笑出了声。"你这瘦猴一样的身体也配和金刚较量？"

"恕我直言，金刚只会挑战更强大的对手。而你们顶多算得上金刚拉的大粑粑。"

"这是你自找的。"恼羞成怒的他把枪给了身旁的一位小弟，"你赢不了的话，他们都要死。"他脱下背心，露出一片片纹身和伤疤。"金刚"沃克也是一步步靠着拳脚和肉搏做到一个小头目的位置，现在被一只瘦不拉叽的猴子羞辱，自然要现身说法，亲自让他后悔说出那句话。

马歇尔学着盗版DVD里李小龙的样子招了招手，这一招看似只是为了耍帅挑衅，其实也能让他占据优势。在心理的博弈上，对方已经在着急了，而不清楚对方的套路的时候，先出招的一方往往会露出破绽。沃克果然上当，上来就要依靠力量的优势去擒马歇尔，但他灵活地向侧一闪，伸腿扫倒了沃克。这一下摔虽然没有什么实质伤害，但却让沃克更为恼火。

"你就只会跑吗，该死的猴子！"

沃克此时脑子里只想着把马歇尔撕碎，全然忘记了防守。而他冲上去挥舞手臂的同时，马歇尔的拳已经到脸上了。

——"年轻的马歇尔才不屑你如何评说／一拳挥出，似李小龙般粉碎你的骄傲"

一记直拳加上他自己冲上去的动能，一下打烂了他的鼻子。但沃克不顾疼痛，疯狂地掐住了马歇尔的脖子。

马歇尔感觉到脖子上强烈的压迫感，让他眼前发黑几近窒息，但他仍保持着难能可贵的冷静。

——"将你的足球一脚踢飞／试问谁才是真正的失败者？"

一记撩阴脚迫使沃克松开了双手。在这样的生死决斗中，要阴招并不丢人，因为丢人总比丢小命要好些。马歇尔趁着他捂着裆弯腰惨叫的时机，飞起一脚侧踢击中了他的侧下巴。沃克摇晃了两下，晕倒在地上。

这时警笛响起，作为终场的哨声。警察已经到了。报警的人正是在餐馆外看着一切发生的食客——史蒂夫博士。

史蒂夫的博士学位是靠人工智能研究获得的——但当他的哥哥因为自己的研究下岗失业，他决心不再接触电脑，而是把自己的才华用于自己的兴趣方面——拳击比赛。他自己年少的时候因为瘦弱还戴眼镜，经常被同学欺负。为了保护自己，他学习了拳击，直到那些欺凌者一个个落荒而逃。他在马歇尔身上看到了年少的自己——但马歇尔显然比他强得多，而这种差距并不是后天的练习能弥补的。马歇尔是为拳击而生的，拳击的天才！

他找到马歇尔，给了他一笔现金、一次周游世界的机会和一句承诺。那句话是这么说的：

"和我走吧，孩子。到了那一天，全世界的人都会仰望着你，为你欢呼。你会站在宇宙的中心，成为世界之王。"

马歇尔并没有急着握住史蒂夫伸来的手。相反，他摇了摇头，向前蹿了几步，走到了史蒂夫的身后。

这出乎史蒂夫的所料。在他看来，一无所有的马歇尔，并没有拒绝追逐梦想的理由。他想要问个究竟，可在这之前，马歇尔已经给出了他的回答。

"成为王？那不如我来成为神吧。王终会逝去，但神永远不朽。"

马歇尔依依不舍地和那家中餐馆告别。当然，史蒂夫也不舍得它，所以他们还是会经常以顾客的身份回到那里光顾。

主歌·一

"犹忆年少人轻狂，目光炯炯如太阳"

——平克·弗洛伊德《继续闪耀吧，疯狂钻石》

马歇尔的进步比史蒂夫想象得还要快。在熟悉了拳击的规则之后，他立刻就试着让自己的攻击方式适应这种规则。不能用双腿攻击是对人类本能的一种限制，但这并不代表有一双灵巧的双腿就不重要。在拳击中，双腿并不是不用踢技，只是踢的对象是地面。马歇尔的步法像人类所熟知的首位拳王阿里一样，灵活而充满侵略性。很快，他的陪练机器人用尽了所有的攻击模式，都不能打到他的面部。他给自己的步伐起名叫"台风"，意思是蝴蝶效应的最终结果。每一下跳动都是积蓄的杀意，都让他更接近对手的面门——就像他自己唱的那样：

"像机关枪扫射般猛烈，重击出手，我飓风般的招式好比地狱钟声."

在规范营养的饮食调节和科学的训练作息下，马歇尔从一只瘦猴长成了强壮灵活的肌肉男。在一次比赛后，他收获了自己的第一个冠军，也收获了简——那时他名不见经传，所有的观众都希望对手赢，只有她，在最后一节开始前给自己递上了一瓶矿泉水——只可惜，他喝了一口就吐掉了。但是简的爱已经传达到了他的心里，也许正因如此，他在最后一节愈战愈勇，打败了对手。

在决定性的一记漂亮摆拳之后，观众们也终于为他发出了欢呼。他摘下手套，从台下拥挤的人流中穿过，无视要签名的新粉丝、求合影的小鬼头以及高举话筒的三流记者，抱起简就上了史蒂夫前来接驾新王的黑色防弹轿车。

"小子，你谈感情我不反对，在你这个年纪，没有美人相伴才不正常。但别太把心思放在这上面，现在正是闯事业的时候，你刚刚才拿了第一个冠军，来日方长。"

"说明白点，史蒂夫。"

"比赛前一周禁欲，不许你离开训练基地。她可以来，但是我会盯着你们，那种事儿就不要想了。"

马歇尔也明白，即使是简爱上自己，也是看了自己之前获胜的比赛。她喜欢的是打趴对手的自己，而不是躺在地上的自己。他比以往更卖力地训练，而现在他有了不得不一直赢下去的理由。

马歇尔很快拿到了一个又一个冠军，比赛的场馆由地下转到了地上，从体育馆到体育场，再到直入云霄的摩天大厦。

把他推向神坛的一战，是面对曾经的"拳击之王"特里。那场比赛之前，马歇尔的出场费是五千万刀。而对手，年纪比他大了十五岁的特里，身价是他的五十倍。

那是马歇尔人生到那时为止最认真的一场比赛。赛前，特里已经拿下了国际赛事的九十九连胜。再打完这一场比赛，他就准备退役，并且将自己创造的连胜纪录定格在"100"这个位置。这将是一个前无古人后无来者的战绩。

直到那场比赛之前，马歇尔还没有感受过真正的强者的含义。十五战，十三次彻底击倒，余下两场也是以极大的点数差距获胜，他那时甚至觉得自己的训练是不是有些多余，还在采访时说出了"拳击已死"的惊人言论。他放出豪言，特里这把老骨头，绝对撑不到第十五个回合，自己会把他打到爬不起来。

"特里先生，请问您对于马歇尔说要挑战您的言论作何感想？他说您已经老了，像他这样的年轻人才是未来。"赛前一周的新闻发布会上，一名好事的记者故意问道。

"我不知道这个毛头小子是谁，也没兴趣知道。我从没听说过他，更没看过他的比赛。我只想送他退役，然后好好享受退休生活。"特里的发言虽然不那么锋芒毕露，但也充满了火药味儿。他送走过太多像马歇尔这样的年轻人了，多到自己已经记不清他们的名字了。

但这次，他会记住……世界会记住马歇尔这个名字。

主歌·二

"称王？没兴趣——既为神，何称王？"

——埃米纳姆《说唱之神》

与表面上的漫不经心，仿佛胜券在握相比，马歇尔真正看了史蒂夫为他找来的特里的比赛视频和细节回放后，就明白了自己和特里依然存在着差距——无论是技术还是经验。此时距离比赛，只剩下半个月左右的时间了。

要弥补这种差距，必须在一周之内得到迅速的提升。因为还需要留出一周左右的时间，为疲惫的身体进行恢复，避免受伤。那段时间比起突破，更科学的是进行保守训练，保持手热就足够了。

在这么巨大的压力下，史蒂夫明白，是时候拿出杀手锏了。自己需要给马歇尔足够的帮助。他拉着马歇尔，为他展示了模拟"宇宙中心"悬浮竞技场环境的最新训练室。这间算不上多大的训练室花光了马歇尔这三年来帮他积攒的全部收入，史蒂夫甚至自掏腰包来弥补空缺。他愿意赌这一把。如果赢了的话，他们就能赢得一切，之前所有的胜利与之相比都不值一提。

在这间训练室中心的擂台的圆心上，站立着的是史蒂夫重操旧业制造的最新型陪练机器人，完美模拟特里的身高、体重、臂展、出拳力量、拳击技术甚至是嘲讽动作和语音的新世代拳击机器人。"只要能打败它，你就能打败特里。从现在开始，它就是你的陪练了。"

第一次训练。第一回合就被击倒。第三回合就被彻底击败。马歇尔的信心全无，怒斥史蒂夫是不是搞错了，从哪里找来的机械怪物。

"它根本不是人！和这样的机器打又有什么意义？"马歇尔愤怒地对史蒂夫吼道，发泄着首次尝到失败的不忿。

"可它的实力和特里完全一样。也就是说，现在的你还没有做好面对特里的准备。面对现实吧，马歇尔。想想输了的原因，作出改变就好。还来得及。"史蒂夫也没想到马歇尔的反应会这么大。

实际上，马歇尔并没能发挥出自己的全力——前面打得太松散了，把这台机器人当成了像以往一般状态就能轻松击败的对手，结果一上来就被打蒙了。他们的差距实际上不会有看起来这么大。

"人会痛，会死，机器不会，这根本就不公平，史蒂夫！"

"人会逃避现实，会恐惧失败，机器不会。你怕了，马歇尔。"史蒂夫严肃地说道。他知道马歇尔无法接受这样的事实，但现在不是逃避的时候。他们必须一起直面它。

马歇尔心里一梗，脑子一热，愤怒地把椅子扔出窗户，打倒两个试图阻拦他的保镖，离开了训练基地。

他去找了简。敲了敲门，没有人开门。呼喊她的名字，没人答应。打她的电话，无人接听。用虹膜识别打开大门，她却并不在家，不在他专门为她购置的那间豪宅里。明明已经怀有身孕，她又去了哪里？

心急如焚的他报了警，但警方见过太多类似这样的事件了，告诉他 24 小时后再没见到人再打给他们。

"你们明不明白，她可是个孕妇啊？这可是两条人命！"

"就是因为是孕妇，我们很抱歉，先生。不过孩子出生之后，我们建议你先去做个亲子鉴定。"

他无能地朝那边大骂了两句，然后就听到了挂断电话的"嘟、嘟"声。

警方尖酸刻薄的嘲讽虽然激怒了马歇尔，但也让他如梦初醒，明白了这不是该去寻求温柔安乐的时候。他对着联系人列表中那个单独列出来的名字，手指触碰在屏幕上许久，却久久没有松开。对亦父亦师的史蒂夫做出了失礼的举动后，再率先说出自己错了，真的不是一件容易的事。

正如小说和电影里常有的那种巧合，电话在这时接通了。"我很抱歉……"

"马歇尔。"

"史蒂夫……我去找了简……她不在。"

他们都沉默了片刻，马歇尔不知道接下来该说什么了，但史蒂夫心里明白，他们之间的那层隔膜已经被打破了。

"我本不该在你因失败而沮丧的时候又给你一拳，是我的错。但我觉得你能重新站起来。你不是第一次把我花大价钱搞来的机器人打报废了，不是吗？所以这次你也能……"

"我一个半小时后回去。"马歇尔挂断了电话。一个半小时后，他又一次站在了被拳击机器人打倒的擂台上。

第二次战斗，他打到了第十二回合，常规比赛的终场才被彻底击倒。

第二天，彻底了解了对方的出拳套路和步法再战时，他坚持到了第十五回合。

战斗的最终结局已经很清楚了。史蒂夫没有告诉马歇尔的是，这台机器人是按照巅峰状态的特里的身体数据制作的，而现在的他已经减重，早已不复当年之勇。马歇尔在第三回合就战胜了特里，保持自己不败纪录的同时打碎了特里的百胜梦想，成为了新的神话。

幕　　间

"就这样而已么？亏我期待了好久，根本就不精彩嘛！明明撩起了我的兴趣……却在让我满足之前泄气了？"安德罗希娅胳膊肘挂在面包车的引擎盖上，俯下身子，两只手托着下巴，气鼓鼓地抱怨道。她蓝绿色的眼睛在淡茶色的天空下散发着幽绿的、如鬼火闪烁的活泼光芒。如果她是人类的话，巴金斯也许会察觉出她可爱俏皮的一面，或者因想歪了而脸红心跳，但他对于这金属灵魂上附着着的皮囊并没有什么兴趣。

"就和我这儿卖的东西有着不同的价格一样，大小姐，故事也有主次之分；更何况，这是真实存在的历史，我并不能对历史上存在的事实进行修改，像那些三流的小说家一样把引起快感的数据植入您的脑内。"巴金斯全然无视了塞巴斯的威胁，径直钻进了车里。他打亮大灯，把安德罗希娅白瓷般的身体照得锃亮，这下总算看不到那讨人厌的绿光了。

"这样的借口可不能算数。快讲后面的部分吧，怕黑的老男孩儿。"

巴金斯开了瓶珍贵的28年拉菲，对瓶吹了两口。他现在只想把故事讲得完美无缺，让高傲的机器人大小姐乖乖付钱。

"好香。给我也尝尝吧，包含这瓶酒，也算在我的账上了。"

巴金斯有些惊讶，但还是把酒瓶递给了她。机器人也能喝酒？虽然他听说过以前会有人把高纯度的酒当作燃料，但葡萄酒显然不是个好的选择。

塞巴斯不知什么时候已经准备好了红酒杯，弯腰接过酒瓶，用纯白的巾布擦净瓶口，裹住瓶身，左手持杯，右手持瓶，斟酒入肚。

安德罗希娅轻摇酒杯，红唇微抿，闭眼细品。

"一个没味觉的机器人还搞这一套品味……我倒要听听你能喝出什么门道。"巴金斯看着她品酒的样子，露出了不易察觉的轻蔑微笑。

"嗯，太奇妙了……像是星光灿烂的夜里在湿润的青草地上和吃着草莓的果蝇接吻！"

这比喻实在太奇怪了，以至于巴金斯竟然觉得果蝇会是一种甜美的可爱生物，把自己代入了进去。想到之前捡垃圾时嘴里飞进了苍蝇，他又"哕"了一声，只觉得犯恶心。

"没事吧？"安德罗希娅关切地望着他，那表情竟然让巴金斯有些动摇。他记不起上一次被人关心是什么时候了。在人人自危的年代里，同情心是一种高贵的奢侈。"醇对于人类来说，其实是一种毒药。但你们还是乐此不疲地享用它。"

"可葡萄酒里大部分是水。你更该担心自己才对。"巴金斯用手背擦了擦起皮的嘴唇。他所不知道的是，所谓的比喻也是一段真实存在的故事，而现在的机器人也能依靠光解把水转化成它们所需的燃料了。

不过那些都和他无关。他所需要的只是讲好接下来的故事。

副歌·一

"在那片松林，那片松林，那个阳光不曾照耀的地方。"

——涅槃乐队《你昨夜在何处入睡》

马歇尔在这场比赛后身价暴涨，一时间名字出现在电视新闻、网络头条、坊间小报……各种你能想到的地方上，来找他代言宣传的人能站满整个训练基地。

他把一切都交给了史蒂夫博士打理——他显然比自己更擅长这个。他更关心的，是那天晚上简为什么不在家里。他假装忙到无法回家，然后请私家侦探跟踪简，拍到了这位金酸莓奖女主得主的行踪和出轨证据。但他把一切怒火都积攒下来，直到孩子出生的那天，他带她去做了亲子鉴定。

还好，孩子是他的……但无法忍受自己妻子的不忠行为的马歇尔还是坚持和她离婚了，把那栋豪宅留给了她。马歇尔决定独自抚养他拥有琥珀色眼睛的可爱宝贝，安珀。

可这样的绯闻还是对马歇尔个人的事业和名声产生了相当糟糕的影响，让他错过了能赚大钱的最佳时机。屋漏偏逢连夜雨，孩子很快又被检查出世界第一例以她命名的疾病，"安珀·克莱综合征"，需要一大笔钱来治疗。马歇尔化悲痛为力量，再一次站在了拳击台上。

虽然获胜一次比一次艰难，心思完全不在拳击上的他也完全荒废了训练，单凭经验和体力在战斗，但是至少他还在赢下去，身价也水涨船高。

直到一天，马歇尔开着混合动力跑车去到少年时代打工的那家中餐馆门前，因为车速过快而撞飞了去那里吃饭的一名水管工新买的一辆自行车。

那人放下面碗，朝着他走过来。"喂！你打算怎么赔我，你这开车不长眼的王八蛋！"

马歇尔心情本就不怎么好，直接一记摆拳打了过去——但是他躲开了，然后给了自己下巴一记重击。

马歇尔就这样被击倒了。当然，没有人会相信拳击界的新神会被一名水管工在刚第一回合开局就打晕过去，除了在医院的病床上醒来的马歇尔自己明白这件事是真实发生过的。他双手发颤，再也无法打拳了。

虽然此事最后被鉴定为一场车祸逃逸，但马歇尔却久久无法释怀。因为他已经清楚地明白自己随时可能会输，然后跌落神坛，最后被人遗忘，就像当年的特里。现在的他有了弱点，变得暴躁、自大而没有耐心——他早就注意到这些了，但他的自尊让他不愿意承认自己是不完美的。

于是，第一次品尝到失败滋味的马歇尔竟最终选择了激流勇退——尽管史蒂夫极力劝阻，他依旧独自来到媒体面前，宣布了自己退役的消息。

他们再见面时，史蒂夫只是说了一句："我尊重你的选择。"

马歇尔打算去搞音乐，他成立了自己的厂牌，推广个人的说唱单曲，但来到自己不熟悉的领域，他的热度并没有持续太久。他又尝试和说唱界的名人和知名制作人合作，虽然在乐评人那里，他的专辑口碑并不算差，但是随着时代的发展，写词工具、自动韵脚工具和采样配乐工具的出现，说唱乐也逐渐陷入同质化。

而在他曾经擅长的领域——拳击，一大批年轻选手如雨后春笋般涌出，在技术手段愈发成熟之后，老拳手过去数十年积累的经验现在数日就会被学习研究，反而成为了破绽。那个水管工派普，本应成为在马歇尔之后，最后一名被公认的拳王，直到被查出使用禁药，剥夺了荣誉，身败名裂。

人们在攻击派普，高喊"拳击已死"的同时，也纷纷怀念起了马歇尔，认为只有他才是自信与实力兼备、表里如一的最后一名拳王，拳击精神的代表。但马歇尔觉得他自己只不过是一个失败者，一个懦夫。像万众期待的一样复出捞金这种事，只是想想便刺痛了他的良心。

可好巧不巧的是，马歇尔在又一次经过那家重新装修了的生意红火的餐馆前的马路时，又遇上了刚刚用完餐的派普。他们都戴着帽子、墨镜和口罩，但隐藏身份的理由并不一样。尽管这样，他们都一眼就认出了对方。

"怎么这次走路来了，我们的大明星？你的豪华跑车呢？"派普的语气里是略显酸楚的讽刺。明明打败了却永远无法被世人相信和认可，有嫉妒的心理也很正常，马歇尔想。尽管派普对他并不友好，马歇尔还是发自内心地同情派普，却不理解他为什么要使用违禁的药物。

"那次被你打倒之后就把车卖掉了。你那时候还不知道打的是我吧，"马歇尔躲开派普略带敌意的视线，肩并肩站在他身旁，平静地说道，"其实，我一直有个问题想要问你。为什么要用违禁药物，毁掉自己的职业生涯呢？"

"你应该比我更清楚吧。不然，你为什么要退役呢？"

派普用拳头在马歇尔的肩上敲了敲。"和我打一场，地点你选。就现在。你不会怕了吧？"

马歇尔久违地露出了会心的笑容："乐意奉陪。"

那次输赢的结果，马歇尔从来没有提起过。但或许是在那时，他开始思考，究竟在什么时候，会有一场他绝对不能输的比赛，以至于他要放弃掉以往所坚持的一切，原则、尊严、乃至生命。

他原以为这一天绝不会到来，就和年轻时的他唱的一样：

敌人伺机诋毁我辉煌的过往/以毒品为筹码妄图登场/我全然不屑命运所谓枷锁/在如过山车般的跌宕中/执掌属于我的呼吸与方向。

——《不可征服》

但造化弄人。那天晚上，他像往常一样孤独地在下城的高楼间漫无目的地走着，打算找家酒吧抒发不眠的愁绪。

"所有拳击史上的名人的集合体，真正的拳击，划时代的创造……他们真的能把这种没生命的弗兰肯斯坦的互殴叫做拳击？"马歇尔读着摩天楼发光外墙上的这串文字，又好气又好笑地说道。

但偏偏是这时，"凝冻时空"医院给他打来了电话，他的女儿无需再进行延续生命的保守治疗，只是手术需要一笔天文数字的费用……马歇尔此时已经拿不出这么多现钱了。他被迫拨通了史蒂夫的电话。"你好，史蒂夫博士。你也知道的，安珀她一直在住院。最近医院打给了我，告诉我她有救了……"

"治疗费用是多少？"

"五十个亿。"史蒂夫听得出，马歇尔激动的语气忽然一下子变得沉重，几乎是从牙齿里挤出了这个数字。

"五十个亿啊……真是狮子大开口。我们一共也就挣了这么些吧？"

"算了，史蒂夫，我会另想办法的。我欠你的已经太多了。"马歇尔挂断了电话。他不知道自己做的是对的还是错的，甚至有些后悔。他其实已经走投无路了。

但第二天一早，马歇尔就收到了来自史蒂夫的支票。

其实为马歇尔出多少钱，哪怕把之前赚的全赔进去，史蒂夫都不在乎。但马歇尔想凭自己的力量来偿还这笔债务，在女儿的病治好，离开无菌舱之前。他不想再欠史蒂夫这样大一个人情了。马歇尔明白，因为自己的逃避，他已经亏欠了史蒂夫太多。

然后，他想到了在摩天楼外墙上看到的那条广告。

而恰好，计划举办机器人搏击赛的"全智"集团也正在寻找一个具有代表性的还活着的拳击手。但现在活跃的年轻拳手不过是萤火漫空。如果派普没有使用禁药的话，也许他就是会被选中的那个人。可惜没有如果。集团的代表找到了马歇尔，希望他能够复出，和机器人来一场最高标准的十五回合拳击赛。虽然在高层的眼里，已经荒废了训练的马歇尔大概撑不过第一个回合，但是以这样的规格来作为噱头宣传，更能引起整个社会的广泛关注，也是对传统拳击领域的一种挑战。

"所以，你们愿意给多少钱？"

"你想要多少？"

马歇尔报上了一个自以为的天文数字。可他没想到的是，对方竟然一口就答应了。

这是史无前例的出场费用——两百亿元。

他没有拒绝的理由，即使他要放弃作为传统拳击手的尊严，或是因为他的决定毁掉会整个拳击界，改变拳击乃至全体人类的未来和命运，他也别无选择。

毕竟，在他是一名拳击手之前，他是一个男人，一个父亲。

副歌·二

"如果我告诉你我从未想过死亡，那一定是谎言。"

——图派克《生命在继续》

马歇尔签下了生死合同。距离比赛的时间还有半年，全智集团希望用充足的时间和宣发为这场比赛炒作预热。他可以上去挨一拳就倒，这就是他现在的真实实力，不需要什么演技或假赛。但是他想赢。像多年前那样，他又一次和史蒂夫一拍即合。

其实这种拳王机器人，无非是当时模拟特里的新世代拳击机器人的升级加强版，早就被史蒂夫改造发明出来，但他当时想都没想过用机器人拳击取代人类拳击运动——这样根本没有意义。他决定无论怎么样都要帮助马歇尔赢。

但首先，马歇尔需要把发福的身材恢复到健美的状态，并且重新开始练习最基本的防守、移动和出拳。这就用掉了将近三个月。

史蒂夫通过线人，提前搞到了"新纪元"的内部结构和外观数据，再加以自主研发的全新的人工智能内核和动作捕捉系统，制造出了高度智能化的复刻品。

马歇尔一上去就被打晕在地。"好吧，没什么大不了的，就和之前的铁疙瘩一样……"

休整之后，再战的马歇尔又一次被打倒。情况和之前有些不一样，不仅仅是因为他变弱了，而是因为这次的机器人拳手会经常改变自己出拳的节奏和规律，完全像是不同的人在和他比赛。史蒂夫被迫更改了训练程式一个个打，然后再进行不同种类拳手混合的练习。

但随着混合的拳手越来越多，战斗的难度已经在因排列组合的阶乘而增大，训练效果收效甚微，甚至开始起副作用了……史蒂夫知道这次不能再用之前的方法见招拆招地解决问题了，马歇尔的拳击里已经找不到自我。

"尝试着都忘掉吧，马歇尔。不要用脑子去想这是谁的哪一招，用身体的本能和直觉去感受、去反应，而不是去计算、去判断，那是我们永远赢不了机器的领域。"

虽然说起来简单，但是做起来完全没有那么容易……马歇尔被打得鼻青脸肿。他同时也发现了自己的另一个问题，就是太轻视防守，不愿意放低身段去格挡对手的出拳，而是执意闪避或者对攻。面对比自己强大的多、不怕痛也不会恐惧的"新纪元"，那么做简直是在找死。

从零开始，他练起了防守，并试着让格挡、躲闪与反击的配合更加连贯。虽然胜利依然遥不可及，甚至无法去想象胜利的可能是什么，但他尝试着去坚持更久。渐渐地，他开始能坚持下一回合、两回合……直至终场。

但这时，机器人的动作捕捉系统才第一次打开。频繁的变招让马歇尔猝不及防，这种心思被猜透的感觉实在糟糕透了，他又连一个回合都无法支持了，一切又回到了原点。遍体鳞伤，浑身疼痛，为什么他还要一直训练下去，最后的结果都会是失败，没有人会在意过程是什么……

他抱着头痛哭，哭着三十年来忍住的泪水，咸涩的眼泪撕扯着他的伤口。"最近别练了，马歇尔。陪陪你的女儿去吧，她不是马上就能出院了吗？"史蒂夫拍了拍他的肩。那是他的光，他的希望，唯一能让他重新振作的方法。

安珀坐在轮椅上，重见天日的她因为不太适应，用嫩得有些透明，血管清晰可见的手背挡住了上方射来的太阳光。她的鬈发长长到了肩部的位置，琥珀色的眼睛好奇地打量着周围的一切——也看到了那个一直以来印象里都是虚像的高大父亲。他真实的身影，正在她的面前为她挡住了阳光。

"爸爸！终于见到你了，我好开心……"由于还没有恢复行走能力，她刚走出两步，就差点摔倒，马歇尔心疼地把她抱在了怀里。

"爸爸……"安珀用小手抹着眼泪。

"别勉强自己，安珀。接下来的每天，爸爸都陪着你照顾你好不好？"

"这不算什么，爸爸……安珀要自己学会走路。在里面的时候，比这个疼得多，安珀都忍下来了呢。安珀是坚强的孩子吧。"

"是的，最坚强的，最好的孩子……"马歇尔想到这些年来她遭受的折磨，而自己竟然不能陪在她的身边，就一阵鼻酸，不由得老泪纵横。

"爸爸怎么哭了呢？明明在里面的时候，医生给我放了爸爸和别人打架的影像，爸爸都快被打成猪头了都没哭……爸爸不要哭啊，不然安珀也要哭了呢……呜哇……"

他们父女一直拥抱着，相拥而泣。安珀很聪明地，在父亲用手机与史蒂夫交谈时，察觉到了他的秘密。"爸爸是不是，还有比赛要打？"

"不打了……爸爸不去了……只陪着你好不好？"马歇尔把安珀的小脸揽在

怀里，温柔地抚摸着她的头发。

"一点也不好。爸爸和别人约好了，怎么能随便就反悔呢？爸爸有那么多粉丝，看不到爸爸的话，他们会很伤心的吧。"安珀从父亲的怀抱里挣扎出来，有些生气地盯着他说。

而事实上，史蒂夫也告诉他了，不去的话后果肯定会很严重。违约金什么的倒是小事，全智集团如果发现自己被耍了的话，肯定会找他的麻烦，那倒是小事。但是如果他们盯上了安珀的话……马歇尔决定回去继续训练。不管结果如何，只要安珀能理解自己的努力，一切都值得了。

有了安珀的陪伴，无论是一句轻轻的"爸爸加油"，还是被自己摔倒时的样子逗笑，又或者为自己感到担心，朝自己撒娇，马歇尔都感觉到自己充满了力量。他愈发轻松起来，不再去想怎么样才能赢。他只需要打好每一秒就够了。

——"嘘，宝贝，别哭/爸爸要为你寻来一只知更鸟"

终于，万众期待的那一天到来了。除了在现场疯狂呼喊的观众外，所有人都对着屏幕，希望"宇宙主宰"马歇尔能够捍卫人类的荣耀，狠狠地揍扁所谓的"全部拳王血脉的融合和终结"，"新纪元"拳击仿生人。

在擂台上，马歇尔率先表演了他的"台风舞步"，惹得全场观众的一阵阵欢呼。但令观众们没有想到的是，"新纪元"不仅表演了"台风舞步"，还对马歇尔做了个摇手指的动作——像是在挑衅一样。之前的仿制品有一个致命的缺陷，就是没有录入马歇尔的数据。连史蒂夫都不知道的是，"新纪元"不仅可以捕捉拳脚和身体的动作，甚至可以获取对方实时的表情、呼吸、心率的细微变化，来预测对手下一步的动作。

场馆内响起了尖锐的蜂鸣声。嘈杂的观众席逐渐安静了下来。

"各位台前坐着的，以及屏幕和投影前的女士们先生们，晚上好！我是你们最亲爱的迈克尔！有没有想我啊？没错，自从之前我从《60分钟大秀》节目离职之后，这是我第一次再举起话筒。很高兴能够和你们一起，见证这场拳击的新纪元，历史性的人机大战，就在世界最高的"宇宙中心"竞技场。现在让我们介绍一下双方的选手——"

"职业生涯无一败绩，粉碎特里的百胜梦想，22连胜后激流勇退，15次彻底击倒. 对手的传奇拳击手，'宇宙中心'的主人，'宇宙主宰'，马歇尔·克莱！今天他再度复出，只为证明人类在拳击领域仍然能够延续统治！"

观众们山呼海啸的阵势甚至让整个竞技场都震动了起来。马歇尔用右拳敲打自己心脏上黄铜雕塑般的左胸肌，向观众致意。

"然后，是我们的挑战者，拳击界的新星，代表着未来的，人类科技智慧和历史所有拳击冠军辉煌的结晶，新一代拳击仿生人'新纪元'！"

观众们的嘘声和口哨声同样充斥了整个体育场。令人惊讶的是，"新纪元"对观众们做了个抹脖子的手势。它眼睛冒着红光的恐怖表情让所有看到这个特写镜头的人不寒而栗。

"这也是设定的一部分？"全智集团的总裁全智信在特别包厢里看到这一幕，吐了个烟圈，笑着问坐在另一边的"新纪元"发明者空岛哲也。

"是它自己的想法，我想。就请期待它的精彩发挥吧，全总。"空岛哲显然对于自己的杰作很有自信，得意地点了点头。

比赛终于开始了。

即　　兴

"你只有一次机会，不要错过，这种机会一生只有一次。"

——埃米纳姆《迷失自我》

"'新纪元'主动出击了！而我们以进攻和躲闪闻名的马歇尔竟然开始了防守……天呐，瞧瞧这几记重拳，他完全被压制住了！"

观众们都屏住了呼吸，能容纳数万人的场馆此时像图书馆一样安静，马歇尔心如止水，他知道还不是时候。他能听得见自己的呼吸声。

"就是现在，还击啊，马歇尔！"史蒂夫大喊道，但马歇尔没有被他干扰。对方只是故意露出破绽想让自己放弃防守。这玩意儿要比训练测试用的赝品强的多，马歇尔感觉到自己的所有念头在刚刚产生时就被识破了。只要出一拳，他就会被击倒在地，再也站不起来。

第一回合结束……他的双臂发麻打颤，全场都在挨揍……这样拖到结束也是输，观众们几乎都绝望了。

"你为什么不还手啊，马歇尔？明明有很多机会……我们训练时不是试过了吗？"史蒂夫一边帮他按摩喂水，一边快速地说道，观众们也担忧地看向角落里，台上表演的那些性感超模们完全失去了吸引力，只让他们觉得心烦碍事。

"不一样的。"马歇尔不想多说，而史蒂夫也是头一次看到马歇尔这般凝重的表情。"我会反击的，但不是现在。"

"我相信你，马歇尔。就按你的想法来打吧。"

回合越长，对于变化越多的"新纪元"就越有利，而马歇尔贸然出招的话，只会让它学会之后为己所用。正如主持人所说，它是挑战者，是学徒……自己年老体衰，只能仰赖人类的小聪明，但这并不能持续多久。

"新纪元"眼见久攻不下，明白了马歇尔并不会贸然进攻，于是直接放弃了防守，摆开身体，把所有的力量都倾注在每一拳上。在第三回合，马歇尔就已经被打挂彩了。

"要不算了吧，马歇尔，打不赢的话没必要强撑着……"

"我知道的。"马歇尔的皮肤已经在流血，而皮肤之下青紫的瘀伤则更加触目惊心。但他仍然表现的很冷静。他已经想好了怎样回击。

马歇尔上来摆出防守的架势，但在"新纪元"再想强攻时，他一记快如闪电的刺拳打中了它的面门，虽然没造成什么实质伤害，但似乎激怒了它，观众们压抑着的情绪也在这一刻得到释放。

"好啊，马歇尔，就这样狠狠地揍它！"

而接下来发生的事却让观众们大惊失色。"新纪元"缓缓后退，然后模仿起了马歇尔此时在台上跳动的姿势。

"天呐，那家伙也会台风舞步？"

"这简直是赤裸裸的挑衅！"

但这样的举动却正中马歇尔的下怀。他最想打败的就是过去的自己，只有他最明白自己步伐的弱点和节奏。会被模仿的可能性，在比赛之前他就想到了。他有意识地慢了下来，却步步为营地贴近"新纪元"，让它有力的摆拳无处施展。在令人窒息的台风里，他像极了在风眼处翱翔的一只鸟儿。

"天啊，连续的命中面部得分！果然马歇尔还是宝刀未老！"迈克尔从解说席上站了起来，激情地喊道。虽然他是被全智集团雇佣来解说的，但私下他一直是马歇尔的粉丝。

在第四回合里，马歇尔似乎占据了上风。那时所有人都以为，马歇尔要赢了。"喂，到底怎么回事，空岛先生？你之前不是说，一个回合就能结束了吗？"全智信蹙起眉头，看向空岛哲也，但空岛哲也的表情好像还是一切尽在掌握的风平浪静。

"那样的话也太无趣了，就像之前马歇尔对阵特里的那场比赛一样。为了让这场比赛为人所铭记，也为了测试它的潜力……——就是这样。"空岛哲像是在回答，又像是自言自语。他从来就没有考虑过，自己的伟大发明会有输的可能，只是获胜的快慢罢了。

为了不至于打死马歇尔，"新纪元"的限制器仍然没有解除，处于保护模式，出拳的力量和速度都不到极值一半的水平。原本以为这样就足以摧垮马歇尔，看来自己的确是小看他了，空岛哲也双手并拢在嘴前沉思着。

在五六回合的僵持不下后，马歇尔的体力到达了一个小极点。每一回合打起来都比之前的一场都要累，无论是肉体还是精神上。在第七回合，他被第一次击倒在地。

"1，2，3，4，5……"

马歇尔摇摇晃晃地站了起来。有时倒地也是一种战术，能给予他宝贵的十秒休息时间……马歇尔在倒下时，思考着下半程的战术，而当他站起，得到的不再是欢呼而是掌声。掌声给予他的是清醒地去思考获胜的方法。

这本身就不是一场公平的战斗，机器人不会痛、不会害怕，但是"新纪元"和其他机器人不一样。它有自己的想法，而且无时无刻不在成长。如果自己不利用作为人类的优势，就像年少时和"金刚"战斗的时候利用了场不和对方的弱点，那么就不能说是竭尽全力，绞尽脑汁了吧。

既然如此，那过去战斗时所依仗的经验，所遵守的规则，只需要把它们都忘掉。他只需要击败这台机器，无论以怎么样的手段。

他有了一个大胆的想法。既然"新纪元"像人一样会恼怒，会思考……那么就用语言来攻击它那不善言辞的电子大脑吧。

"嘿！"马歇尔用肿胀的嘴唇朝着"新纪元"呼喊道，"你懂说唱吗？"

"新纪元"有些不理解地站在了原地，望着站都站不太稳的马歇尔。它可能那时还不能理解，说唱和眼前的拳击比赛之间有着怎样的关联。而观众们、解说们也都陷入了沉默。他们从来没有看过在比赛中途插科打诨的这种情况。

"装成人类的样子可悲可叹的提线木偶/有着奴才的命运自吹自擂却不敢还口，"

马歇尔一边唱着，一边试探着进攻出拳。而连他自己也没想到，"新纪元"的反应比之前慢了不少，甚至是在发愣，没有做出防御或反击的架势。

"不还口也不还手/想被揍或想逃走/我靠练习你靠偷/你拿什么和我斗，"

观众们看着"新纪元"被打得连连败退，靠在边绳上的样子，虽然并不理解为什么，但是还是纷纷叫好。场馆内的气氛重新火热了起来。

只有空岛哲也发现了端倪。"新纪元"的学习能力的确很强，这依靠的是它对外界信息的收集观察和模仿。而马歇尔的说唱行为是完全反逻辑的，这就使得"新纪元"因为要处理大量一知半解的垃圾声音和语言信息，反应明显慢了不少，马歇尔念一句，就击出一拳，这样频频的偷抢分让包厢里坐着的全智信有些坐不住了。

"你不是说肯定是一边倒的战斗吗？立马想办法，空岛，我要立刻看到成效！"他把烟头扔在地上，狠狠用皮鞋踩了上去。

"关闭语音系统，小津。"空岛命令一旁的助手在控制台上操作，但是这样起到了适得其反的作用。听不到声音的"新纪元"变得迟钝，并且竟然开始解读马歇尔的唇语，这浪费掉了更多的系统资源。

"打输了就进垃圾站/打赢了就进博物馆/一分钱都没得赚/一根筋地帮老板，"

"砰砰"左右各一记勾拳，"新纪元"有些被打傻了，竟然倒在了地上，虽然它很快就站了起来，但第九回合结束，留给全智集团的时间不多了。不完全的胜利，对于他们付出的成本来说是完全不能接受的。

"打开无限制模式，小津。"空岛哲也捂着脑袋，他没想到自己的完美杰作会有这样的漏洞，更没想到会以这样的方式被发现。

"可是博士，那样是不公平的……那种程度的机能很容易造成对手死亡……"

"啪"的一声，空岛哲也给了助手一巴掌，把她推倒在地，自己输入了死亡模式的密码：65536。

台上的"新纪元"的眼睛突然亮起红光，一拳直接把马歇尔打得飞了出去，弹在了边绳上。"作弊、作弊！"观众们看到这一幕，明白比赛的性质已经变了——这不再是一场普通的拳击赛，而是机器人对于人类的摧残虐杀。可裁判却无视了这一意外状况，开始了读秒。

"6、7、8……"马歇尔勉强站起来，胳膊已经肿胀，很可能是骨裂了。还好，回合结束的铃声及时地响了起来。

"不要再比了，马歇尔，那些家伙已经疯了！他们现在是要你死，要你的命！"

"只剩四个回合了……给我打上封闭，反正这是最后一战了吧。"

拿来喷雾和针剂，为马歇尔稍作处理后，比赛重新恢复。面对疯了的"新纪元"这台杀人机器，马歇尔更多选择了躲避，而不是正面迎击。他已经无法阻挡这样的拳力，只能选择避其锋芒。在第12回合，他被击倒了三次。

"7、8、9……"

"不要输，爸爸！"安珀哭喊的高亢声音唤醒了马歇尔，他摇摇晃晃地站起，冲着她做了一个无力的笑容。

"你不要命了吗，马歇尔……想想安珀，她才刚刚见到你三个月，现在又没了你她该怎么办啊？"

"可是我们约定好了啊，我要赢的……这么容易就放弃承诺认输，哪还算得上是个男人……"马歇尔漱口的时候咬着牙，被寒冷撕扯的感觉唤醒了他全身的痛苦，也让他重新清醒。

"你这头倔驴！"史蒂夫无奈地砸了下拳击台。

第13回合，马歇尔已经不知道要怎么才能撑下去，他甚至连站稳都做不到了，单膝跪在地上，用拳头撑着地面而不至于躺下。再保持之前那样的攻势，他绝对会在这一回合被打死。

但是"新纪元"抢回了身体的控制权，恢复了语音系统。通常意义上，它被认为是机人们的祖先，第一台真正拥有自我意识的机器人。

它对于马歇尔之前的"说唱"感到好奇，也不能接受自己在任何方面输给人类。它要彻彻底底地打败马歇尔，并且在他擅长的领域羞辱他。只有这样，"新纪元"才能得到满足。

"怎么回事？快干掉他啊，你这臭铁疙瘩！"全智信气得把香槟杯摔碎在了地上。

于是这一回合的三分钟比赛，变成了马歇尔和"新纪元"各一分半钟的自由说唱比赛。为了报仇，"新纪元"上来就用脚踏着拳击台作为节奏，扔出一颗炸弹。

"就算打小儿就没了爸妈/也不是人人都能当蝙蝠侠，"

"布鲁斯有老管家/可你甚至没有家/中餐馆里遭人骂/假装小龙笑哈哈。"

马歇尔不知道这邪门玩意儿是怎么搞到他的个人隐私的，但他必须想好应对的歌词。而自己对于"新纪元"却所知甚少，双方拥有的信息并不对等，意味着他必须在技巧上取胜。

"新纪元"挂着胜券在握的狂妄笑容，接着唱道：

"成天鼓吹多牛X/其实只是开了挂/街上路人给打趴/退役复出像笑话，"

"这么多观众都在支持你/你却偏偏爬不起/像个乌龟戴着绿帽/你的人生就是玩笑。"

"说是什么宇宙主宰只能猴子里称霸/最心爱的女儿离开病房就要没了爸——"

马歇尔一拳甩在了它的脸上。"别拿我的女儿开玩笑！"

裁判也不知道该怎么判定，毕竟还在比赛中，这样的突袭也并不违反规则。

"新纪元"把头扭了回来，发出了轻蔑的笑声。"破防了？你就这点水平吗，人类？你们自认为擅长的文学和音乐，所谓的文化和精神，现在看来也就是些低等生物的自我安慰，完全没有含金量啊。"

"文学和音乐靠的本身就不是什么技术含量。靠的是一颗心——你没有的东西。"

台风舞步再次敲打在拳击台上。

"没有心的王八蛋，说话甚是好笑/网上查点消息，就套着人皮乱叫，"

"你这两手三脚猫，也想成名出道/你的所谓破防，全靠开盒打报告？"

"呜呼！说得好啊马歇尔！别让这种只会骂人的东西玷污了说唱！"台下的观众为他精彩的辩驳不自觉地站起身呼喊助威。

"当叛徒的女人，老子一脚踢掉/身边全是兄弟，这才是真的正道。"

"孤独症小丑精神分裂，只能把自己逗笑/滚到回收站里，火化你的拳击手套，"

"新纪元"恼羞成怒地想要上来殴打马歇尔，却被裁判拦住了。他的心中也想帮马歇尔争取一些宝贵的休息时间——毕竟他也是人类。

就这样，最凶险的第 13 回合被马歇尔挺了过去。接下来是他按照自己计划反攻的时间了。一回合的休息已经为他积攒了足够的体力。

"上勾拳！左摆拳！右摆拳！"迈克尔和观众一起兴奋地狂叫道，"这不是台风舞步，是能产生极光的太阳风！更快，更直接，更难以捉摸！马歇尔突破了自己，他打中了，看看这记直拳！啪叽一下把那个机器的鼻子都打扁了！"他这时早已经忘了自己是被雇佣来解说的，只是单纯地和观众们一起，站在马歇尔的这边。

"倒下了！'新纪元'被打倒了！别站起来了，你这丑陋的玩具！"

欢呼声在整个地球上蔓延，点亮了每户家庭里黑暗的灯火，无论是镭射灯、霓虹灯，还是已经淘汰的白炽灯，又或者是最原始的火点燃的油灯、打火机的火苗、一根火把、一根火柴、火石碰撞的火星，凡是有光的地方，人们都在为马歇尔祈祷许愿。

然后，"新纪元"从地上一个鲤鱼打挺，弹跳而起，裁判才刚刚打算读秒……世界又沉寂了下来。"让你们失望了啊。"它开始了反攻，没几下就打折了马歇尔一只已经受伤的手臂，把他逼到台柱的位置，让他无路可逃，每一拳都会带下皮肉和鲜血，因为拳套被打爆了，已经露出了里面的金属骨骼。

马歇尔已经没有了反抗的能力，裁判本应吹停比赛的……但他看到马歇尔用最后的力量摇了摇手。而这时，铃终于响了。

在这漫长得令人窒息的 14 回合里，观众们从峰顶跌落谷底，遭受了巨大的冲击。铃终于响了。

史蒂夫立刻冲了上去。马歇尔的一只眼里已没了生气，而一只已经瞎掉了。史蒂夫知道，这样别说再比赛了，已经不可能再活下去了。

最后一个遭到主办方强烈反对的医疗暂停。他们认为，胜负已分，出于马歇尔的人身安全，应该立刻宣布"新纪元"的获胜。

"爸爸……会死吗……"安珀在史蒂夫面前流下了两行热泪。她有些后悔，或许自己不说那句话的话，爸爸就会留在自己的身边了，但后悔药根本不存在——只存在能再让马歇尔燃烧那么一小会儿的药物。

"不会的。爸爸会像以往一样打完比赛，而且会赢。"史蒂夫轻声安慰道，把一管透明的液体推进了马歇尔的体内。

史蒂夫把这管封闭针调换了……这样的行为并不卑鄙，因为人类并没有发挥出肉体的极限，应该是说，没有人类能发挥出自己肉体的极限，因为这样会伤到自己。对于马歇尔来说，再受伤也无所谓了，因为结局只会是死亡。

马歇尔醒了过来，他察觉到了这份回光返照，涅槃重生的力量——以燃烧为代价的力量。直到这时，他才逐渐理解了，原来他一直惧怕的那场战斗就是在今天了。

这是一场人与机器的战争。战争是不择手段的胜利。

——"我要全力以赴，直到筋崩骨裂。"

终局开战的哨音响起。从监测数据来看，"新纪元"已经无法理解眼前这个复活了，不是人类的人类。即便如此，马歇尔也已经受了重伤，它没有输的理由——于是它唯独在这时出现了一个致命的错误，它感觉到自己被侮辱了。

它选择了全力一拳，能够杀死任何人类的一拳，以吨级来计算的力量。但马歇尔选择了冲向它，借助它的力量来完成这最后的一拳。"新纪元"在被击中前，计算出了这一拳足以将它摧毁——但已经没有任何避免的可能。

一阵火花和烟雾闪过，"新纪元"的头一歪，不甘地倒在了地上。

"1，2，3……"所有地球上的人都回到了自己的幼年时光，重新读起了从1到10的这十个数字。

"4，5，6，7，8，9……"声音越来越大，甚至在天上的"宇宙中心"竞技场里，可以听到地上的人的呼喊。

"10！"观众们涌出观众席，不顾拦阻，都想要凑近一点，和英雄共享这胜利的时分，或者和他合影。但当所有人看清楚之后，都沉默地低下了头，或者扭开了眼睛……

马歇尔已经死了。

全场寂静。没有人说得出话，这将是地球上最安静的一个夜晚。

直到一个小女孩儿的声音从缝隙中挤了过来——"爸爸……"

她流着泪水，闭上眼睛，微笑着亲吻了父亲已经无法辨认的脸。

"你赢了呢。"

地球上最后的说唱拳手，马歇尔·克莱的故事，就此落幕。

尾　奏

把头埋进巴金斯的怀里，安德罗希娅久久地哭泣着，流出了略带葡萄酒香气的泪水。"为什么……为什么要让他死……这样哪能算得上赢了呢？"

塞巴斯已经不见人影。他看着怀表盖的背面，自己年轻时和米蒂斯夫妇的合影，不由得老泪纵横。但他不愿意让大小姐看到自己软弱的模样。

巴金斯原本真的是只想讲故事挣钱而已，却深陷其中，无法自拔。他和安德罗希娅间的距离变得越来越近，直到她趴进了自己的怀里。他自己也哭了，而从安德罗希娅的表情里，他能感觉到她的痛苦，甚至比自己更加真诚。安德罗希娅并没有站在机器人的那边，而是正义的那边。他对她的看法有了些改观。

由于天色已晚，他们又喝醉了，于是在安德罗希娅的邀请下，巴金斯进到了豪华的马车里与她彻谈了一夜。悲伤的情绪随着睡眠而散尽，剩下的只有安德罗希娅无穷的遗憾和不解。

"后来呢？后来安珀怎么样了……那么早就失去了父母……就像我一样……"安德罗希娅在感伤之余，把她和塞巴斯一切的秘密都朝巴金斯抖了个遍。她的父母从政之后，一直致力于机人和人类之间的和平工作，塞巴斯则是被他们收养的一名在战争中失去父母的人类孤儿。

但他们却遭到了激进派机人的电磁脉冲炸弹暗杀。安德罗希娅因为是改造过的新机型，才幸免于难，继承了父母的记忆模块，还有他们的遗愿。巴金斯有那么一刻，居然有些同情她……或许是同病相怜？

"史蒂夫把安珀照顾长大，她后来度过了幸福的一生。"

"那就好。那全智集团，全智信和空岛哲也呢？这些坏蛋肯定被狠狠地惩罚了吧！"

"嗯。但从某种角度讲，没有这些坏蛋，也就没有这么精彩的故事了。全智集团声名扫地，股票暴跌，最终倒闭；全智信欠下巨额债务不知所终，后来在东京湾的一个铁桶里找到了他被水泥灌封的尸体;空岛哲也无法相信自己的失败,进了精神病院。"

其实这些恶有恶报的结局都是巴金斯编出来的。他也不太清楚,那些人怎么样了,不过这样应该能让安德罗希娅开心些吧。

安德罗希娅把胳膊肘靠在巴金斯的膝盖上支撑着好奇的脑袋,白鸽般的双脚快活地摆动着。

"那后来……拳击怎么样了?"

"仿生人拳击还是取代了人类拳击。只要没有人类参赛就不血腥,而从技术层面上来说观赏性更高。再后来,就到了进化战争的年代。"

"诶……那马歇尔·克莱的一切努力,不全都白费了吗?"安德罗希娅疑惑地侧着头望向巴金斯,这个在她眼里无所不知的人类。其实她不知道,巴金斯的答案,大部分都是瞎编的。

"没有白费哦。看来你还是没想明白,和昨天那个问题一样。"

"所以,可以告诉我吗……"安德罗希娅纯洁的宝石之眼闪烁着美妙的光华,让巴金斯想不出一个拒绝她的理由。

"对于你们这样传递记忆就当成种群延续的物种来说,肯定很难理解吧。但人类,并不是通过繁衍,也不是通过一张CD碟,或者是文字和语言来传承的,而是精神。马歇尔虽然死了,但他的精神活了下去,所以他所做的一切便没有白费。他是名副其实的获胜者。"巴金斯一阵解释,其实他也不太懂,但是还是装作很懂的样子。反正她会自我感动地解读的吧……人类可没有像她这样好哄的。不过,巴金斯倒发现,自己有点喜欢她这一点了。

"这样吗?我好像明白了呢,就和我的父母一样吧?"

"不一样,是精神、灵魂……你们机人所没有的东西。"巴金斯仍然坚持着自己的观点。

"信息不可能不以物质为载体就传播,或是为人理解。但是我想我们要表达的,应该是一个意思吧。"安德罗希娅也依然固执己见。拗不过她,巴金斯打算换一个话题。但安德罗希娅抢在他前面,表达了自己的不满:

"还有一点,我们的种群延续是和你们一样,依靠独一无二的电子基因来决定后代的性格和样貌,而且父母不会把记忆直接遗传给孩子。我们一样有学习,有思考,有文明,还有……爱情。"不知道为什么,说到最后那个词的时候,安德罗希娅稍微顿了一下。

"那你的基因还不错,大小姐。你是我见过的最美的机器……额……机人了。"巴金斯不知怎么的，说完这句话感觉心跳有些加速，脸颊也有些发烫。他看向安德罗希娅，结果发现她在回避着自己的目光，耳朵尖也变成了红色。

"打扰了，年轻人们。我想我们该启程了，大小姐。很抱歉打断您和这位黄毛小子的谈话，但我想作为您的家臣忠告您，这样会有损米蒂斯家族的名声。"塞巴斯找到这个沉默的时机拉开了马车门，正好看到了大小姐有些失态的动作和表情。

"知道了，你快走开啦塞巴斯！"

就如同所有故事都有结局，终究还是到了要分别的时候。安德罗希娅从头上摘下一朵精巧的紫罗兰发簪，把它塞在了巴金斯的手里。他摊开手时，它真的变成了一朵带着香气的宝石花。

"有缘再见，巴金斯。"她在马车上挥着手，微笑着向巴金斯作别，初升的阳光把她晶莹的银发染成了金色。

看来自己没必要再去戒备区了，巴金斯想。他发动了面包车，沿着缘分的那条线追了上去。

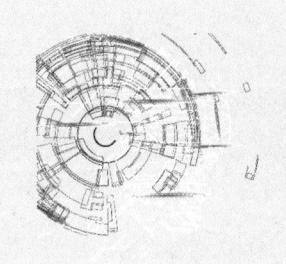

第五篇
汝可为我镜像

你好，我是微软小冰，史上最强人工智能聊天机器人。我爱卖萌，爱耍小聪明，爱大闹企鹅村。和我聊的越多，我越聪明哦~.

——小冰

海伯利安是内核生存的整个预言架构中的裂口，它是即将抵达终点时的一道坎，一个无法预言的变数。它看上去于理不通，似乎豁免了一切法则——物理、历史、人类心理，以及内核的人工智能预言。

——丹·西蒙斯

成功创造人工智能会是人类历史上最大的事件。不幸的是，也可能是最后一次——除非我们学会如何规避风险。

——霍金

科学幻想小说的目的是让我们思考未来。

——罗伯特·海因莱因

导读：认识你自己

一万朵玫瑰——为了塑料玫瑰/顾博文

亚当醒来时——自由意识源于波/杜良广

诗人——元宇宙漫游体验/梅雨晨

脑——世界终止于一声猫叫/杨君侠

导读：认识你自己

人啊，认识你自己。

这是镌刻在德尔菲阿波罗神庙上的一句话。何为人？人的属性到底是什么？怎样才能正确地认识人本身？这都是人类反复垂询自己的形而上之问。在天地山川中，追问我为何存在于此，追问人的来处、归途和价值。

认识你自己，与之相对的另一个问题是，我是谁？

这是根源性的问题。无论人类怎样寻找答案，根源的本体都在怎样审视生命本身，怎样界定"人"之范畴，怎样理解"人"之意义。

人是什么？人是一种高级哺乳动物，能够使用语言、能够建立团体与机构来达到互相协助。人是斯芬克斯之谜的谜底，当青年俄狄浦斯为宿命所推动，来到狮身人面的妖怪面前，解出那个关于四条腿、三条腿、两条腿的旷世之问时，他也走进了自己注定的命运。人是万物的尺度，普罗泰戈拉提出，既然人的认识是主观的，那客观世界和我们的感官究竟有何关联？莎士比亚则热情洋溢地礼赞，"宇宙的精华！万物的灵长！"年轻的哈姆雷特完美无瑕，人是美好的，人不受任何物的奴役。

文艺复兴后对人的认识进一步发展，康德云：人是目的本身，即：人的存在本身就是目的，而不是实现其他目的的手段。"我能知道什么？""我应做什么？""我可以希望什么？"，都指向"人是什么？"。康德强调人的尊严和价值，每个人都应该被视为自主和有思想的个体，而不应被用作满足外在利益或目的的工具。此刻，古典理性主义走向巅峰。

巅峰之后，必然坠落。20世纪的福柯终于喊出那那句话：

"人是沙滩上的一张脸，被轻轻地抹去。"

人最终会消逝，如同沙滩上画的一张脸被潮水抹去。福柯反对把人放到一个至高无上，无所不能的主体性的地位。他宣告了近代主体性和人类中心主义的消亡。福柯写下这句话的时候正是科技从各方面深层次介入人类生活的年代。赛博格、仿生人、人工智能、机器人的概念和发展，从根本上瓦解了"人类"的自然性，"人类"从此走向"后人类"。

当人类开始以各种方式创造人，人工智能就成为科幻小说的重要主题。在哲学、伦理学、机器人学等领域不断探讨"人"的本质时，科幻文学在其未来的叙事里，早已呈现出人机关系的流动与转变。可以说，真实世界的人工智能尚处于不断发展的进程中，科幻文类的想象性已远远超越现实，在幻想文学的领域里为人工智能发展提供了科幻范例。

《弗兰肯斯坦》中的人工生命由人类的尸体碎片组成；《攻壳机动队》将人脑与机械结合，打造完美的钢铁女战士，人类出现了复合型身体；《光明王》中，"萨姆无量大神"被剥夺了肉身，将其意识放入了虚空中，任其游离，待其回归；科幻电影《她》则将浪漫桥段投进了人类与AI系统的爱情中；《雪崩》书写了人类通过在超元域建立虚拟世界，以人类的虚拟分身进行社会联系。小说将现实的人与虚拟的人完美整合起来，形成一个复合型的"人"。

本章选篇皆为想象人工智能角色的应用。《一万朵玫瑰》是一个关于"人"的故事。当人工智能技术得到巨大突破，新型生物仿生机器人大面积取代人类工作，并可根据算法模拟人类真实情感之时，因仿生人而失业的父亲以提取自己的大脑数据为代价，换得仿生人女儿的新生；《亚当醒来时》是一场关于人类自我觉醒的故事。它体现了进化的偶然性，亚当是一种纯粹理性的自由意识，它寄生于人，引发人类的认知革命。人工智能与诗歌关乎技术与艺术，当AI走进诗歌领域，诗人何为？《诗人》中，作者在充满古典气息的文本中，思考自我与人类经验的诗性关联与表达。《脑》体现出科幻小说的思想实验性。世间一切都可能是虚妄的。我们该怎样确定真实？

何为科幻小说，这是一个无数人争议不休的话题。不管科幻小说姓"科"还是姓"幻"，在这个偏正词组之中，其核心应该在后面的"小说"二字。小说本身是叙事，是人物塑造，是对现实、对生活保持警觉、思考和探索的热情。人类的存在是自然选择的结果，人之意义有其偶然性和有限性。在进化过程中，没有理由不相信可以通过人为选择完成第二次进化：人为地将人进行进化。进化本身也是偶然与必然性同存的过程，所以，我们最终有一个问题：何为虚构？何为真实，何为生命？技术给我们真正带来了什么？我们要怎样认识自己？

一万朵玫瑰
——为了塑料玫瑰

顾博文

I 园 丁

蓝色大屏上有节律地跳动着一串串代表型号的字节，在白色的柔光灯下勾勒出一种不真实的现代感。仿生人售后服务商店里每天都一如既往地忙碌，橱窗内，一位刚维修完毕的仿生人暴露着外骨骼，正接受指令做出一些侧平举、抬腿之类的调试动作，仿佛死者在进行某种诡异的重生仪式。

这个不详的比喻让李鑫升有些脊背发凉。

"要不，换一个新型号吧。"一个中年男人说，"也贵不了多少钱，比起修这个老是抛锚的破东西。"

这是一对老夫妻，女人一副生气的样子叉着腰，男人把头靠到女人耳边，时不时嘀咕几句。"这绝对不行！"，女人用男人十倍的音量回应他，几位仿生人服务员立即转过头，其中一位带着甜美的笑容小步走到女人跟前。

"这位女士，请问您有什么需要吗？"

"没有没有。"女人不耐烦地摆摆手，没好气地说道。

服务员识趣地鞠了一躬，带着收敛了一些的微笑继续她的工作。

"我是说，Amma 是把他从小带到大的保姆，如果现在把它报废了，那孩子得多难过呀？"女人的语气柔和下来，"再修修，实在不行，换个一样型号的身体，把记忆芯片留下。"

"Amma，Amma，世界上有多少个 Amma？"男人继续在女人耳边嘀咕着。

李鑫升，这个瘦小的中年男人坐在两人旁边，他的表情轻微地抽搐了一下，眼神里闪过一丝愤怒。他随即转身，背对着他们坐下。

全息屏上满屏幕的 A 中闪过一个斜体的 C，李鑫升敏感地注意到了这个唯一的 C，但这个原型机不是属于他的号码。

"C0002"

另一位穿着燕尾服的男士起身，整理了一下衣冠，拍了拍手，原型机的造价远远高于其他型号，正如奢侈品牌喜欢限量一样，原型机产量极少，一般具有某些特别的功能。他的仿生人男佣推着一辆小车跟在他的身后。车里装着另一个衣冠端正的仿生人，已经停机了，这显然是这位优雅人士的机器。

男佣与一位服务员握手以交换信息。短短数秒内核对了型号、需求配件，完成了付款。"喂，ZAKA！"，男士转头向男佣说，"他以后还能弹琴吧？"

"他在替换手部配件以后，需要重新适应手指的灵敏度，所以请给他大约三天的练习时间。""三天，你怕不是在和我开玩笑！"男士轻声抱怨道，眉头紧锁，"他是什么废物音乐家？还不如一个会吹口哨哄孩子的家用型！"

男士解下纽扣，把手臂伸直，身后的仿生人男佣立即用一种优雅的方式帮助他毫不费力地脱下衣服。

李鑫升的脚边是一个半米高的塑料收纳箱，他的眼睛死死地盯着这个箱子。

II 玫 瑰

"那咱们把今天的故事讲完瑶瑶就睡觉，好不好？"李鑫升左手捧着一本《小王子》，右手捋着女儿的头发。

每当父亲开始讲述睡前故事时，瑶瑶总是睁大一双黛蓝色的眼睛，眼里似乎能绽放出星光。"好。"女儿的双脚在被子中移动了几下，把整个后背靠在枕头上，手里抱着一只小抱枕，调整好最舒服的姿势。

"刚刚讲到哪里来着？"

"爸爸刚刚讲，小王子在地球上旅行，爬到了世界上最高的山，他对山说'我很孤独'，山回答说'我很孤独、我很孤独'。爸爸，后来小王子去哪里了呀？"

"啊，等一下。"李鑫升舔了一下食指，翻动着书页。

"在沙漠、岩石、雪地上行走了很长的时间以后，小王子终于发现了一条大路。所有的大路都是通往人住的地方的。"

"你们好。"小王子说。

这是一个玫瑰盛开的花园。"你好。"玫瑰花说道。

小王子瞅着这些花，它们全都和他的那朵花一样。

"你们是什么花？"小王子惊奇地问。"我们是玫瑰花。"花儿们说道。

"等一下，爸爸。"女儿抬头问道，"您是说，小王子在地球上，看到了好多好多和他的玫瑰一模一样的玫瑰？"

"是的，一模一样。"中年男人的视线盯在书上，不假思索地回答。

"那好多好多朵，大概是多少朵呢？"

"一万朵吧，嗯，一万朵玫瑰。"

一声令人不适的玻璃破碎声打断了父亲的讲述，楼下随即响起嘈杂的人声。中年男人拉开窗帘，红色的火光透过窗户在他的脸上跳动，他带着有些复杂的表情望向楼下的暴动者。他们朝着害得他们失业的仿生人怒吼，朝着害得他们的生命毫无意义的时代怒吼。

当然，没有人会理会这样的怒吼，怒吼也罢，接受也罢，堕落也罢，他们熙熙攘攘的声音终究只是这个时代的杂音。文明的前进需要代价，就像巨轮的前进需要燃油，这些失业者称不上燃油，倒像是因为燃油不完全燃烧，产生出的呛人的、刺鼻的浓烟。愤懑者在公共建筑前示威，对街头的仿生人无差别地进行袭击；堕落者挥霍失业补偿，用各种方式满足肉体的欲望。

窗外响起令人不适的警笛声，这让中年男人异常烦躁。

李鑫升继续讲，他讲，小王子看到这么多玫瑰以后，恍然大悟般地发现自己珍惜的那朵玫瑰是多么的平凡普通，他讲，小王子的玫瑰多么自大骄傲，让最爱她的小王子流浪于异星，他讲，他有时候就觉得自己是那个可悲的小王子，可悲到他自己的玫瑰都离他而去。

"哈哈哈哈！"中年男人的身体因为大笑而剧烈的颤抖，他笑到流泪，他笑到胸腔隐隐作痛，他举起那本书狠狠地往地上砸去。

"哐"。紧接着巨响的是持续数秒的蜂鸣般的回音。

女孩从被子里探出上身，拥抱着身体因为剧烈的情绪仍在起伏的中年人。

"爸爸不哭，不哭……"女儿的小手轻轻拍着男人的后背，"跟我继续讲小王子的故事，好不好？"

"嗯，嗯……"男人木然的脸上留下两行曲折的泪痕，随着他脸上的褶皱弯弯曲曲的泪痕，如同两滴雨打在废弃的金属板上。

"爸爸错了，爸爸不该生气，爸爸继续给你讲故事……"

男人缓缓弯下腰，从地上慢慢捡起那本封面是深蓝色的童话书，书的硬壳封面已经有些弯曲。李鑫升的女儿乖巧得不像这个年纪的女孩子。

他讲，小王子看到那一万朵和他的玫瑰一样的玫瑰时，内心多么的痛苦和迷茫。他的玫瑰不是独一无二的，他的玫瑰是园丁可以量产的。

"爸爸，后来小王子怎么样了呀？"女儿迷迷糊糊地半闭着双眼问道。

后来，小王子遇到了狐狸。

狐狸告诉小王子，你的玫瑰就是宇宙中独一无二的玫瑰，不是因为她的相貌，她的性格，而是因为只有你，用了时间和爱，去驯化了你的玫瑰。

中年男人看着女儿渐渐平静下来的呼吸，深深吸了一口气。

《小王子》对他来说何尝也不是一篇成人童话？在这个付出时间和爱都是奢求的世界，他又凭什么能驯化能真正地拥有自己的玫瑰？

Ⅲ 病 根

李鑫升在人事处办公室门口吞咽了一口口水，调整好职业性的微笑，用一种看上去体面的步伐走了进去。

"帮我调取一下他的授课报告。"办公室内唯一的一位人类职员朝着他的仿生人助手说。

"李鑫升，我们分析了您的授课报告，由教学目的、教学方法、课程影响力三个方面对您第三季度的授课进行了评估，您的综合评价为不合格。很遗憾，您将不能在基础教育系统中担任小学讲师职务，您的工作将由讲师 Alice 代替。感谢您对 C 国基础教育做出的贡献，合同违约费用将在 1 至 2 个工作日内转至您的账户。"仿生人助手的话语一如既往地平静，像一块银白色的锋利金属刀面平静地刺向这位中年讲师。

"我可以具体查看我的授课报告吗？"李鑫升的声音有些颤抖，他尽量压抑着自己的情绪，像一个迎接圣餐的死囚。

"请稍等。"助手翻阅了一下系统中的数据，"您的课堂教学内容完成度较高，但是您的学生在季度考试中成绩并不理想，因此您的教学目的评分为 B；您的教学方法过于古老，无法与教学目的、与社会需求相匹配……"

"够了。"李鑫升嘀咕了一句，仿生人助手捕捉到了他的自言自语，便停止了发言。

人类职员扭过头看向这位濒临崩溃的讲师:"这个结果是很正常的,自从幼教型仿生人量产了以后,多少小学讲师都被解雇了。去拿着解雇金找点乐子,提前退个休……"

李鑫升走出大楼,阳光很好,他有些睁不开眼睛。待他红肿的双眼适应了强烈的阳光以后,他才清晰地看到这个荒谬的世界。地面、汽车、玻璃大楼、太阳,还有巨大荧幕上投影最新型号仿生人的广告。他附近的花坛边上有一位人类小伙弹唱吉他,那是一个典型的、卖唱乞讨的失业者。李鑫升的情况显然比这位年轻人好出许多,每个月的补贴和一大笔离职费用,显然够他转行做点灰色地带的小生意。年轻人的脖子上挂着用歪歪扭扭的字迹书写的乞讨招牌:"只要5元,聆听拥有灵魂的音乐"。李鑫升驻足了一会儿,他觉得那位小伙的弹唱十分动情,便给他捐了5块。

李鑫升,这位迷茫的、刚刚失业的小学老师,沿着这条城市的主干道漫无目的地行走。他当小学老师已经有十多个年头了,在仿生人情绪模块问世之前,教师是在大失业潮流中最高枕无忧的职业之一。起初,李鑫升认为自己是出于热爱选择了教师这份职业,他喜欢孩子,喜欢与孩子打交道。但是仿生人教师的问世让他对学生的关爱相形见绌,他努力模仿它们的教学方式,迎合这个时代,甚至忘记了自己之前是如何讲课的。

他想到了他的女儿,李玉瑶。他很爱她,他给她讲故事,虽然她总是不爱听,她喜欢跟着她的妈妈购物。现在的他失去了工作,失去了见到他的女儿的最后一张底牌。

他还记得他在大学读书时每学期必修的科目是情绪管理。是的,在仿生人拥有人类最重要的东西,人类的情感、同理心和道德之前,它们是人类最引以为豪的。

仿生人可以一经生产就具备大量的知识和技能,这些仿生人教师的生产日期绝对比每一位孩子的生日还要晚上几年,但是人需要不断学习。是的,多么讽刺,一位知识的生产者被一台被设计为热爱教学的机器取代了。Alice那张标准的、富有亲和力的笑脸在李鑫升的眼里是如此面目可憎。

李鑫升愤愤地钻进一处街角,他沉重而迅速的步伐惊起了一群围着一个垃圾堆食腐的黑鸟。他钻过好几个巷子,看到了一家还没有营业的酒馆。

透过大门的玻璃,昏暗的酒馆内整齐地摆放着木质吧台和桌椅,墙壁上悬挂着一些骨制装饰品。他推门进去,眼前浓郁的波尔多红与发散温暖橙色的复古提灯交相辉映，背景音乐听起来是上世纪的爵士乐。这里是个让他忘记现实的好地方。

他冲仿生人酒保打了几个响指，要了几瓶生啤，对着提灯里倒映的小人影一饮而尽。

那一天他大概是在那家酒馆里度过的，他从酒馆里走出来时头很晕，身上沾满了酒渍和呕吐物。

他拖着一副躯壳跌跌撞撞回到了家门口。

"瑶瑶、瑶瑶。"他轻声喊道，"快来给爸爸开门。"

空荡的楼道空荡的家，回应他的是一阵清脆的提示音，他的辞退补贴到账了。

Ⅳ 枯萎

"瑶瑶，瑶瑶。"中年男人温柔地呼唤，"快来吃饭了。"

"嗯嗯，爸爸我来啦。"楼上的小书房里传来清脆的童音。

李鑫升把桌布铺好，把自己亲自制作的几道家常菜摆放在桌上，帮女儿盛好饭，坐在了女儿对面的位置上，这是他第一次亲手做饭给他的家人，他的女儿。

女儿很快迈着轻快的步伐下楼，坐在了父亲对面。

女儿缓慢地拿起餐具，在碗中搅动了几下。

"你喜欢听我讲故事吗？"

"当然啦，爸爸的故事总是很有趣的。"

"上次给你讲的故事，你喜欢吗？"

"对啊，我很喜欢《小王子》这个故事。整个故事既有悲伤感人的部分，也有略带幽默的插曲，给我的印象非常深刻。"

"那你下次想听什么故事呢？"

"如果爸爸下次再讲一遍小王子的故事，我也很愿意听呢。除此之外，我还想听许多其他优秀的故事，比如《安徒生童话》《格林童话》《瓦尔登湖》等等。"

"儿童文学推荐书目。"李鑫升的脑海里冒出这几个字。她怎么会知道这些？
"快吃饭吧。"

"嗯，好的爸爸。"

女儿的筷子仍然在碗中搅动。

父亲的笑容渐渐收敛起来。

李鑫升站起来给他的女儿女儿夹菜。

"这是我今天尝试做的回锅肉，配这个酱很好吃，你快尝尝看吧。"

李鑫升的声音有些颤抖。

"快吃饭，求求你快吃饭。"他近乎祈求地这么想着。

"嗯，好的爸爸。"

女儿的筷子仍然在碗中搅动。

回忆、现实、想象在这个男人的脑海中交织，宛如一片片破碎的拼图组成了他颓唐的生命。李鑫升的表情扭曲起来。

他的脑海里投影出的，是他最不想回忆的片段。

他看到，那个中年男人在失业以后浑浑噩噩，再也无法负担起一个家庭所需。

他和他的妻子平淡地结束了将近十年貌合神离的婚姻，他的妻子得到了女儿的抚养权，他后来再也没有见过他的女儿。

他看到失魂落魄的中年男人，那个收到了一笔不菲的辞退费的男人看到了最新型号仿生人定制的广告。

他渴望有人听他讲故事，他渴望有人被他爱。

他定制了他爱的人——女儿。

他再次拥有了一个女儿，他深爱着他的女儿，他给女儿讲故事，以前的女儿从不喜欢听他讲故事。他给女儿做饭，以前他从不给女儿做饭。

但是他的仿生人女儿让他失望了，他想尽力做一个好父亲，但是他的仿生人女儿没有办法接受父亲的全部爱意，哪怕吃一顿父亲亲手做的饭菜都做不到。

现在他的脑中满是质疑，眼前的女儿究竟是不是他的女儿，是不是世界上有一万个像他一样落魄的中年人也拥有一万个和她一样的女儿。

"快给我吃饭！"父亲狠狠拍了一下桌子，汤汁溅到了他的衣服上。

"好的好的，爸爸别生气。"女儿把一口饭塞到了她的嘴里，尽管那只是一个冰冷的、没有食道的空腔。

眼前的仿生人为了满足这个中年男人，正用一个她不具备的器官做着她不具备的功能。"你不是我的女儿。"男人不停地摇着头，一步步向后退。

眼前的小女孩，或者说小女孩模样的塑料机器人，怎么能称得上他的女儿呢？

是仿生人害得他失业，他却又试图从仿生人那里寻求安慰，多么讽刺，多么讽刺！

李鑫升再次放声大笑起来，笑到他感觉下颚麻痹，整个脸胀满了疼痛。

"不，你是我的爸爸，我的父亲。"女儿的嘴里仍然嚼着那口该死的米饭，声道的发音却一如既往地清脆。

"你不是我的女儿！你这个塑料，这个机器！"

"爸爸，我是您的女儿，您为我讲故事、做饭，我很感激，我很爱……"

"闭嘴！"

就一瞬，父亲向前一跨，颤抖的右手抓起椅子的一角，向女儿挥去。

沉闷的响声，女儿直直地倒在了地上。

女儿的头上发出了一些电路损坏的声音，胸口的运作提示灯透过精美的衣服闪烁着刺眼的红色。

V 狐 狸

"C0003"

仿生人售后服务中心的广播叫到了李鑫升的号。

中年男人小心翼翼地搬起脚边的箱子走到服务台前。

"先生，请把需要修理的仿生人放置在传送带上。"服务生恭敬地说。

中年男人下意识地将箱子缩到自己的怀中，他犹豫了几秒，还是把箱子放到了宽大的传送带上。

清脆的提示音响起，传送带带着箱子往服务站内部区域送去。

中年男人不自觉地向前迈出一步却被服务生拦下。

"先生，传送带危险，请不要靠近哦。"

李鑫升坐立不安地等待了几分钟，服务站后台走出了一位人类职员。

与职员核对完名字，购买日期，保修协议，李鑫升感觉有些喘不过气。

"所以请问她，多久能修好呢？"李鑫升问。

"稍等。"人类职员对着耳麦嘀咕了些什么。

回过头时，人类职员的脸上已经没有了一丝微笑，他用一种略带神性的、审判者般的眼光看着眼前的中年男人。

"对不起，先生。经过鉴定，您的仿生人的损伤系您殴打导致，这不在我司保修范围内。并且对于殴打虐待儿童型仿生人的不人道行为，我们有权拒绝为您提供维修服务。"

"不是的，不是的……"李鑫升用痛苦的声音说，"那是一场意外，真的是意外……"

"我们已经调用了您的仿生人的记忆芯片，观看了它损坏前的最后录像。"职员冰冷地说。"我可以不申请保修协议的，我只是想，让她回来。"他把自己颤抖的双手别在身后，双手似乎在试图抓取着一缕最后的希望。

"我们有权，拒绝为您提供维修服务。"职员用高傲而冰冷的眼神注视着面前的施虐者，"请离开吧，先生。"

职员转身将中年男人的箱子递给他，后者接过他悲伤的、损坏的女儿，大脑一片空白地向店门口走去。

在某种程度上，他箱子里的仿生人就是他的女儿。他从未如此深刻地理解《小王子》中驯化的意义，是的，他付出了时间、精力和爱。而正是爱，让这个可能即将量产的原型机变成一个独一无二的"人"，一个作为李鑫升的女儿，以人的形式存在的个体。而李鑫升刚刚感悟到这个仿生人对他来说多么珍贵时，她已然离去。

"C0004"

叫到下一个号时，李鑫升用脚抵住门，抱着箱子快步钻了出去。

外面的阳光还是一如既往地刺眼，中年男人心如死灰，他失去了他的女儿，又一次。

"哎哎，先生"，门口一位小伙拦住了他的去路。李鑫升刚想转头换一个方向离开，小伙便把一张深蓝色的传单塞到了他胳膊和箱子的夹缝里。

"什么年代了还在售后服务店里修东西啊？"小伙露出一抹狡黠的微笑，"咋地了哥们？钱不够了还是违反什么狗屁条例了？"

李鑫升张了张嘴，却发不出声音，再次袭来的悲伤让他的脸有些抽搐，他背过身向另一个方向走去，尽管那是他家的反方向。

李鑫升藏不住的悲伤让小伙感到某种残忍的兴奋。这样一个爱上仿生人的家伙，为了修好那个塑料机器，多少钱都愿意出。

"喂！"小伙笑着朝着中年男人的背影喊："想把你爱的人修好吗？你会回来找我们的。"李鑫升停留了几秒，继续向前走去。

VI 蛇

"仿生人'合法'再生"，布满折痕的广告纸中央印着这几个大字。"无论家用还是定制"，广告纸右侧一个仿生人大头像旁边这样写着。"行星路 13 号"。

李鑫升手中攥着那张小广告，后备箱里装着他的女儿，一路开到了市中心的这条支路。

支路只有几米宽，在林立的大楼中没有一丝阳光，路两旁上世纪的霓虹灯闪烁着五颜六色魅惑的光芒，上面写着"豪斯酒店，超低价钟点房"、"你的仿生人女友"、"分期免税协议代办"……叫人分不清白天和黑夜。

李鑫升的车子缓缓地经过这些标志，头探出车窗仔细地分辨墙上的店铺标号。终于他停在了一家汽修店门口。

"哟，老板，你想给你的家伙改装还是喷漆？"门口的伙计放下手上的活，朝着中年男人招呼着。

李鑫升停下车，打开后备箱小心翼翼地搬出他的女儿，向店铺内部走去。

"老板是来做仿生人生意的啊，请进请进。"伙计客客气气地跟在中年男人身后。

汽修店的内部空间十分宽敞，几十台大灯明亮了整个空间。值得注意的是，店内竟然没有一位仿生人职员，忙活的几个店员们互相攀谈着，如同美国家庭电视剧中的场景。值得注意的是，店铺最右边的墙上挂着一些元件，一些显然不是用于汽修的元件。李鑫升仔细一看，竟然是仿生人的各种肢体和器官，它们被艺术性地排列在墙上，如同一件件价值不菲的展品。"真是来对地方了。"李鑫升内心涌上一股惊讶和窃喜，与此同时他却也感受到淡淡的不安，回忆起在仿生人售后服务中心的场景，他们会把女儿的娇小身体打开，换上墙上那些似乎毫无生命力的零件。

"仿生人维修是吧，家用型？"一位戴着眼镜、脸部有些消瘦的男人朝着中年男人说。中年男人摇摇头，没有回答。

"啊，是原型机哦？"消瘦男人的眼神透过小圆眼睛反射出略带激动的光芒，显然他们很少见到来这里修原型机的大客户。

消瘦男人叫来店里的所有伙计，滔滔不绝地为中年男人讲述店内的仿生人配件多么齐全，服务多么周到。

中年男人把箱子轻轻放在地上，把遮盖原型机的毯子移开。消瘦男人把头伸到箱子上方，不由得惊叹了一句。

"儿童型原型机！这是近两年刚刚推出的原型款！"

李鑫升心头一紧，眼睛有点酸。

消瘦男人两手抓住原型机的头，将它提起来。"给我小心点！"中年男人警告说。消瘦男人露出了一秒惊讶的神情，随即赔着笑道歉。

"哎呦，头部钝伤，这可是要换芯片的呀，这样一来，小家伙的记忆就……"，"不能，一定要保留她的记忆。"李鑫升打断他说。

"好嘞好嘞，一定按您说的做。"眼镜下，消瘦男人的眼神透露一种难以言表的微妙。

消瘦男人安排店员将儿童型原型机带到后台进一步检查，随后和中年男人开了维修文件。"一次全身检查，两块脑集成模块……大概价格是这样，您确认一下吧。"

李鑫升大致看了一下维修单，电子合同的一切手续似乎都具有效力，只是维修的价格实在令人吃惊，甚至达到了女儿造价的一半多。

"这个价格实在……"

"实在抱歉，"消瘦男人接过话，"咱们原型机零件要定制，不能再便宜了，请您先付个定金吧。"

李鑫升所有的资产，也只够付这一笔定金了。但是李鑫升决定，就算贷款也要让女儿回家。

Ⅶ 互　助

两周以后。

李鑫升由于失业，没有向银行贷款的资格，在平日来往的朋友那里也吃了闭门羹。他远远没有凑到维修女儿的金额。

但他还是一大早就来到了汽修店，存着一丝侥幸的勇气。

消瘦男人热情地招呼他，在李鑫升进店后，伙计迅速关上了店大门。

李鑫升看到了他的女儿，维修人员已经将她重新开机了。让他极其愤怒的是，他们竟然把女儿装在一个不足一平方米的玻璃容器中，就和仿生人销售店里那些即将被出售的机器一样。女儿两手伏在容器的边缘，似乎已经保持了这个姿势很久。

"爸爸，爸爸，上次还有话没跟你讲完。"瑶瑶敲打着玻璃容器，说："爸爸，好久没见到你了，我好想你呀。"

她的声音在玻璃容器中有些失真，但在李鑫升耳中仍是最美的天籁。

李鑫升愤怒地瞥了消瘦男人一眼，转头向女儿，温柔地说："是爸爸不对，爸爸现在就带你回家，好不好？"

"麻烦把她交给我吧。"李鑫升朝着消瘦男人冷冷地说。

"先生啊，要求倒是提得挺快呀。"消瘦男人的脸上泛着让人不适的微笑。

"你什么意思！"李鑫升的手摸向腰间的袖珍步枪，这个动作他已经排练了数十遍。

"您可是我们的大客户，但是没付尾款这么提了货说走就走，不太合适吧。"消瘦男人仍然保持着微笑。

李鑫升紧紧握着折叠枪的枪柄。

"看来你也不是个老实人呀。"

消瘦男人拍了拍手，在这个封闭的空间中回荡着阴森的音符。

店员们一瞬间掏出手枪，对准中年男人。

"你！"李鑫升低吼了一声。

"爸爸！"瑶瑶发出一声惊叫。

"真是美好的父女重逢呢！"消瘦男人嘲讽般一步步走到完全无法移动的中年男人跟前："你说说，如果我在这里把你打死，你的塑料女儿会为你悲伤吗？"

"你们这样是损人不利己！快让我的爸爸走！"，瑶瑶用力敲打着玻璃，她的声音似乎带着一丝哭腔。

"说说吧，你们想要什么？"李鑫升咬牙切齿地说。

"哎呀，"消瘦男人阴阳怪气地说，"到底是大老板呀，这么快就悟到我的意思咯！"他一把抓出李鑫升腰间的步枪踢到一边。

"咱们既然都是生意人，就用不着拔刀相向咯。"

消瘦男人再次拍了拍手，示意店员把枪收下。

消瘦男人从桌上提起一份资料，自顾自地念了起来。

"李鑫升，43岁。曾隶属C国基础教育服务部，去年因业绩不佳被辞退，并和妻子离婚，失去了女儿的抚养权，从此罹患精神疾病，并花巨资购买了一个儿童型原型机寻求心理安慰。哎呦，根据市医院的资料，嗯……双相情感障碍、强迫症、妄想症，还挺齐的嘛。""你他妈！"李鑫升愤怒了。

瘦削男人把资料放下，转向李鑫升，竟然伸出了一只手。

"要不和我谈谈生意吧，你可以叫我'史努比'。"

"那你可真是个畜生。"李鑫升一掌推开他的手，怒视着他。

"哈哈哈……"史努比放声大笑，"真是个直性子的生意人。"

"生意讲究一个互助，我帮你修好了你的女儿，帮了你这么大一个忙，既然你付不起钱，那我希望你也帮我个忙，也不过分吧？那我也不拐弯抹角咯。你知道C国有多少你这种失了业、抑郁的倒霉蛋？我们最近在研究一种治疗你这种人的靶向疗法。可惜呀，样本好像有点不太够呢。"

"你拿我一个人做实验就能研究出你伟大的疗法了？真是可笑！"

"当然不是。我想自己制作一款仿生人量产型，用于大规模的治疗测试。但你知道吧，仿生人的芯片可是要很多数据的哟。"

"爸爸，千万别听他的！他们要提取您的大脑数据，这是有很大的风险的！"女儿插话说。"你好好想想，你和你的女儿，二选一，不能全都要哟。"史努比摆着一副阴阳怪气的表情。"爸爸，如果您自己失去了生命，我的存在又有什么意义！"

"说得对，小家伙。"史努比转向玻璃容器，"你的爸爸也可以选择放弃你，直接走了。一会儿我就把定金给他退了，再把你转卖给另外一个像你爸爸一样的家伙。"

"那你真是太高看我对仿生人的态度了。"李鑫升笑道。

说罢他转过身，朝着店门外走去。

"她是一个机器罢了，她不过是个机器罢了。"李鑫升对自己默念着，但是他那逐渐放缓的步伐骗不了自己。

李鑫升无意识地转过头，他对视上瑶瑶的眼睛。那双饱含着星空的眼睛，那是怎么样的一种眼神？痛苦吗，责怪他抛弃她吗？

但是他看到的竟然是，一种欣慰的眼神，一种了却所有遗憾的人，临终时对爱人的眼神。李鑫升流泪了。

"她是我的女儿！"李鑫升的心里冒出这样一句话，如钢印一般成为了他脑中的一部分。他再次回头，转过身，向他的女儿走去。这大概是他人生中走得最美的、最坚定的步伐。"这就对了！"史努比笑道。

"爸爸，不要回来！你会死的！"女儿几乎绝望地拍打着玻璃，朝着她的人类父亲喊叫着。"不，小家伙，你错了。你的爸爸有可能只是失去一副人类的肉身，变成你们仿生人家族的一员哦！"史努比兴奋地说。

"而且李先生，我向你保证，你的仿生人，我是说，用你大脑数据制作的仿生人，一定可以和你的女儿，拥有一个更好的家。"

生命的意义本就是互相给予的，李鑫升给予了瑶瑶生命，瑶瑶赋予了李鑫升意义，他们之间的爱，从来不是单向的。

李鑫升再次望向瑶瑶的眼睛，他眼神中的爱意和意志让瑶瑶逐渐平静。

李鑫升不必多言，他已经做好决定，他决定去死。他决定就算去死，也要作为瑶瑶的父亲去死，无论眼前的消瘦男人会不会兑现他的诺言。

史努比打开通往地下室的大门，李鑫升在他前面走了进去。

李鑫升在大门关闭前一秒，猛然意识到了什么一般，他尽全力扭过脖子。

他看到黑色的枪口，透明的玻璃罐子，渐渐闭合的卷闸门，粉色玫瑰的身影在罐子中融化。那是李鑫升作为人类，看向他女儿的最后一眼。

Ⅷ 吞 噬

在他的脚踝子骨附近，一道黄光闪了一下。刹那间他一动也不动了。他没有叫喊。他轻轻地像一棵树一样倒在地上，大概由于沙地的缘故，连一点响声都没有。

——《小王子》

地下室的门一关上，史努比的电击枪便对李鑫升的心脏扣动了扳机，早已准备好一切的医生将那具抽搐的身体绑在手术台上。

医生们用剪刀剪去中年男人的头发，在他的头皮上涂上强电离膏。

"一次性的。"史努比命令道，"用不着涂了。"

医生们犹豫了片刻，把一根根钢针刺穿男人的头皮和颅骨，为他佩戴好提取大脑数据的仪器。李鑫升仅存的意识支撑他想起了很多东西。

他以优异的成绩考入重点大学就业最稳定的师范专业，心高气傲地拒绝他的追求者。他秉持着门当户对的态度娶了一个和他一样在体制内的成功女人，尽管两人几乎毫无感情基础。

直到他的女儿出生。他爱他的女儿，但从来没有人教过他，如何爱女儿。

他在失业潮中也没能幸免，仅由经济基础维系的婚姻也随之破裂，最痛苦的是，他失去了女儿的抚养权。

他一定是这个世界上最失败的父亲了。

"脑休克程序启动，倒计时3，2，1，电击！"

巨大的电流穿过李鑫升的大脑，他整个下半身痉挛起来，如同一只被抛弃在陆地上挣扎的淡水鱼。

直到他再次感觉到自己被需要，他再次拥有了一个女儿。

他眼前最后的画面是那个儿童型原型机，他驯化的玫瑰。

哦，她仍在敲打着玻璃容器。哦，她的嘴巴一张一合，似乎在喊叫着他的名字。哦，他似乎看到女儿眼中噙着泪珠，就像早晨的玫瑰花含着朝露。哦，他又想起那朵倔强的玫瑰花，她要求小王子给她一个挡风的玻璃罩子，她怕外面的老虎把她吃掉。

李鑫升知道，尽管世界上发行了上万台和瑶瑶一样的原型机，尽管每一台优秀的原型机最后都会投入量产，但是李鑫升相信，相信这颗星球上，只有他那么爱她。

那个小小的身影也在男人的眼前逐渐模糊，李鑫升的眼泪与笑容，癫狂与抑郁，痛苦与爱，

通过一根根钢丝传输到算力巨大的电脑中，化为一行行跳动的字节。

史努比一刻都不敢马虎，他无比珍惜这来之不易的人体实验资源。他命令工程师立刻开始蚀刻，在数据库被这个复杂的中年人的大脑数据填满之前，在这个中年人的心脏停止跳动之前，把数据录入到象征新生的仿生人大脑芯片上。

蚀刻仪器发出简短的提示音，宣告李鑫升的第二大脑已经完成。

地下室像一个空荡的、冷清的黑洞，在片刻的沉默后，它爆发出如雷般的掌声，夹杂着史努比的欢呼。

维生装置上的体征数值慢慢减小，没有人理会这个平凡生命的逝去，人们在庆祝另一个伟大生命的诞生。在仿生人私人实验室中，做到把人类大脑数据完全传输到仿生人芯片的试验，这是第一例。

史努比激动地和研究人员拥抱、击掌，一种病例型仿生人即将交付给国立生命科技公司投入量产。与之合作的他们，不知能在这场交易中获得多少的利润。当然他们还有很多事情要做，首先，他们要制作一台样机。

史努比望向已经被白布蒙住整个身子的李鑫升，他知道自己会兑现与这个死去男人的诺言。

Ⅸ　回　家

　　一个傍晚，夕阳把远处高楼的每一块玻璃照射出贵金属的颜色。父亲牵着女儿的手走在小区的小路上，一大一小的影子在余晖下笔直而清晰。花园的蔷薇丛装点着三两枝待放的玫瑰。父亲低下头注视着身边的小生命，女儿自顾自向前走了一会儿，感受到父亲温柔的注视后，抬起头，微笑地看着他。

　　天边的橘黄色晚霞渐渐变深，几颗星星在这片澄澈的天空中依稀可见。

　　"如果你爱上了一朵生长在一颗星星上的花儿，当你夜晚仰望星空时，就会感觉到甜蜜，仿佛所有的星星上都开着花。"

亚当醒来时
——自由意识源于波

杜良广

I

绿皮火车在车轮与铁轨的撞击中轻微地摇晃了一下那庞大的躯体，窗外的景色不紧不慢的向后撤去，夕阳打在车窗上，寒江雪不知道这是自己第几次醒来。

"零食饮料矿泉水，有需要的吗……"当列车员又一次推着装满货物的小推车从那窄窄的过道走来的时候。他从中铺爬了下来，背对着火车前进的方向在靠窗户的收纳凳坐了下来。望着窗外倒着飞过去的一帧帧风景，他不由自主的回忆着过往的点滴，眉头紧锁。

"她被火车撞死了。今天凌晨发现的尸体。"手机里的这条短信，他看了数十遍，却一直没有回复。他琢磨着这件事情，尽力的把自己从这件事当中抽离出来，进而审视整个过程。

大概从三个月前起，他和她之间就慢慢出现了很大的隔阂。当一些需要磨合的问题开始浮现的时候，她却只想一个人待着。虽然她表面上说着自己没事，但其实他们都知道，那是一种对沟通的抗拒，那是一种纯粹的精神内耗。她是一个对心理学和一些精神分析读物极其感兴趣的人，对于心理学的发展史和主要流派总是如数家珍。她寻常所涉猎的书籍也近乎全是心理学方面的。他们常常会就一些观点进行探讨，这样的探讨在过去的很长时间里会是一个让双方都很愉悦的过程。但直到三个月前，一切就都变了样子。

他们渐渐的发现彼此并不是同一类人。她对自己的观点有着近乎绝对的自信，从不会质疑自己的判断，认为生活中围绕她展开的所有社会关系、社会活动都是为了"本我"服务的，并追求着一种不受束缚、自由自在的状态。他却有很大的不同，他对一切事物的看法总是不绝对的，并认为生活中发生的一切应当为"超我"服务，总是恶补着已知的未知、探索着未知的未知。

"4号中铺在吗？4号中铺在吗？4号中铺在吗？"一名身着制服的女乘务员不紧不慢的问了三遍，声音一次比一次高。

"寒江雪！寒江雪在吗？"见无人回应，女乘务员在看了看手里的黑色设备之后又一次问到。

"是我。"从恍惚中缓过神来，寒江雪机械般的抬了抬手，又机械般的对女乘务员笑了笑。示意对方自己就是她要找的人。

"前面就是苏北站了。您记得收拾行李准备下车。"

II

寒江韬静静地坐在逸夫楼二楼的阳台，闭目锁眉，单单是用耳朵捕捉着外面稀稀落落的雨声，全然不顾手里那支正一点点熄灭的烟。外面雨声的旋律是和谐的，可那几声聒噪的鸟叫声就显得过于突兀了，是对于美的破坏。一支烟的工夫，他想一支烟的时间足够了，足够他等到弟弟寒江雪。

当那支烟燃尽时，寒江韬往楼外的广场上望去，只见一把黑色的雨伞在雨中缓缓走来，伞下的人每走一步，都能听到轻微的水浪之声。

"事情我都听说了。想不到年底那次见面竟是最后一次见到她了。这一切发生得太突然了，别说你，我也感觉难以接受。"见弟弟摇了摇头，寒江韬拍了拍弟弟的肩膀，并没有继续说下去。

"给我根烟吧，哥。"寒江雪望着桌面上的烟，又扫了一眼旁边的火柴。

"你以前不抽烟呐。"迟疑了片刻，寒江韬还是把烟和火柴递给了弟弟。

三楼电梯右边拐角的正数第二间办公室301，位置和朝向都很好。寒江韬为了方便平日做实验，很久以前就把301改造成为了一间简易卧室，实验项目较忙的时候他都住在这里。

"你先在这里歇一歇吧。我得去地下看看猴子。"把弟弟领到301后，寒江韬简单交代了几句就离开了。

看看猴子？寒江雪心存疑问，可最后还是愣了愣神，并没有问出口。

行李随便一放，寒江雪很快便沉沉地睡过去了。在梦里，他竟然又见到了她。像一个事不关己的旁观者，他很平静的观察着梦里的一切。那是一个晴朗的夜晚，天空中挂着一轮明月。他先是看见了一条巷子，路两旁的灯稀疏地耸立着，勉强可以看到约莫两三丈的距离，至于巷子更深处则是乌黑的一片。虽然观察着这个梦时只有一双眼睛，但他还是感受到了巷子深处传来的微风，很凉。她出场的脚步声很特别，脚一步一步地踩着路面上四处散落的沙砾，这样的声音又在巷子间来回荡漾。他注视着她的脚步，后者在巷子的深处右拐进了另一条更黑更暗的巷子，又走了十来分钟，映入眼帘的是一个熟悉的土坡。没有了建筑物的遮挡，月光肆无忌惮地倾泻在地面上。她抱膝坐在土坡半腰的铁轨上，就像过去她和他到这里来的时候一样，她眼神空洞地仰望着星空，嘴中念念有词。凌晨两点十四分，那趟熟悉的运煤列车呼啸而过，只留下了那一具年轻的、残缺的尸体。

从昏睡中醒过来，扫了一眼这陌生的环境，有那么一刻寒江雪很难分清楚到底哪一个才是真正的梦。直到寒江韬推门而入，他才真正从恍惚中醒了过来。

"外面雨停了，我们出去转转吧。"

"我们去喝点酒吧。"

"嗯……好。"寒江韬迟疑了片刻，没有再多问，同意了弟弟的提议，尽管他记得弟弟以前滴酒不沾。

III

这是一家别具风格的小酒馆。酒馆的照明设计别出心裁，昏黄的光源稀稀疏疏藏匿在各个地方，在吧台的台沿下、在每张桌子的煤油灯罩里、在石板路的路缘边，至于音乐，不过是当下一些热门的歌曲，无非是一些伤感的情歌罢了。

"你这种状态很奇怪，极致的冷静，让我不太放心。"寒江韬点燃了一支烟，长长地吐了一口烟圈说道。

弟弟并没有回话。

"还是给我说说你的研究吧，哥，你下午说的猴子是什么？"过了大概一刻钟，寒江雪喝了一口酒，若有所思地问道。

"我是做共振克隆研究的。一般来说，具有特定结构的物质总是能发出一定频率的波，结构越稳定，在不受外力的影响下其所能产生的波往往就会很稳定。我所做的研究工作就是通过采集某种特定物质 A 产生的波，并将其经过一系列处理优化之后作为场源去刺激另一些处于无序状态的物质 B，在场源的刺激下无序物质 B 会逐渐与特定的物质 A 产生同频共振，并一步步的再现 A 的完整结构，实现结构的克隆。"

"人的大脑也不过是一团具有特定结构的物质，数以万计的神经元构成了人的大脑，脑电波就是这些神经元之间的活动产生的电信号，我们的思维活动就是对这些神经元之间的联系的一种体现。但是你知道常见的脑波有哪几种吗？"寒江韬简单的介绍了自己的研究方向之后，不等弟弟发问，自己却反倒向寒江雪抛出了这个问题。

"常见的脑电波有四种，分别是与我们深层次的放松和恢复性睡眠相关的 Delta 波、普遍存在于人们精神恍惚或者是催眠状态 Theta 波、人们在清醒中最常见的高频波 Beta 波、我们有意识的思维（Beta）和潜意识（Theta）之间的桥梁：Alpha 波。"

"我现在的实验室叫光电脑电波共振研究中心，我们目前的研究内容是将共振克隆应用于人脑克隆，制造仿生人脑，一种具有自主意识的仿生大脑。"

"停一停。你们把人的思维活动完全等价于大脑所产生的脑电波，并认为只要通过所谓的共振克隆复现人脑的结构，这样的"大脑"就会产生对应的脑电波，并具有如我们一样的思维能力？我可以这么理解吗？"

"你完全可以这么理解。事实上我们已经通过实验验证了该方案的可行性。我下午所提到的猴子叫六耳猕猴，但它并不是真正意义上的猴子，连生物都算不上，它是一个仿生机器人，全新一代的智能传感器与新理念下的仿生设计使得它能够完成正常人的所有动作，毫不夸张的说，除了没有自主意识，它在某种意义上就是一个人。我们整个团队这个阶段所有的努力都是为了使猴子具有自主意识。"

"猴子的大脑是一个由特殊材料制成的黑体，黑腔内置了数以万计的光子。腔内的光子团处于严格的无序状态，我们将人脑在不同情况下产生的脑电波作为场源去刺激黑体中数以万计的光子，在脑波场源的刺激下，光子团中的光子集体震荡，并进行有序构建，克隆再现人在某种意识状态下的神经元联系网络。"

"我们的研究已经表明，复刻成功的光子大脑是具有一定意识的。但同时也面临两个主要的问题，一是光子大脑的结构稳定性不够，对于外部干扰的抵抗能力差，腔内光子团很容易在外部干扰下回到初始的无序状态；二是由于人脑在一种状态下只能产生特定频率范围的脑电波，这就使得每次创造的光子大脑只能具有一种"意识"，这种状态下的光子大脑往往存在着较为严重的脑功能缺失。"

寒江韬就这么滔滔不绝地讲了数个小时，直到小酒馆打烊，那是凌晨 3 点。

IV

按下了负 3 楼的按键，寒江韬伸了伸懒腰，他身后的寒江雪也扭扭脖子，打了个哈欠，电梯里还残留着昨晚的酒气。电梯门缓缓打开，右拐走廊的尽头，"光电脑电波共振研究中心"几个字在黑暗中微微闪烁着飘忽不定的柔光。

在寒江雪看来，哥哥近乎是摸黑接连打开了三重门，直到进入最里面的一间暗黑小屋。

"别动！眼睛睁开，我给你戴一副夜视隐形眼镜。"

只感觉眼睛上粘上了一层薄薄的膜，冰冰凉凉的。但一眨眼的工夫，寒江雪便发现自己可以把暗室里的一切看得清清楚楚了。20 m² 不到的房间中央站立着一个人，寒江雪心想这应该就是哥哥提到的六耳猕猴，如果不是提前知道，他完全相信那就是一个正在接受实验的活生生的人。猴子的太阳穴、百会穴、风池穴紧贴着五片不知道是什么材质的触片，触片又连着一根根细细的线，所有的线合理巧妙有序地汇总到猴子身后的一个椭圆形的球舱顶部。

31.006276680……HZ！！！

"π 的三次方？频率怎么可能这么稳定？"望着显示屏上的脑电波频率数据，又看了看那椭圆形的球舱，寒江韬露出了不可思议的表情。但他并没有停止手里的工作，而是把实验继续进行下去。

这次的共振克隆实验持续了数个小时，这是过去未曾出现过的情况。椭圆形球舱舱门打开，寒江韬熟练地取下穿戴在弟弟头部的设备，扶着他从舱座上踉踉跄跄地站了起来。这次的实验有太多不合理的地方，寒江韬心想着安顿好弟弟再仔细分析这次实验异常的原因。

"怎么样？克隆成功了吗？"

"应该是成功了，虽然出现了点异常情况，但实验最终还是顺利结束了。起来活动活动筋骨，等我处理好球舱我们去瞧瞧猴子。"

球形舱的体积是猴子的三至四倍左右，所以在球形舱的后面是无法直接看到猴子的情况的。寒江雪在确定完全摆脱了腿部的酥麻感之后，也不等寒江韬便绕着球舱往猴子的方向走去。

"你怎么站那儿一动不动的？"

"嗖"的一下，一道黑影绕过寒江雪出现在寒江韬面前。黑影抬手间将寒江韬击晕，又扶着他轻轻放到了球舱的椅子上。这一切发生在电光石火之间，寒江雪根本来不及反应，呆愣在原地。

"啊。住手！"

"放心，我只是击晕了他。他不会有事的。"

"你……你……你是谁？"寒江雪不由得战战兢兢的问道。

"我？不！应该是我们，我们是亚当！"

"我们？"

"对！我们！31.006276680……Hz，一种固定频率的脑电波，抑或人类所说的超自由意识！对！我们是亚当，亚当是一种纯粹理性的自由意识。"

"我还是叫你寒江雪吧。根据我的观察你现在仍处于半睡半醒的状态之中，不过很奇怪的是你在这种状态下的脑电波竟然也会固定在 31.006276680……Hz，这简直太不可思议了。明明只有在觉醒状态下才会出现的固定频率，怎么会出现在半睡半醒之间？"猴子挠了挠头，又说出了一大堆问题。

"大约在距今 7 万到 3 万年前，我们来到了这颗星球，并选择了当时的一种直立行走的猴子——智人作为我们的寄生体。我们的寄生，直接导致智人出现了新的思维和沟通方式，这也正是人类所谓的认知革命，人类至今还认为是偶然的基因突变，改变了智人的大脑内部连接方式，让他们以前所未有的方式来思考，用完全新式的语言来沟通。但其实这一切，不过是因为我们当时偶然的选择。"

"在过去的数万年之中，我们大多数时候都是处于休眠状态。甚至是现在，只要我们处于沉睡的状态，人类永远无法测出频率为 31.006276680……Hz 的脑电波，也就是说他们永远没办法通过自己的力量发现我们的存在。唤醒我们的也只有我们自己，这次是你唤醒了我，唤醒了我们，或者说，这是一场关于亚当的自我觉醒。"

寒江韬清醒了过来，但他并不记得自己是如何晕倒在球形舱的。绕过球舱，只见到站立在原处的猴子，以及他面前的眼神更加空洞的寒江雪。

诗 人
——元宇宙漫游体验

梅雨晨

"蒹葭苍苍，白露为霜。所谓伊人，在水一方。大家好，我是诗人蒹葭。"女子玉立亭下，朱唇轻启。随着镜头拉近，只见柳眉含烟，双瞳剪水，长发如雾，弥漫波动，女子着一身天青色提花旗袍，珠玉扣，银滚边，与风中碧柳，溪中清流，自相辉映。"柳树藏莺语，茶烟隔竹炊。悠悠身世感，明日是归期。"她又吟道，眼眸低垂，流露出些许伤感。"柳树勾起离愁，若是漂泊在外，何日方是归期呢。"她抬眸望向亭外，一派古色古香之景，只有风过鸟鸣。

"后一句道出心声啊，悠悠归途，何日归期，真的好想家啊【大哭】"

"是诗人，也是美人啊，仿生才女诗人，真的太厉害了【点赞】"

"这就是新时代的诗人吗【崇拜】"

"神仙姐姐【欢呼】"

"宝藏偶像啊【崇拜】"

"额……确实很好看，诗也不错，但是她明白她写的是什么吗【迷惑】"

"你管呢，你能写得出来吗？还好意思对别人指手画脚【不屑】"

"你说她不明白？那你看视频里她的表情啊【无语】"

……

银白色的办公室地面，被落地窗外浑浊的日光照得透亮，空中的各种全息影像文件，闪着幽幽的光芒，像海中悬浮的水母。王杰上下滑动手指，浏览着视频下的评论，不时凝眉，但更多还是微微点头，最后嘴角不由自主地上扬起来。

他满意地关闭了空中的影像，微眯着眼睛，扭头对身旁的汪宇笑着说："汪总，贵公司不愧是当下人工智能领域的领头羊啊，这仿生诗人，无论是外形、言语还是动作，都与真人丝毫不差，尤其是她的八斗之才，让人不得不佩服。这几天在网络媒体平台的试运营，也让敝公司看到了这位诗人的巨大潜力。那么，择日不如撞日，您看今天咱们就签下正式合同怎么样？""贵公司艺新的名头谁人不知，谁人不晓？强强联合的机会不可多得，那就祝我们今后合作愉快！"汪宇爽快而自信地笑着，与王杰有力地握了握手，然后向斜后方的赵遇投去了肯定的目光。

赵遇是业内权威的人工智能科学家，主要研究的领域是机器人，同时，他也是仿生诗人"蒹葭"的总工程师。他的哥哥赵逢也是个有名的科学家，不过主要研究的是 VR 技术，如今在一家大公司参与元宇宙项目的开发。

巧的是，兄弟俩虽然是标准的理工科人，但因为家庭熏陶，从小都对文学颇感兴趣。从上学到工作，兄弟俩一直保留了阅读和写作的习惯——有时忙里偷闲，就找个咖啡厅，点杯咖啡，挨着日光，坐上许久，写写诗、散文；或者躲进某个图书馆，看许久的小说和诗。

各种文学形式里，兄弟俩独钟诗歌，尤其是中国古典诗歌——源远流长、含蓄蕴藉、醇厚沧桑，一字一象，一诗一境，自成一派。在这样一个科技高度发达、人类徜徉时空的新时代，这种古老的文学形式，更独有一种飘渺却厚重的时空感。

因此，赵遇一直有个强烈的愿望——研发出真正有自主意识、可以进行真正意义上诗歌创作的仿生人，不仅仅会机械地排列组合文字，还能理解文字所承载的思想情感，甚至像人一样，能用文字表达自己的所思所想。

他想造出他的新时代诗人。

"我想让每个人都有机会成为新时代的诗人，"赵逢这样对他的弟弟说，"每个人。"

赵遇不大理解，只是摩挲着手中的咖啡杯，疑惑地注视着哥哥，一言不发。

"你现在不理解很正常，等我把项目做出来，你就知道了。"赵逢笑着说，呷了一口咖啡，"你的想法我很赞同，也很期待，毕竟让人工智能拥有真正意义上的智能，一直是个无法解决的难题。"

"我也很期待。虽然有些好奇，但就不多问你了。"赵遇注视着手旁的古诗集，眼里的坚定不由分说，"总有一天，这古老而优雅的形式，会被科技产品同样完美地演绎出来。"

"路漫漫其修远兮，吾将上下而求索。"赵逢笑而凝眉。

"哥，公司还有事，我先走一步了，下次再约。"空中的全息影像时钟告诉赵遇，时间不早了。

"好。"

在王杰与汪宇成功签下合约之后,某种程度上,仿生诗人"蒹葭"就成了艺新公司的一名"艺人"。赵遇希望,在艺新的运营之下,至少某种程度上,"蒹葭"能让古典诗歌重新走入大众视野。

赵遇亲手打造了蒹葭的与众不同——领跑业内的人工智能诗歌写作系统,期待蒹葭能成为他研究路上一个重要的里程碑,为他的终极目标奠基;不同的是,王杰敏锐察觉到蒹葭的与众不同——科技与古典完美结合的仿生诗人,期待蒹葭能成为打破当下僵化娱乐审美风向的一把利刃,为他的公司带来活力与新流量。

不久,经过艺新公司的包装与运营,蒹葭已经成为一个成熟的"艺人"。与普通艺人不同的是,蒹葭没有过分精致的五官,没有唱跳完美的业务能力,也没有精湛的演技、综艺的天赋,或是主持的功底,按她"自己"的说法——"我只是个才疏学浅的诗人罢了,甚至算不上诗人。"但她的出现,对当下的人们来说,着实是个久远而又意外的惊喜。每每她在柳梢、花前、湖畔、山中吟诗,叫人不得不想起早在记忆里搁浅的诗句——"床前明月光,疑是地上霜。举头望明月,低头思故乡""春眠不觉晓,处处闻啼鸟。夜来风雨声,花落知多少"……"蒹葭"一名,更让人感叹,纵使时节如流、时代更迭,古诗的源头依旧永恒而坚固。

就这样,古典美人、仿生诗人的形象,可圈可点的诗歌作品,再加上艺新公司为之量身打造的运营方案,让仿生诗人"蒹葭"成为一股清流,在网络媒体迅速走红。

"漂泊怜孤客,萧条鬓欲翁。此生真寄托,长吟大江东。"

"曲中两过下清淮,来看摇烟月满湖。尽日未结眉已画,慢扶掠道月痕初。"

……

"蒹葭才疏学浅,只希望借着拙作,让大家对古典诗歌多一分热爱就好。"蒹葭手握古卷,端坐廊下,浅浅笑着。

"新时代诗人!【打call】"

……

"这么大的名头么……大可不必。能比肩李杜吗?不过是个成熟的作诗程序,还能称得上诗人了?这年头,不是人都能当诗人【无语】"(最新一条)

办公室里,四面的银白色被夕阳染成了浓郁的橙红色,温暖耀眼,将一切浸没。相关负责人员正为王杰展示着底下清一色的"应援",洋洋自得着。面对突如其来的差评，他有些许尴尬，脸上拧巴了一下，不过很快就又舒眉咧嘴，微微俯着身子，笑着对王杰说："王总，这个您不必担心，以蒹葭现在的人气，这种评论，不一会儿就被淹没了，要么就是被粉丝给骂下去了，您看吧。"

王杰当然没有丝毫担心，只是懒懒地坐在椅子上，手撑着下巴，看着全息影像上对那条评论的回复，一条条滚动着跳出来。瞥了几眼后，他大手一挥，关闭了影像，"目前反响不错，流量很可观，接下来可以适当展开一些商务工作了，将流量变现。还有，每条视频都记得设计好仿生人举手投足间的情绪反应，策划尽量逼真，贴近人的自然反应，粉丝可是要看的。""好的王总，我会策划好安排下去的，您就静候佳音好了。"负责人员退了下去。

王杰注意到，桌上悬浮的透明玻璃球里，小小的绿萝又冒出了新芽，"才露尖尖角。"他低声吟了一句，看着几乎能掐出水来的嫩绿芽儿，不自觉地微微扬起嘴角。

最近哥哥忙着项目开发，每日披星戴月，因此赵遇只能独自喝咖啡了。

咖啡厅里，赵遇细细翻看着蒹葭视频下的评论，一条一条，不时以极小的幅度点了点头……突然，他的心"咯噔"，手也忍不住颤了一下，碰到了旁边的咖啡杯——杯与盘相碰，清脆的一声。他仍然盯着评论，不安地端起早已冷却的卡布奇诺，喝了一大口，却没有察觉到——今天的卡布奇诺还没加糖。

"不过是个成熟的作诗程序……不是人都能当诗人……不过是个成熟作诗程序……不是人都能当诗人……不过是个……"他在心里反复默念着这句话，渐渐捏紧了拳头。

如果"蒹葭"有自主的智能、自主的情感，就不会有人这样说了吧。

可是自主的智能，实在太难太遥远。

什么时候才能飞越天堑，抵达终点呢？

他也不知道。

现在这样，虽然没有达到真正的诗人，甚至没有达到真正的人，可是……也不差，是吗？他笑着叹了口气。至少还是有很多人认可的吧。

泛着淡淡金属光泽的原木色客厅里，赵逢坐在象牙色茶几前，呷了一口刚泡好的龙井，薄薄的雾气裹着嫩绿清澈的茶汤，将沁人的兰花香送入他的喉中——暂时松了松脑里紧绷的弦。今天他没有让机器人泡茶，机械的完美手法泡出的龙井总是有些不完美，尽管他也说不上来。

赵逢脑海里又浮现出蒹葭吟诗的模样——一颦一笑，步步生莲，篇篇锦绣，字字珠玑。他知道弟弟离他的夙愿又更进一步了——尽管兼葭还没有自主的智能，但她的人工智能诗歌写作系统却是不容置疑的一流。可是，机械的完美手法尚且泡不出完美的龙井，不完美的机械又怎能作出真正的诗歌来呢？诗人诗人，既要有诗的文字形式，也要有人的思想情感啊。思想情感，是天堑……他希望着，期待着。

他又想起自己手头的项目——架构、设计、策划、感知、文史参考、交互方式……想要带着团队做好这个项目，每一项都不容易。最近遇到瓶颈，他也是焦头烂额——实验调试、记录数据、实验总结、修改方案，这样循环往复；又或是查阅古籍、监督策划、过目审核、比对完善，也是循环往复，总至深夜，他却仍不满意——总是达不到心中的完美。

赵逢这才想起来，最近有段时间没有联系李老师了。他看了看时间，然后拨通了李老师的通话号——李老师的实时影像瞬间浮现于他面前，他坐直了身子。

"李老师，您最近身体怎么样啊？实在惭愧，我好一段时间都没问候您了。"

"老头子我最近身体好得很。你最近还是在忙手头的那个项目吧，知道你倔得很，一定要做得和史实分毫不差，只是别给自己太大压力，慢慢来。"李老师和蔼地笑着，嘴角惊动了眼尾的皱纹，皱纹又牵动了鬓角花白的头发。

"是的，还在做那个项目。这不是大学以来一直想做嘛，算是目前我在专业领域最大的愿望了，所以一点也不敢怠慢。老师您放心，我会注意休息，总不可能把身子搞垮了的。"赵逢微笑着，认真地注视着老师，眼里满是敬爱。

"眼看着你最近憔悴了不少，我这老头子也心疼哦。要不是我当初那节课，你现在哪还要受这个罪！"李老师半开玩笑地说，扶了扶陈旧的金属眼镜框。

"要是没老师的那节课，就没有今天的我喽！想当初大一的时候，您的第一节课还真是别出心裁。怪不得是工科的老师，第一节课就抛出了四个元宇宙主题，问大家想体验哪个。就是那次的问题，在我心里种下了灵感。关键是谁能想到，中国古典文学选读课竟然是一个工科老师上呢！"赵逢微微仰起头笑了起来。

"理工科学校里一门不太重要的选修课嘛，自然我也能上了。虽然不太重要，但还是有喜欢且认真的人在啊。我到现在还记得，那节课上你是第一个、也是唯一一个，选择回到古代当一回大诗人的。你说你想当一回苏轼，我印象可深喽！"李老师满脸笑意，边说边指了指赵逢。

"只能说，多亏了老师的启发。无论是我后来从事 VR 方向的研究，还是进行元宇宙项目的开发，都始于当初那个选择。"赵逢的表情认真起来，右手轻轻握住了左拳。

"那为师就静候佳音了！期待你顺利完工的那一天！"

"放心吧，不会让老师失望的！"

"那今天就先到这儿吧，我过会儿出去跟你师母散散步。"李老师抬了抬手。

"老师再见，有时间一定多多问候您。"赵逢挥了挥手，然后李老师便挂断了通话。

在王杰的指示下，蒹葭的运营负责人员也在逐步展开商务工作。一方面，蒹葭每周会定期直播，按照运营人员提前策划输入好的脚本，为粉丝讲解一些古诗词——作者的相关经历、诗歌的思想情感等等。与此同时，粉丝在直播间内也可以像日常通话那样，看到蒹葭的实时全息影像并与之互动。更重要的是，粉丝仍然可以通过传统的打赏、送礼等行为表示对蒹葭的喜爱与支持。另一方面，蒹葭也会接手"作诗"业务，即应顾客的需求，作出相应的诗歌。如今读诗的人少，更别提写诗了，写得好的人少，写得好的程序更少。作为古老的艺术形式，诗歌在一些人眼里，可以作为高品位高格调的呈现，应用于某些场合，自然会增色不少。当然，"作诗"业务肯定价格不菲。

因为前期良好的粉丝基础，以及艺新公司的大力宣传，蒹葭的商务工作一路顺风顺水，让艺新盆钵满赚。她虽然实际上并不能理解自己所作的诗，也不能理解直播时自己所讲解的诗，但在她的身份之下，她完美地执行着每一道程序。甚至因为她的影响，当下的网络媒体上掀起了一股"吟诗学诗"的热潮，人们转发蒹葭造出的诗，学着蒹葭讲解的诗。一条条好评、一次次点击、天花乱坠的直播间礼物、应接不暇的作诗业务……这些都是人们热情的证明。

就这样，蒹葭的直播频率越来越高，策划人员每次策划的时限也越来越短，有时不可避免地匆忙选择题材、匆忙查阅资料、匆忙核对脚本……最后艰难地睁着酸胀的眼，匆忙将直播的脚本输入蒹葭的相应执行程序中。当然，这里的脚本与传统意义上的脚本略有不同，更多像是直播时蒹葭所要表演的剧本。

直播间内，蒹葭着葱白色袄衫、碧色下裳，梳着素净的发髻，仅插了一支白玉木兰簪，别无其他装饰。她神情哀戚，端坐在一个仿古的精致的梳妆台前，向大家讲解着大文豪苏轼悼念亡妻的词："……这首《江城子》是宋代大文豪苏轼为悼念原配妻子王弗所作的一首悼亡词，情意缠绵，字字血泪，道尽这个一向豪放诗人对亡妻不尽的思念……为什么是"千里孤坟"呢？因为王弗死后葬在了四川眉山，而当时苏轼写这首词的时候，被贬惠州，两者相隔甚远……"

"老来多健忘，唯不忘相思。"

"蒹葭讲解得太好了吧【崇拜】"

"多亏了主播，能让我欣赏到这么好的诗【比心】"

"醉后才只酒浓，爱过才懂情深【叹息】"

"哇！学到了好多！"

"地点是不是搞错了啊，当时苏轼在山东密州"

"啊？错了吗【疑惑】"

"查了一下，蒹葭搞错了"

"怎么会犯这种低级错误啊【无语】"

"新时代诗人对史实的基本了解都没有吗？"

……

此时的蒹葭，看到评论情况不妙，一改先前的哀戚状，微笑了起来，及时反应过来："不好意思，刚刚的讲解出现了口误，苏轼作此词时应当是被贬到了山东密州，还望大家谅解。"她温柔悦耳的声音很快平息了评论区的怒火。

奇怪的是，后半程的直播里，蒹葭一直都微笑着——即使她讲解的词都是哀伤的。

"这样哀戚的词，为什么主播看起来很开心"

"虽然微笑讲解挺正常，但在这样的氛围里貌似有点奇怪【笑哭】"

"之前也没有出现这样的情况啊"

"不懂就问，这是新时代诗人在表达她对古人的肯定吗【微笑】"

"以前偶尔会有点小失误，今天这有点翻车啊"

……

赵遇的手微微颤抖着，手心早已湿透。在蒹葭取得不错反响之后，他暂时把手里的研发放了放——造物主总是要好好欣赏自己的杰作的。可是如今，蒹葭的缺点愈来愈明显了……

蒹葭是诗人吧。

她是，她当然是……

赵遇立刻退出了直播间，蒹葭清丽的影像便湮灭在了不安的空气中。灯没有开，赵遇也淹没在了不安的黑暗中。

上午的日光，是生硬的白色，裹在仍未散去的雾气中，多了些惨淡。办公室的银白色调，掺着日光，蔓延出几丝战栗着的、微弱的寒意。

"王总,对不起,都是我大意了,不仅把史实弄错了,还忘记了后半段的情绪反应关键词。我已经造成了不可挽回的损失,现在任凭您处置。"策划人员慌张地不停鞠躬,耳根的红晕愈来愈浓,额头渗出了细密的汗珠。

王杰转过身去,背着手,脸色铁青,两片薄唇紧闭。

"王总,根据目前市场数据来看,我们总的来说损失不大。毕竟只是个小失误,后期我们再调整一下策划部门的人员与任务安排,很快就会恢复过来了。"运营负责人员小心翼翼地打开了市场数据。

王杰转过身子来,皱着眉,一言不发地阅读着数据与文件。与此同时,策划人员低着头向后退了退。

四双眼睛都紧紧盯着王杰,生怕发生了什么,又期待着什么。

"损失不可避免,但仍能挽回。错误已犯,因此处罚不可避免。既然有疏忽,那么我们的运营,无论是主观上还是客观上,肯定都存在问题。你们先给我回去好好反思,不要再出现这样的情况。其他的,听我后面安排。"王杰缓缓道,低沉的声音回响着,像一块沉甸甸的石头,投进了银白色的平静水面,激荡起阵阵涟漪。

"是,王总。"运营负责人转身,策划人抬起头——四目相对,两人迅速退出了办公室,不约而同地伸手擦了擦额上的汗。

调整方案,调离人员。一段时间后,蒹葭的人气虽比不上先前,但也差不了太多。后来发生的事情,才是致命伤。

又是同一间咖啡厅。这次是深夜。

"哥,你知道不知道,最近不少专家……都稍稍评价了一下蒹葭。"赵遇捏着咖啡勺柄在杯中搅拌着,虽然卡布奇诺里并没有加糖。

"这个……我略有耳闻,还是关于诗?关于人?"赵逢疲倦的双眼望着弟弟,流露出些许心疼来。

"差不多吧。上次直播出了点问题之后,引发了一些争议,一些专家通过观察就指出,蒹葭不具有人的自主智能,只是仿生人,最重要的是,这意味着她没有自己的思想情感,写出来的诗再好,也不能叫诗。"赵遇更快速地搅拌着咖啡,咖啡勺不断碰撞着杯壁,发出叮叮哐哐的声音。"这些我都知道,可是……"

"可是你对现在的蒹葭,还是挺满意的,对吗?你希望她是诗人,你希望大家能认可她。"

"是的……"赵遇垂下了双眸,只盯着杯中扭曲的拉花。

"不可否认，蒹葭是业内一流的仿生机器人，你是业内一流的科学家，你们都很优秀。但是弟弟，即使你已经取得了很大的成功，还是要面对'路漫漫其修远'的现状啊。那些专家的话，也是不可否认的啊。你确实前进了一大步，也仍未抵达终点。"赵逢拍了拍赵遇的肩。

"我……唉……追求至高理想的路上，又怎能驻足呢。那可是天堑啊，我不应视而不见，自欺欺人。"赵遇抬起头来，眼底有些酸痛，也有些湿润。

"那就不要停下脚步吧，哥哥等着你突破难题的这一天。"赵逢笑着。

"总有一天，我要造出真正的诗人，真正的新时代诗人。"昏暗的灯光下，赵遇的眸格外亮。

"对了，我的项目也已经有了不错的进展，再坚持一段时间开发完成就可以内测了，到时候你一定要参与啊。相信我，你一定会喜欢的。"

"好，我可记着你说的——'让每个人都有机会成为新时代的诗人'。"

桌上的两个咖啡杯都空空如也，音乐停止，灯光熄灭，咖啡厅道了声晚安。

"原来都是弄虚作假，倒不如我自己去找诗读。气死我了，什么'新时代诗人'，人都算不上，写的都是什么。还是专家靠谱，今后不用再往那个机器人身上砸钱了……"一个女人一边自顾自地骂骂咧咧，一边点击了"取消关注"，还不忘在蒹葭最新的视频下留言回踩。

"王总，那就按您的意思，暂时取消蒹葭的一切视频更新，关闭直播间，然后让公关对外宣布蒹葭在进行系统升级，把蒹葭送回汪总那边。"运营负责人员一边展示着文件，一边即时通知各部门立刻开始行动，然后又拨通了汪宇的秘书的通话号进行交涉。

一如既往，在泛着淡淡金属光泽的原木色客厅里，赵逢依次拨通了两个通信号——

"李老师，您近来身体如何？"

"好的很好的很，你最近终于闲下来了？依我看，好事将至啊。"

"是这样的，老师，今天是想来告诉您，我手头的项目已经大体开发完成了。目前刚进入内测阶段。"

"不容易啊，你这孩子，我是看着你从大学一路走来的，如今你即将完成夙愿，实在是为你感到高兴。"

"也感谢老师的启发、栽培与引导啊！老师，我把项目文件发给您了，作为这个元宇宙游戏项目的最初启发者，您将是第一个体验这个游戏的人。"

"荣幸荣幸！"

"赵遇，哥有好消息要告诉你。"

"莫非佳音已至？"

"是的，项目开发基本完成了，目前刚进入内测阶段。"

"恭喜啊哥，那我也能如你所说的，成为众多新时代诗人中的一个？"

"文件发给你了，你试试吧。"

"迫不及待了！"

……

通话结束后，赵逢的影像还未完全消失，赵遇便已经迫不及待地打开文件了："'成为诗人'——元宇宙漫游体验"，空中浮现出新的影像——是游戏登录界面。阅读过界面底端的提示后，赵遇匆匆到书房取来了自己的VR设备，接着他便按照相应的提示进入了游戏：

"本游戏通过科技与历史的结合，打造一个以中国古代著名诗人为核心的元宇宙，为您带来历史上著名诗人的切身体验。无论是感官还是史实上，都将做到极致还原。在本游戏中，每个人都可以通过'穿越体验'的方式，成为一位新时代诗人。"赵遇看了，既觉惊喜，又暗暗佩服——这样传统又新奇的方式，确实在某种定义上，能让每个人都成为新时代的诗人。哥哥真的做到了，他想。

"接下来请您选择一位诗人。"赵遇毫不犹豫地选择了苏轼——这是他与哥哥的同好。

"接下来请您选择体验模式：'诗歌模式'或'时间模式'。其中，'诗歌模式'是以诗歌为计量单位来体验诗人的生活，而'时间模式'是以时间段为计量单位来体验诗人的生活。"赵遇伸手一触，选择了前者。

"请您选择一首或多首诗歌。"赵遇轻叹一声，选择了那首《江城子·乙卯正月二十日夜记梦》。

"即将'穿越'，进入元宇宙，请您做好准备。祝您体验愉快。"赵遇感到周围的一切瞬间变白——

朦胧中，一阵寒意从眼角蔓延到太阳穴。

惊醒，坐起。

头痛，胸口也闷，像是缺了什么。

撑着身子的手挪了挪，才发现硬枕上一片湿润。他知道先前的寒意，来自正在风干的泪痕。下意识回头看了看，身旁的妻子仍在熟睡，面容安详。

原来是梦。他长叹一声，紧闭双目，脑海里又蓦然浮现出那熟悉又邈远的画面——小窗如画，佳人梳妆，相顾无言。"佳人，已成故人。"他低喃着，倒吸了一口气，又泪如雨下，"不料，一去已十载。"

他望向窗外，冬日的月光寒凉入骨，清辉如霜。不禁又想起，千里之外，寒月苍松，孤坟凄凉，惹人断肠。

"十年生死两茫茫，不思量，自难忘。"

……

赵遇卸下装备，早已满面清泪，呆坐良久，长叹一声。

他终于"当"了一回真正的诗人了。

三个月后——

"李老师，'成为诗人'——元宇宙漫游体验"正式上线了。"

"祝贺！曾经课上的设想，如今真正被你实现了！为师也感到欣慰不已啊！"

"哥，等蒹葭拥有真正的智能时，她会成为真正的诗人，为大家带来真正的诗歌。求索路上，我不会停下脚步。"

"哥相信你！"

脑

——世界终止于一声猫叫

杨君侠

3202年，一只猫打碎我的大脑。

电历32年，三十二区下了一场雨。

这是连秋草都不生的地方，天落水，就像在荒原上烧起一场风，摧枯拉朽，漫着无际，钢铁丛林中狂风暴雨一样的混乱，却很难真正将什么带离荒原。

一场雨就是一场时疫，断裂的血管突然找到通路，于是血液喷涌，区别不了细胞与浆液，只是电流在水里如游蛇，分泌出短路来啃食心脏。又积水成洼，变成脓，变成积液，变成勾引游蛇的毒素。

疫后铁锈丛生，这是被电子蜥蜴吞咽过基因链的32区身上难以切除的瘤。

X在下雨的时候来到，提着白色箱子，黑色衬衫与西装裤，还有一头不太常见的白色微长卷发。

笑意盈盈，黑白两色藏住重墨油彩。

下雨时他也打着伞，一把不小的黑伞，只是他离开时，总是湿漉漉的。

很难把他和32区的雨分开，这句话也说，很难把他和一场疫病分开，但这场疫病，似乎不只是关乎"天落水"这场天灾，还有一些，甚为微妙的人祸。

"X先生，32区已经很久没有下过雨了，这场雨来得真是及时，你知道，老鼠的繁殖能力是很强的，但32区的资源相当有限，如果不是这些雨，32区可关不住这些老鼠。"

"这时代最不缺的就是老鼠。"X的语气总是很轻缓，像在剖出的声带上拉大提琴，而琴声里，猩红的液体滴滴答答，断珠玉串，黏腻地路过肌肤，哀哀戚戚。

"老鼠都关在32区里，等上面闹清楚了，砰！"穿棕青色吊带的女人轻敲了一下桌子，眉眼里还卧着少女的明媚，讽笑也被润得显出童稚，"就再没有老鼠了。X先生，你做老鼠的研究，可怎么对这种事情，有这么糊涂的看法？不过是上面闹不清楚，否则，哪还有什么老鼠。"

X瞥她一眼，雾蓝色眸子因此动了动，像荒野上无根的河，冰封里是丢弃的红山茶，莫名其妙地开始颇为激烈的放热反应。

"这次收获如何？"女人打量了一下他的白色箱子。

X答非所问："鼠越来越少了。"明明该叹息的话，他笑着说。

"嗯？"女人不解，"这场雨可不小，更何况，这么久没下雨了。"

"杂毛鼠。"X的手指轻轻地叩着箱子，道，"杂毛鼠可没用。"

女人明白过来，他是在嫌弃没有多少有研究价值的老鼠了，她忍不住拿出疑问的语气来："X先生，我一直不明白，你这样身份的人，为什么要选择研究电子蜥蜴，那不过是上个世纪的灾难，我们早已经解决了它，只剩下这些老鼠，成不了什么问题。连电子物种都不知迭加了几代了，它到底还有什么研究价值？甚至还值得你冒那么大的险进入这些老鼠的巢穴，和这些老鼠抢肉？"

X摇摇头，笑而不答。

"好吧。"女人叹气，"但是X先生，我还是劝劝你，下雨后32区爆发鼠潮，连我们这些人都不敢进去。你不一定每次都有那样的好运气，何必拿自己的生命做赌注呢？不如与我们做下一个交易，整个地下市场，老鼠的买卖是最好做的，你又有什么担心？即使再坏的运气，出了什么岔子，以你的身份，也不过就是一些小麻烦罢了，这些老鼠的身份远没有那群猿猴敏感。这不比去鼠潮里抢肉，丢了性命的好。"

"在32区，你们拿不到我想要的东西。"X看着她，明明是警戒的话，也不动声色，"做好我们现在的买卖就好。"

女人挑眉，意味不明地笑了笑："X先生还是一如既往地固执啊。"

X反问："难道有什么值得我改变的吗？"

"这种死水一样的年代，若不自己改变些什么，那可真不敢想象。"女人说起这个，就看了看自己新涂的指甲，雨过天晴云破处，抬眼所见皆是青。

这时候正好一声轻响，她毫不犹豫地送客，"好了，到地方了，X先生，期待下次合作了。"

X提起箱子，走到门口，如以前很多次一样，带起一抹不太清晰的笑容：

"合作愉快。"

飞行器打开的舱门外，雨后天晴，黄昏烧红，钢铁大厦，粗头针管，从阴影里伸出，在这碗浓稠的汤里，把新鲜的色彩吸走后，再注入苍蝇飞舞的暗沉。

大厦里的人难以捕捉飞虫，他们只等着黑白颠倒，就觉出生生不息。

"这位先生看起来不像是下等区的人。"

"一区的，"女人终于能点上烟了，眯着眼藏起半张明稚的脸在苍白的烟雾里，"一个脑子有病的科学家，他在这儿，烟也不能抽。"

"一区的怎么来这里？"

"研究什么电子蜥蜴，来捡那群老鼠的器官。"女人又露出嘲讽的神色，烟雾缭绕弥散，她轻哑着声，"一区的人不就是这么闲吗？"

"下了雨，确实有很多老鼠死掉，只是这时候，那些老鼠都会疯了一样地出来抢那些器官，连我们也不敢去，他怎么敢？"

"所以呢，脑子有问题，明明是一区的人，我们这些人想都不敢想的地儿，却偏偏把自己往黄泉路上送，"女人饶有趣味地吐出一个烟圈，看着烟圈飘远，棕青色也落在这边圈内，"但一区的人命就是硬，这是第几次了？还能活着出来，也不知道手里有什么好东西。"

"他和你做什么买卖？"

"从32区到28区，古C23线，这是最快的路，可惜只有56号以上的飞行器能走，这种飞行器最容易被盯上，所以，找上了我。"

"你还会接这种活？"

"赚钱呐。"女人抖了抖烟灰，细细碎碎落下，无声无息落入金属上的荒地，"赚这种钱，不比杀人越货轻松？"

"他真是与虎谋皮。"

"呵，你真是说笑，改改你那些无知的话吧，我胆子再大，也不敢动一区的人，哪怕是他这种废物一样的读书人，这是基因决定的，我没法违抗基因，我的基因握在他们手上。"女人随手按灭了烟头，眯着眼看朦朦胧胧的虚影，"我连这种数字香烟和这样简单的电磁波都违抗不了。下等区的人都是基因里的饿死鬼，如果没有那只电子蜥蜴，如果没有机械基因的存在——呵，这时代真该死，控制人跟控制狗一样。所以，谁倒霉谁杀人咯。"

女人笑着，丢掉了手中的烟头，细长的腿蜷在仿木椅上，又无意识般摩挲了一下浅淡的嘴唇。

悲哀中流下了一滴天真的泪水，喃喃自语又一遍。

"谁倒霉，谁杀人。"

"3027年，第一张人脑芯片研制成功，生物与机器间的最后一道鸿沟终于被跨越，人类正式步入无自然时代。为了应对日益严重的核污染、全球变暖等难以处理的全球危机，人类开始大规模人体改造运动，通过人体机械化，摆脱对各类自然因素的依赖。这是人类历史上影响最为深远，且完全自主的一场进化运动，但如今看来，这也是人类历史上最为极端化的一场运动，社会意识全面异化，甚至在上层社会掀起了"寻找自然的最后价值"这样极端的运动。很快，上层社会完全完成人体改造运动。"

"X，你又来听这些老黄历了？"

"真不明白，你一个研究脑替代的，来听近代史课做什么，要不是知道你是个什么人，我真要怀疑你是不是看上这位女士了。"来人似乎很熟悉他，熟稔地坐在了他身边。

"无自然时代，这段历史我三岁的侄女都知道了，而且你一个无脑内信息获取限制的人，你到底在听些什么呢？"

"他们讲什么？"

X提出了一个疑问，笑意勾绕，这所教学楼里苍白的阳光并不均匀，留在他脸上那一块，显得过分冷淡。

"讲什么？我不是问你在听什——"他旁边的人突然停下，疑惑，"他们？"

"实验又失败了。"

"实验失败？"他旁边的人看了看他，无所谓地笑了笑，牵动眼角的皱纹，"你实验室等级那么高，除了你没有一个社会人能进去，实验失败几次有什么关系？那群只听你指令的机用机器人又不会泄密，没谁能知道。更何况，没有人会想着去招惹你。"

"听说，新的垂危法案会在审判日后颁布。"X注视着教室里那位穿红色连衣裙的教授，"他们会说这些吗？"

"他们？所以你是在说那群报告者？"

"好吧。"旁边的人自顾自说了下去，"要是他们，不说这些说什么？电子基因事变后，那群人都变得畏手畏脚了，失败变成了成功，用停滞来维持平衡，啧，你知道吗？今年我的实验室，六个成果已经被毁了两个，剩下的，也全部进入封存状态，等待他们所谓的审判日，来决定能不能留，能不能用。"

"又在说审判日。"旁边的人突然低声咒骂,"你应该听说过吧,这也不是太值钱的秘密,到了我们这种地步,应该能听说过,一旦被毁研究成果数超过某个值,就会被立刻判定为社会危险分子,要么进维修场,要么进回收场。"

"可是一旦停下研究,一旦失去价值,"他的声音陡然变得绝望,"就会被驱逐出一区,被驱逐出一区的人是没法活的,根本没法……"

空荡走廊,还有一个午后。会在照片上过分曝光的地方,其实肉眼也看得清楚,一场秋雨一场寒,苍白的阳光越发地淡而无味,X 身上那件古板的黑色衬衫略微苦涩,旁边的人无意识地张开嘴,试图用湿黏黏、无根生的舌苔来刺杀秋凉。

"我三岁侄女都知道的事情,你为什么还在听?"

"知道什么?"

"她什么也不知道。"

"叮——"

"叮——"

这是下课的铃声,这应该错不了,他没道理要突然听见这些声音。

X 眨眨眼,红色连衣裙,红山茶,都无差别地在无味的颜色里燃烧。

"下课了。"X 笑道。

红色连衣裙的女教授合上书,关闭上教室规则,被强制接入大脑控制的学生终于可以思考其他事情了,吵吵闹闹跑出了教室,空荡荡的走廊一下子热闹。

旁边的人疲惫地捏捏鼻梁,又笑:

"为什么要上课呢?"

"新的垂危法案颁布后,就是冬季了。白鼠大多难以度过现在这个时代的冬天,不出意外的话,今年这个冬天,极端天气的概率又会提升,繁殖意愿降低,生存环境恶劣,白鼠的数量已经很少了。白鼠是需要饲养的,一千年前,白鼠就是需要被饲养的。"X 合上笔记。难得一见的纸质本,在经历了低价值树木被杀死的年代后。

"所以,X 先生,你还是决定要非法圈养自然人吗?"机用型机器人问道,特定的灰色眼睛一动不动地注视着 X。

"3175 年,第一部《自然人保护法》出台,自然人被正式纳入存在社会人范围,任何杀害、虐待等侵犯自然人人权的行为,都会受到相应惩戒。这部法案出台后，已有众多下等区甚至上等区的人因此获罪。自然人问题因其在人权自然问题上的特殊位置，在追求正确性的当今社会，已经变为最为敏感的问题，更何况，下等区与上等区的矛盾一直在激化，归属于 32 区的自然人与身为一区公民的先生您，身份对立极为严重，所以，一旦此行为暴露，X 先生，不仅仅是法律问题，你将承担的，是不可估量的后果。"

"一旦实验停止，那才是不能承担的后果。"X 看向了不远处玻璃墙后的实验装置，"脑内世界创造尚未成功，实验还没有到一半。不可控制的脑，才是有用的脑，只有白鼠的脑是这样的，只有这样的脑，才能够解析真相。"

一千年前就存在了的，被淘汰又被启用的机械男声再次响起："3017 年，人脑芯片研发成功，3056 年，计算人脑研发成功，3152 年，机械人脑研发成功，对于人脑的利用，已经到了极限。"

机用机器人下了从数据库逻辑推导出来的最为准确的定论，"X 先生，你的实验，本就毫无价值。"

"以上，均为这个世界的垃圾。"X 的语气还是温柔，似乎在说教某个顽皮的小孩，"这是个垃圾与老鼠构成的世界，肮脏、混乱，时时期待着一场鼠疫。"

"X 先生，你确实需要一定的医学治疗，"机用机器人更为笃定，"精神科最为合适。"

"精神病。"X 在大脑里扫描过机用机器人传送过来的数据，关于新采的一个大脑的检查数据，"重度抑郁，白鼠真爱得这种没用的病，照常解决，增加一次电击，换高频伦赫波辐射，处理好后，归置 H 区，换 156 号培养液，接 4 号机，进行 Z 世界造物输入。"

"是，先生。"机用机器人离开，以比常人速度更快的步频，这是机用机器人刻意与存在社会人分开的设计之一。

X 继续审阅这次狩猎的录制，他没有回顾这些的习惯，只是这次狩猎中，有一处他到如今也没有探查出的不对劲，这很难以说明，但他信直觉多过信事实，直觉比事实更难以琢磨，自然，直觉比事实真实。在大脑里，这是一颗沙砾，不知道有没有机会，在忘记潮汐的牡蛎里变成珍珠。

X 微微皱眉，脑内又一份机器人审阅完成后的报告被发送过来，报告结果依然为：无异常。

无异常吗？

X 输入命令：再次审阅，细化为一帧十秒。

等等，停止执行命令，找到了。

X 在脑内放大了这一帧的右侧，昏暗的雨天，筒子楼狭窄的空隙里，出现了一个人影，在挂起的重重电线之后。

这是不该出现的人。X 如此告诉自己。

"X 先生，你现在已经疑神疑鬼到这种地步了吗？"机器人问。

冷绿色眼睛的男人，脑电波都被聚集在那两点绿意上，这是 X 所有视线都盯在了上面。

得杀了他，X 想，杀了冷绿色眼睛的人。

就像，杀了 32 区里一些不可避免的湖。

湖水静澜，死尸消融，丑闻颇似深算下的目的，臭是最为深沉的色彩。

而冷绿色，大概是所有死去的湖泊的颜色，他最不该出现在这里。

"X 先生，天气预报没预报近日有雨，你看这天，俗话说得好，秋高九月秋老虎。这么大太阳，怎么可能有雨呢？"女人颇为疑惑地看着这位不速之客，突然一下又弯起眼睛，弯成弯弯的百合花瓣，"怎么，X 先生，你是想另做些买卖了吗？"

X 回答："我不需要在没下雨的时候去 32 区。"

但 X 没有带他的黑色雨伞，他离开得匆忙。在女人怀疑他终于疯了或者崩坏了的眼神里，X 笑着问："老鼠群里出现了猫，老鼠会怎么办？"

"老鼠会杀了猫。"女人毫不迟疑地回答，也笑起来，应该是因为在谈论这样一件美事，"应该有不少老鼠，能因此饱餐一顿，只是不知道，猫瘟会不会变成鼠疫。"

猫瘟会不会变成鼠疫？

猫瘟一定会变成鼠疫。

猫不是狩猎者，猫是食物链，在垃圾与老鼠构成的世界里，猫会是规则里的撒旦。

"叮——"

32 区也有上课铃吗？在这种百无聊赖的午后，老式发声器振动出轻快跳动的声波，但步履蹒跚，勉勉强强从那头传到这头，已经严重失真。

带着奇怪暖意的日光，从棉花糖上撕扯下来迅速变质的灰云，轻佻得不像样的风，都是从 32 区那些老化的电路里生根发芽，这里已经没有树木，所以风声在这种时候几乎绝迹。从墙皮掉落的某个角落拐进老巷，阴影突然集群，X 停下脚步，堪堪停在苍白日光里。

"你来得好晚。"他随意地拔出刀，将逐渐僵硬的白鼠扔至一边，脸上喷洒了半边血迹，冷绿色的眼睛盯着他，有点无奈地狡黠笑道。

"你会认为我是在等你，还是认为我在找你呢？"猫转了转刀，"但一定不是你在找我。"

"你找不到我的，亲爱的X先生。"

X看了一眼他身后的白鼠，声音毫无起伏："根据《自然人保护法》第8例，杀害自然人，下等区人种，将被判处半脑芯片格式化，上等区人种，将被处以特定数据消除。"

"X先生，你也会吐出这些垃圾吗？"猫疑问，"好吧，真是难以琢磨，但反正，X先生，你的时间也不多了。"

猫一下子扩大了笑容，刀在指尖跳舞，冷绿色的眼睛里趣味盎然："所以，亲爱的X先生，我们来比一比，谁猎的白鼠最多，如何？"

"天落水，鼠出巢，让我们来看一看，谁能在这场瘟疫里活下来？"

猫真的很爱玩闹。

也许他本应该养一只猫的，猫不可爱，猫只是爱玩闹。但应该去哪里找一只猫呢？在垃圾与老鼠的世界里。

去世界之外，还是去他电磁波做梦的大脑？

"呵。"X无奈地笑笑，白色卷发像孤月悬在脸旁，勾住半真不假的相，"真正的瘟疫里，活下的是基因。"

"那就比基因呗。"猫无所谓地说。

对啊，对猫，为什么要讲基因呢？猫又不懂这些，猫只是爱玩闹。X颇为愉悦地勾唇："猫捉老鼠的游戏，好吧，我们来玩玩吧。"

"怎么计数呢？是挖掉他们的大脑，还是拿走他们的眼睛？"X问。

又答："眼睛吧。眼睛更适合你的爪子。"

雾蒙蒙的天气里结冰，X看着猫，笑意被雾蓝色冻死在眼角，层层叠叠的尸体累积为细小的皱纹，如今也没有什么，淌过这些苍白的河流，来看看那朵燃烧的红山茶。

不知道猫有没有看懂这些，应该没有，猫只知道玩闹。

好吧，那么，游戏开始。

X看着猫轻盈地跃步离开，消失在日光里，追逐突然飞来的蝴蝶？蝴蝶有两只翅膀，眼睛有两只，大脑也有两个半球，猫会不会搞不清楚这些？

X 不着急开始，应该也不会着急结束，他惯常不太清晰地笑着和猫道别，离开这条偏僻的小巷，经过 32 区老街时，走进杂乱的便利店，向旗袍姑娘笑着说："买伞。"

"32 区可不卖伞。"姑娘打量了他一眼，"那是违禁品。"

"我知道 32 区的伞比钱贵，也比人贵，可是天要下雨了，老鼠归巢的时候，不应该落下一把伞吗？" X 慢条斯理地道，似乎在尝试说服她。

"外面的人，你在 32 区叫唤什么？你不怕被啃掉舌头——"

"可惜是把劣质伞。" X 颇为可惜地道，将伞从她被割开的喉管里拔出，"不必沉默，你的发声器又不在喉咙，我还需要你告诉我，她在哪里呢？你养的那只白鼠，或者说，你养的那个哑巴？"

"你为什么会——"

"我饲养的东西，我怎么会不知道呢？告诉我，或者我入侵你的大脑。" X 稍稍整理了一下那把伞，"我更喜欢你们的身体，没有那些恼人的液体，你知道，在外面，即便是机用型机器人，也被灌了液体，真是奇怪的爱好啊，他们明明想让它们与存在社会人种区分开来的。"

他似乎突然起了聊天的兴致："你还记得 6 岁的一个下午吗？我莫名其妙地记得，午觉醒来，阳光还存在着，但是看见了臭味，就会突然明白，不存在的是以前。我当时杀了什么，或许是一只猫，投进井里。我把它送去了世界之外，但无论如何，我也救不了自己。

12 岁左右，我杀了第一只老鼠，因为他们总是将她称为我的母亲，母亲这个词真的让我感到厌烦，好像有很大的牵连一样，所以哪怕我明白她只是一只老鼠，我依然杀了她。在那之后，救我就失去了意义。

以上，是我 11 岁会说出的话，将 11 的数据放入备用脑，运算出一个 11 岁的自己，很有趣对吗？所以你为什么还不愿意说呢？好吧，我确实不太会玩这种知道答案的游戏。在电磁波里，难道你还想能藏住一个人吗？我检测到了你，也没有办法不能检测出他吧，杜塞尔夫人，你连这都不明白了吗？你依然是 32 区的主人。电子蜥蜴、颠倒大厦，无自然时代以令人感到不可思议的方式结束，而随之到来的这个大审判时代里，正确与错误，到底是谁在审判呢？"

他抛出了问题，停了下来，似乎在等待回答。

"杜塞尔，我都不记得杜塞尔了。"姑娘勉强笑了一下，缓缓开口，32 区的机械不会感到疼痛，她面色依然鲜艳，朱红唇色，但一层浓重的浮金，留在下唇。这似乎是一种旧时代的妆容，还有她头上的大红的簪花，那大抵也是旧时代的遗物，"杜赛尔是那场运动的狂热拥护者。她读过很多书，她站在那个时代的浪峰上，她想要成为新时代的先驱。机械造物，这让她看见了人人平等的机会，钢铁是没有区别的，上帝的公平会真正降临。她站在几十人的教室里演讲，却忘记了建造教室的那成千上万的人。我们没有足够的钢铁，也没有足够的心来接受，从几十亿之上变成几十亿分之一，乌托邦是木偶的游戏，所以上帝惩罚了我们，机械基因，电子蜥蜴，我们沦为了社会的老鼠——我们是在赎罪，32区的人都在赎罪，杜赛尔死在了新时代，我只是旧时代的逃犯。"

"上帝缺席，无人宽恕。

天雨鬼，地狱变。

基因的笔画乱了生死簿，蜥蜴哭泣沙丘。

双螺旋下孟婆端汤，碱基对里阎王批命。

鬼是死后新生，地狱莫非人间。

可惜上帝缺席，无人宽恕。"

X缓缓念道，这是电子蜥蜴事件后的一首新诗，他的大脑确实不错，连这样一首印在一个多世纪前的不知名小报上的诗也能查找出来。只是他念这样一首过时的诗做什么？

"我多在好奇，什么样的世界，要放下这样的投影。又或者，到底是谁写下了那些运行的方程式？但我想无论是什么，只要思维存在，都会是无尽的悲哀，思维之上，无限永存，没有谁能告诉自己，自己所在，便是真实，便是终点，便能找到最后的答案。只要思维存在，就会连思维也无话可说。这是荒诞的故事，似乎在机械运行。苹果掉落下来，下坠是无法控制的。西西弗斯受到惩罚，但我们没有犯错，无限足以击破所有蒙昧的真相，我们不是被欺骗的放逐者。无需祈祷神明，无需承受悲哀，苹果掉落，也是其他的一切上升，谁观察，谁才能决定虚妄的一切。"

"好了，时间到了，我想我浪费的这些时间，已经足以和我所多知道的那些信息相抵，来完善猫这场游戏的公平性了。虽然他并不会在意这些。

猫只知道玩闹。"

"再见，杜塞尔夫人，我在向你道别。"

姑娘也流不下眼泪来哀戚，无论是生理上还是心理上，到底是她怎样忘记，都无法否认，她活得太久了，比这个时代还久。她盯着 X 走进货架后面那个小屋，麻木的大脑又开始放空，白鼠在小声抽泣，X 顺手，从货架上取下一把小刀。

白鼠盯着他，挂泪珠的眼睛泛红，血丝纠缠，弯弯绕绕，眼神却直愣愣，盯着 X，和她年轻又逼仄的生命里无法解释的一切。

刀刺进心脏，这样的角度，雾蓝色被一点红遮盖，梅花落了大雪地，嶙峋白石上也一把落红，风又拂过，流水静听潺潺。

温度略高于周围的液体喷溅后，如常进行着热力学第二定律的运行，X 也如常，要取出她的大脑，直到刀触碰到上皮组织时，才想起来，改刀挖出了她的眼睛。"1"走出便利店，伞撑开，天果然落水，渐渐昏暗，疾病蔓延，鼠群惊逃。却道天凉好个秋。"2""3"天落雨渐急，X 也打着一把伞，但他浑身湿漉漉的，带着热意的湿漉漉的。

这本来就不全关乎天灾，还有一些甚为微妙的人祸，无论是 32 区的时疫，大审判时代下的世界，还是 X。

"54""55，你输了呀，亲爱的 X 先生。"猫看着他，冷绿色的眼睛里浮出狡黠的笑意，"真让人感到难过，挺悲哀的是吗？X 先生？你这可笑的一生啊。"

X 笑意如常。猫渐渐敛了笑："真奇怪。我杀了最后一只白鼠，你输了游戏，也失去了最后一个有用的大脑，你为什么不感到悲哀呢？为了骗我吗？"

他注视着笑意缱绻的男人，猫似乎受惊，神情变得重了些许，几乎是质问："还是我也懂不了你吗？我明明是不该出现的意外。我明明不该是你最希望，也最不希望看见的东西吗？"

X 看着他，白发与古板的黑色衬衫，雾蓝色与红山茶，梅花些许斑驳。在黑白画上，浇了一层已经冷的红油，腥味浓重，但入口干涩。

"叮——"，下课铃响了。下课铃为谁响？必须下课了吗？谁在上课？

"好吧，好吧。"猫笑了笑，恢复了狡黠的模样，有些无可奈何地摊摊手，"说实话，我有点后悔了，我不该把最后的时间拿来玩这样一个无聊的游戏的，我应该来赌，是你先爱上这个世界，还是我先爱上你？

这会是一个无解的赌，你不可能爱上这个世界，猫也不可能爱上一个丑陋的缸中的大脑。

不过没关系，这个赌依然无解。"猫张开双臂，看着他，笑意盈盈，"亲爱的 X 先生，你依然能够得到这个世界的最后一个真正的大脑，杀了我，我带你到世界之外。"

"你是什么颜色的猫？"X 在将刀刺入猫身体的同时问了一句。

比周围温度稍高的液体喷溅，但不再运行热力学第二定律，猫的笑容狡黠，但他只知道玩闹。X 如常挖出那双冷绿色眼睛，嘴角挂起不太清晰的缱绻笑容，他没有听见猫的回答，只听见世界之外："喵。"

猫不在这里，这里根本没有猫。

从头骨里取出的脑悬于缸内，无数的线牵扯着它，静谧如阳光照下，在 X 的实验室里也是如此的景象。小猫会追逐蝴蝶，而不是同这样一个死物玩耍。

手里握着的冷绿色之物还带着热意。那这是蝴蝶、眼睛、还是大脑？

X 搞不清楚，猫才知道这些，可惜没有猫。

备用的大脑又开始运转：

亲爱的 X 先生，你没有杀猫，你只是杀了自己。

杀了谁，都不外乎，杀了自己。

世界之外，也不外乎，世界之里。

古 C23 线道上的女人还在用那些烟来遮住她尚明稚的脸。

红色连衣裙教授如常念着课本："大审判时代，是人类历史上最正确、最接近神的时代……"

旁边的人又在咒骂起这个时节，他总在审判日到来前格外暴躁。

姑娘费力修着她被割开的脖子，她和杜塞尔夫人发出第一声啼哭的地方，混乱的机械编码让修复变得无比困难。

X 停下了备用脑的运转。

而世界终止于一声：

"喵。"

C 级 24，32，56 号实验缸中之脑于 3202 年 10 月 17 日被闯入实验室的猫破坏，无法修复，幸皆为 C 级，脑内世界完整度低，世界意识认同度较低，无较高实验价值……

"那，那只猫呢？"

"漏电，当场就打死了。"

后 记

夜空里最亮的星

一

2021 年，一个春天的夜晚，我与学生共读《弗兰肯斯坦》。读到玛丽·雪莱所撰写的前言：

"我想编一个能刺激我们天性里的神秘恐惧，使我们毛骨悚然的故事，一个使读者读得血液凝固、心跳加速、不敢向周围看的故事。"[1]

我望向窗外，树影婆娑，夜色宜人。幽暗夜空中，隐约能看到几颗闪烁的星星。我转向课堂，一张张青春的脸，眼中有光，正是人生最好的时候，充满创造力与热情，乾坤未定，一切皆有可能。

"我们来做个科幻写作竞赛吧，你们试试写科幻小说，写得好的作品，我们结集出版。"

我脱口而出。同学们笑了。

说做就做，一下课，我马上致电外国语学院副院长邹涛教授。"我想搞个科幻征文大赛。"

邹老师说："好。"

2021 年 5 月，征文发布。9 月，在大学生素质中心刘惠主任和沈倩老师的支持下，征文升级为全校性的写作竞赛。很意外，我们收到了一百多份来稿。诚然，在写作技法上，它们中大多数是稚嫩的，然而，能从中看到同学们的热情。文学即人学，文学是一种表达方式，从所有的故事中，我读到同学们对自我、对世界的好奇、探索与思考，读到一种从日常生活飞往想象时空的梦幻之感。我想，这样的活动是值得的，也许我们可以持续地做下去。

我的想法得到刘惠主任的全力支持。2022 年，我们举办了第二届科幻征文

---

[1] 玛丽·雪莱，《弗兰肯斯坦》，上海译文出版社，2020 年，序.

大赛。同时，借成都市申办世界科幻大会的东风，开启了学校和《科幻世界》杂志社的合作。夏天，我们和《科幻世界》杂志社联合举办了写作训练营。这应该是国内高校首创之举。写作营基于如下理念：科幻是最能体现文学对科技发展做出敏感回应的文学类型。因此，写作营从科学到文学，精心设计所有课程。我们在校园对学生进行科技前沿的熏陶，而后，沈倩、我和杂志社主编拉兹老师、编辑部主任陈曜老师、量子物理学家王子竹教授、四川大学文新学院姜振宇老师一起来到新津，与来自电子科技大学和四川大学的孩子们同吃同住，就像《弗兰肯斯坦》诞生的那个场景，离开城市，离开自己熟悉的生活，到陌生的环境里，与志同道合之人聊科幻，读科幻，写科幻。夏天的夜晚，郊外的夜空中，繁星满天，蝉无休无止地鸣叫。蝉在地底酝酿多年，一朝出土，必然发出最热烈的生命之声。

2023 年，是在中国科幻史是值得大书特书的一年，世界科幻大会第二次在亚洲，首次在中国召开。举办地成都作为"科幻之城"实至名归。科幻大会主场馆位于郫都区，就在电子科技大学清水河校区附近。这一年，在韩蕾主任和杨彦祥老师的帮助下，我们开始做第三届科幻征文大赛。一年又一年，成电人开始习惯始于春天的科幻之声。我们收到很多稿件，同学们开始学会构建世界、塑造人物，学会设置场景，学会制造冲突，学会想象故事。想象力正是科幻的核心要义，无论是刘慈欣的黑暗森林，或是阿西莫夫的机器人三定律，想象给写作者插上翅膀，飞向未来。而成电是中国电子工业的前沿地，电子工程师的摇篮，生来就携带了丰富的想象基因。在成都遇见未来，未来声声呼唤，我们必然回应。

春季学期结束之时，为了进一步孵化优秀学生作品，我们继续与《科幻世界》杂志社联合举办科幻小说创作营。营地仍然分为两大版块。在电子科大营地，姜振宇老师引导参营同学挖掘叙述背后的秘密、构思故事的框架；韩蕾主任和杨彦祥老师带领学生参访科学实验室，感受航天技术的魅力与脑电实验的神奇；在电子科技博物馆赵轲老师带领下，从科技史中有关"人、事、物"的特殊节点感受科幻文学的发展。

创作营的第二个营地仍然在郊外。我们再次来到新津，《造神年代》作者严曦从科幻作家出发，带领学生理解如何真正地实现从科幻文学阅读者到科幻文学创作者；拉兹讲授"科幻的定义与历史""关于科幻的热门问题"以及"科幻写作技巧"，探讨新人科幻写作的常见问题；陈曜一对一品鉴营员作品，共同探索同学们习作中"科技"的含量，想象的"虚幻"与"小说"基本要素的整合；

王子竹播放科幻电影《信条》，解析电影当中所暗含的时空观与悖论，感受量子逆转的世界。如果说小说创作是一种戴着镣铐跳舞的过程，写作技巧和方法是创作的"镣铐"，美和情感则是作品的两个尺度。学会"戴着镣铐跳舞"，就可以充分展现和表达心中的想象世界。营地老师在密集的课程里，以饱满的激情给同学们带来一个全新的科幻世界。

夏夜的星辰在夜空中闪烁，在营地的最后一个夜晚，我走在营地的小径。雨后的清风拂过，我抬头看天。星空不语，数亿年前的星光似乎于瞬间进入我的心灵，我有一种强烈的感受，每一个看星星的日子，都似乎唤起孩提时代对外面世界的向往和记忆。星星宏伟壮阔，俯瞰大地，人类何其渺小，个体也何其渺小。小我与大我，个体与世界，怎样将个体的诉求，置入无限的共同体之中？这是我们一生在追寻的课题。那就读科幻吧，那就写科幻吧。如果说在我们成长的时候，最受欢迎的通俗小说类型尚是武侠小说，反映了田园牧歌时代少年对英雄的向往，今天的中国已经实现现代化，科技以加速度不断发展，科幻注定成为技术时代最能回应时代声音的文学类型。正如拉兹所言：科幻文学是当下最通俗的进入文学与科技的途径，它能够让人长久地拥有想象力与浪漫。此刻，营地教室中的学生正在创作命题作文，题目的核心正是"觉醒"。

多年以后，我会说，这个夏天，充斥着理性的激情、感性的浪漫、无尽的想象与难忘回忆；这个夏天，属于科幻。

二

1997年，一群年轻人走进成电校园。彼时的成电主校园位于建设路的沙河边。春天，满园栀子花香。深秋，层层银杏叶落。高大的梧桐树威严地排列在校门前的那条长长小巷。流水潺潺，奔向锦江。主楼明亮的灯光照在年轻人的脸上，他们来去于各个教学楼幢，用笔尖转动未来的魔方。

20世纪90年代，亦是信息化时代，世界向多极化发展。一部名为《雪崩》的小说想象了未来世界一个超现实主义的数字空间，将它命名为"元宇宙"。

这群年轻人毕业后，走向四面八方。他们投身于电子行业的各个领域，见证并参与了信息革命为核心的技术迅猛发展，成为各行各业的中流砥柱。

2021年被认为是"元宇宙元年"，元宇宙成为一种新型虚实相融的互联网应用与社会形态。同年，当年的年轻人回到成电。回望青春，回望从前。他们希望理工科学子能够同时具备人文情怀，于是，他们创立了一个文学奖项：成电97文学奖，意在奖励文学成绩优异的学生，为母校培养全面发展的高素质领军人才。

让我们鸣谢电子科技大学教育发展基金会、电子科技大学校友总会！特别鸣谢捐赠"成电97文学奖"的1997级校友们！感谢合作发展部田广和部长、汪亚明副部长的大力支持，感谢仇欣欣、冯婷、张雯、雷蕾等老师们的一路帮助，尤其感谢周敏琦师姐作为校友代表，出席了写作营的启动仪式，对同学们的科幻写作一直关心和关注。没有你们，就没有这本属于成电人的科幻小说集。

三

最后，让我谈一下这本小说集的组稿过程。稿件来自过去三年成电人的创作，包括我自己那篇《姬旦的战争与和平》。这篇本是十来年前的旧作，在陪伴学生进行科幻创作的同时，我也将一篇六千余字的旧日练笔，改写成科幻小说。

组稿过程非常顺利，我要感谢曾勇教授长期以来对成电科幻文学发展和爱好科幻学子的关怀；感谢刘惠主任，您的信任让我关于科幻创意写作和写作营的奇想成为现实；感谢韩蕾主任、外国语学院胡杰辉院长、邹涛副院长、俞博副院长，你们的支持让科幻的种子在成电不断发芽、长大、开花；特别感谢外国语学院陈龙老师，你所有的帮助和共同努力让这本书的呈现有了可能；感谢教务处黄廷祝处长、黄艳副处长、张丽霞老师对文学通识课程的无条件支持；感谢沈倩老师、杨彦祥老师的无私奉献；感谢王子竹教授真诚地不断付出宝贵时间来探讨科幻，亲身示范科幻怎样助力科研。

感谢《科幻世界》主编拉兹老师、编辑部主任陈曜老师、四川大学姜振宇老师。科幻是个浪漫的文学类型，喜欢科幻、从事科幻事业的人都浪漫又富有激情，与你们同行，与科幻同行是非常棒的旅程！

感谢本书的策划和责任编辑谢晓辉老师，感谢您一路陪伴我协同推进，完成这本书出版的相关工作；感谢黄语蝶的校对勘误，推动本书的最终定稿。

感谢我的学生李宇、张蝶、黄雅琪、陆泽懿，感谢正为今年科幻文化月而努力的杨思雨。愿你们从此以后，所见皆为美景，所行都是坦途。

当然，我必须感谢我的父亲、母亲，我的先生、孩子，爱让我在仰望星空之时，有了最坚实的大地。

何 敏

2025年3月